Han Kang

別れを告げない

ハン・ガン　斎藤真理子［訳］

白水社
EXLIBRIS

This book is published with the support of
the Literature Translation Institute of Korea (LTI Korea).

Han Kang

別れを告げない

ハン・ガン　斎藤真理子［訳］

白水社
EXLIBRIS

別れを告げない

This book is published with the support of
the Literature Translation Institute of Korea (LTI Korea).

済州島四・三事件とは、大韓民国と朝鮮民主主義人民共和国が建国する直前の一九四八年四月三日に、南半分だけの「単独選挙」に反対して済州島民が起こした武装蜂起を契機とする、朝鮮半島の現代史上最大のトラウマというべき凄惨な事件である。国家公権力により多数の住民が虐殺され、犠牲者は二万五千人から三万人と推定される。以後何十年もこの事件は政府によって「共産主義者による暴動」と規定され、事実は隠蔽され、遺族による慰霊も許されなかった。

目次

装画
豊島弘尚
《オーロラ群島 I》1989年 八戸市美術館蔵

装丁
緒方修一

第Ⅰ部

鳥

1　結晶

ちらちらと雪が降っていた。

私が立っている野原の一方の端は低山に連なり、その尾根から裾野に向かって、何千本もの黒い丸木が植えられていた。さまざまな年代の人が集まったところのような、少しずつ丈の違う、太さは線路の枕木の幅ほどの木々だった。けれども枕木のようにまっすぐではなく、やや傾いたり曲がったりして、まるで何千人もの男、女、やせた子供らが肩をすぼめてうずくまり、雪をかぶっているかのようだった。

墓地がここにあったのかな、と私は思った。

この木は全部墓碑だろうか。

梢を切り落とされ、その断面に塩の結晶のような雪片を戴いた黒い木々と、その後ろに並んだ墳丘の間を私は歩いていた。ふと足を止めたのは、ある瞬間から足を踏み出すたびに、スニーカーの下にじゅくじゅくと水が溜まるのを感じたからだ。おかしいなと思ったが、いつしか水は足の甲まで上ってきている。私は振り向いた。信じられなかった。地平線と思った野原の果ては、海だった。今、潮が満ちてくるところなのだ。

思わず声を上げていた。

何でこんなところにお墓を作ったの？

徐々にスピードを上げながら、海が押し寄せてくる。こうやって毎日、潮が満ち引きしていたのだろうか？　後ろの方のあのお墓は墳丘が残っているだけで、骨はもう海にさらわれてしまったのではないか？

時間がない。もう水に浸かってしまった墓は仕方がないとしても、上の方に埋まった骨は移動させなくては。海がもっと迫ってくる前に、今すぐ。でもどうやって？　誰もいないのに。私にはスコップさえないのに。こんなにたくさんの墓を全部、どうやって。どうしたらいいのかわからないまま、黒い木々の間を、いつしか膝まで満ちてきた水をかき分けて走った。

目を覚ますとまだ夜は明けていなかった。雪の降りしきる野原も、黒い木々も、押し寄せてくる海もない暗い部屋で、窓を見てから目を閉じた。またあの都市の夢を見たのだと気づき、冷たい手のひらで二つの目をおおって横になっていた。

＊

その夢を見たのは二〇一四年の夏、私があの都市で起きた虐殺に関する本を出してから二か月近く経ったころだった。その後四年のときが流れる間、あの夢の意味を疑ったことはない。あの都市だけの夢ではないはずだと、素早く、直感的に私は結論を下したのだったが、あれは誤解か、あるいは単純な理解にすぎなかったのかもしれない、と初めて思ったのは昨年の夏のことだ。

二十日近くも熱帯夜が続いていた。私はいつものように、故障したリビングのエアコンの下に横になって眠ろうとしていた。もう何度となく冷たいシャワーを浴びていたが、汗まみれの体は床に背中を密着させても冷えなかった。明け方五時ごろになってようやく、気温が若干下がるのが感じられた。三十分後にはもう日が昇るから、束の間の恩恵だ。やっと少し眠れそうだと、いや、もうほとんど眠っていると感じたときだった。閉じたまぶたの中にいきなりあの野原が押し寄せてきた。何千本もの黒い丸木の上に降りしきる激しい雪が、切り落とされた梢の断面に塩のように舞い落ちては光る雪片が、現《うつつ》のもののように生々しかった。

そのときなぜ体が震えはじめたのだろう。まるで泣き出す直前のような震え方だったが、涙が流れたわけではなく、溜まりさえしていなかった。あれを恐怖と呼べるだろうか？　または不安、戦慄、突然の苦痛と？　いや、あれは歯ががちがちとぶつかるほど冷えきった覚醒というべきものだった。見えない巨大な刃が——人の力では持ち上げられないほど重い鉄の刃が——空中に浮かんで、私の体に狙いを定めているようだった。真上にあるそれを見上げながら横たわっているかのようだった。

墳丘の下にある骨を押し流そうとして満ちてきたあの真っ青な海。あれは虐殺された人々とその後の時間にまつわる夢ではなく、単なる個人的な予言だったのかもしれないと、そのとき初めて思った。水浸しの墓と沈黙する墓碑から構成されたあの場所は、この先に残された私の人生を前倒しして語っていたのかもしれないと。

つまり、まさに今について。

*

初めてその夢を見た夜と、あの夏の明け方との間の四年間に、私はいくつかの個人的な別れを経験していた。ある別れは自分の意志で選んだが、またある別れは想像することさえできない、すべてを賭けてでも避けたかったものだ。さまざまな古い信仰の世界で言われてきたように、人間の一挙手一投足を見守り記録する巨大な鏡のようなものが天上か冥府のどこかに存在するならば、そこに映った私の過去四年間は、殻から体を引き剝がして刃の上を前進するカタツムリさながらであっただろう。生きたがっている体。ぐっさりと突き刺され、斬りつけられた体。振り切り、抱きつき、取りすがる体。ひざまずく体、哀願する体。血なのか粘液なのか涙なのかわからないものがとめどなく漏れ出す体。

そうしたあがきのすべてを通過して、春も遅いころ、ソウル近郊のこの古びたマンションに賃貸で入居したのだった。今はもう世話すべき家族も、通う職場もないのだということが実感できなかった。長い間、私は働いて生計を立てながら家族の世話をしてきた。その二つを優先してきたので、ものを書くためには睡眠を削ったし、いつか思いきり書く時間が与えられることを密かに願ってきた。だが、そんな種類の渇望はもう残っていなかった。

引っ越しセンターがざっと置いていった通りに荷物を放置したままで、七月になるまで多くの時間をベッドで寝て過ごしたが、ほとんど眠れはしなかった。料理もしなかった。玄関の外にさえ出なかった。インターネットで注文したものとご飯少しと辛くないキムチを食べ、胃痙攣を伴う偏頭痛が始まると食べたものを全部便器に吐いた。遺書はもう、ある晩に書いてあった。いくつかお願い致します、という文章で始まるその手紙には、どの引き出しの箱の中に通帳類と保険証書とチョンセ*の契約書が入っているか、私が残すお金のどれほどが何に使われることを望むか、その残りがどういった者に渡ることを望むか簡略に書いておいたが、それを引き受けてくれる受取人欄は空欄のままだった。誰にならそんな迷惑をかけてもいいのか、確信が持てなかったからだ。苦労をかける人に何らかの具体的な謝礼をするという感謝と謝罪の文章を書き加えてもみたが、宛先を書き入れることはついにできなかった。

一瞬も眠れず、かといって抜け出すこともできなかったベッドからついに起き上がったのは、まさにその、未知の宛先となるべき人への責任感からだった。後始末を担ってくれる、まだその当事者と確定されていない何人かの知人の顔を思い浮かべながら、家の片づけを始めた。キッチンに溜まったミネラルウォーターのペットボトル、頭痛の種になるであろう服やふとんの類、日記や手帳といった記録類を廃棄しなくてはならない。最初のゴミ袋を両手に持って、二か月ぶりにスニーカーをはいて玄関のドアを開けた。まるで初めて見るような夏の午後の日差しが西向きの廊下に降り注いでいた。エレベーターに乗って降りていき、警備室の前を通り過ぎ、マンション前の広場を横切りながら、自

* 韓国特有の不動産賃貸の方法で、家を借りるとき最初にまとまった金額の保証金＝チョンセ金を大家に預け、その代わり毎月の家賃が発生しない。チョンセ金は退去時に全額返却される。

分は今、何かを目撃しているところだと私は感じた。人の生きる世というものを。その日の天気を。空気中の湿度と重力の感覚を。

家に戻ってきて、リビングいっぱいに積み上げたものたちを次のゴミ袋に入れる代わりに浴室に入った。服を着たままシャワーのお湯を出し、その下に座った。縮こまった足の裏で感じた床のタイルの表面、徐々に立ち込めて息を詰まらせそうになった水蒸気、びっしょり濡れて背中に貼りついていた綿のシャツ、目にかかるほど伸びた前髪に沿ってあごへ、胸へ、腹へと熱いお湯が流れていった感覚を覚えている。

浴室を出て濡れた服を脱ぎ、まだ捨てていなかった服の山の中から着られそうなものを探して着た。一万ウォン札を二枚、何度も折ってポケットに入れて玄関を出た。近くの駅の裏にあるお粥の店まで歩いていき、いちばん柔らかそうな松の実のお粥を注文した。ものすごく熱いお粥をゆっくりと食べている間、ガラス戸の外を通り過ぎていく人々の肉体が、今にも砕け散りそうに弱々しく見えた。生命がいかに弱いものであるかをそのとき実感した。あの肉と臓器と骨と命がいかにあっさりと壊れ、ぷつんと途切れる可能性をはらんでいるかということを。たった一度の選択によってさえ。

そのようにして、死は私を避《よ》けて通過した。衝突すると思っていた小惑星が、わずかな角度の誤差で地球を回避し、飛び去っていくように。反省も躊躇も伴わない猛烈なスピードで。

人生と和解してはいなかったが、再び生きねばならなかった。

＊

二か月あまりの隠遁と飢餓状態に近い生活のせいで、相当量の筋肉を失っていることに私は気づいた。偏頭痛と胃痙攣、カフェインが多く含まれる鎮痛剤服用の悪循環を断ち切るためには、食事を規則的にとり、体を動かさなくてはならない。だが、まともに取り組む前に猛暑が始まった。昼間の最高気温が人の体温を初めて超えたとき、前の入居者が置いていったエアコンを入れてみたが、作動しなかった。やっと電話がつながったエアコン修理業者らは、異常気象で予約が殺到しているので、そちらに出張できるのは八月下旬だと言った。新品を買おうとしても、事情は同じだった。

どこでもいいからエアコンのあるところへ逃げ込むのが賢明だっただろう。だが、人の集まるカフェや図書館、銀行などには行きたくなかった。私にできるのは、リビングの床に背中を密着させて可能な限り体温を下げること、汗腺をふさいで熱中症にならないよう冷水のシャワーを頻繁に浴びること、多少なりとも外の熱気が冷めた夜の八時ごろ家を出て、お粥を食べて帰ってくることだった。冷房の効いた店内は信じられないほど快適で、内外の温度差と外の湿気のせいで冬の夜のように曇ったガラスのドアの外では、携帯扇風機を胸にかざしながら帰宅する人の波が続いていた。もうすぐ私が歩いて通過しなくてはならない、永遠に冷めないかのような熱帯夜の街を埋めて。

そのようにしてお粥の店を出て家に帰るところだったある夜、まだ熱い車道のアスファルトから激しく吹き上がる熱風を顔に浴びながら、信号の前に立っていた。手紙の続きを書かなければと、そのとき思った。いや、新しく書かなくてはと。封筒に油性サインペンで遺書と書き入れた、ついに受取人を決められなかったあの手紙を、最初から、もう一度。全く違う方法で。

*

それを書くためには、考えなくてはならなかった。

すべてが壊れはじめたのはどこだったのか。
いつが分かれ道だったのか。
どのすき間と節目が臨界点だったのか。

ある人々は去っていくときに自分の最も鋭利なナイフを取り出すと、私たちは経験で知っている。
近ければこそ正確に知り抜いている、相手の最も柔らかいところに切りつけるために。

半分倒れた人のようには生きたくない、あなたみたいに。
生きたいから、あなたから離れる。
生きている人間らしく生きたいから。

＊

二〇一二年の冬、その本を書くために資料を読みはじめてから悪夢を見るようになった。最初のうちは直接的な暴力の夢だった。空挺部隊を避けて逃げまどい、棍棒で殴られて転んだ。うつ伏せに倒れた私の横腹を蹴って体をひっくり返した軍人の顔を、もう私は思い出せない。その人が着剣した銃を両手で持って、私の胸に思いきり突き刺したときの戦慄だけが残っている。

家族に――特に娘に――暗い影響を与えたくなかったので、家から徒歩十五分のところに仕事部屋を借りた。ものを書くのはそこでだけと決め、そこを出たらすぐに何事もない日常に戻るつもりだった。八〇年代に建てられて、三十年以上ほとんど修理をしていないレンガ造りの家の二階の一部屋だった。傷だらけの金属のドアには白い水性ペンキを塗り、古すぎてすき間が空いてしまう木の窓枠は、カーテンの代わりにスカーフを画鋲でとめてふさいだ。講義のある日には朝の九時から正午まで、講義のない日は午後五時まで、そこで資料を読み、メモをとった。

いつものように朝と夕方には料理をして家族と一緒に食べた。中学に入って新しい状況に直面している娘とできるだけたくさん会話をしようと努めた。けれども、まるで体が半分に割れているみたいで、どんなプライベートな時間にもあの本の影がちらついた。ガスコンロに火をつけ、鍋でお湯が沸くのを待っているときも。豆腐を溶き卵に浸してフライパンに載せ、両面ともこんがり狐色に焼けるまで見守る短い時間にも。

仕事部屋に行く道は川に沿っていたが、生い茂る木々の下を歩いていくと、下の方へ傾斜をなして突然ぱっと四方が開ける区間があった。その開けた道を三〇〇メートルほど歩くと、ローラースケートのリンクになった橋の下の空き地に出る。体が無防備状態にさらされるその道はいつも長く感じられた。一車線道路の向かいのビルの屋上で、スナイパーが人に狙いを定めているような気がしたからだ。それが何の根拠もない不安だということはもちろんわかっていた。

　睡眠の質が徐々に悪化して、呼吸が浅くなっていた——何でそんなふうに息をするの、と子供がある日、私に文句を言った——二〇一三年の晩春のことだ。夜中の一時ごろ、身の毛のよだつような悪夢で目覚め、もう一度眠ることはあきらめて、ミネラルウォーターを買おうと家を出た。人も車も通らないので事実上無意味な信号が青に変わるのを待ちながら、マンション前の二車線道路を渡ったところにある、明かりの灯った二十四時間営業のコンビニを眺めていた。ふと気づいたとき、向かいの歩道を三〇人ほどの男たちが列をなして、黙って歩いているのが見えた。髪が長く、予備軍*の軍服を着たその男たちは、小銃を肩にかつぎ、軍紀が全く感じられないだらけた姿勢で、遠足の帰りに先頭の子の後を追う疲れた子供らのようにのろのろした足取りで歩いていた。

　長時間の睡眠がとれないままに悪夢と現実の境目がぼやける時期を通過している人が信じがたい場面に出会ったとき、最初の反応はおそらく自分を疑うことだろう。私は本当にそれを見ているのだろうか？　この瞬間は悪夢の一部なのではないか？　自分の感覚はどれくらい信頼できるのか？　と。

　誰かが消音ボタンを押したような静寂に包まれた彼らの後ろ姿が暗い四つ角を曲がって完全に消えるのを、私は身動きもせずに見守っていた。夢ではなかった。少しも眠くなかった。お酒の類《たぐい》は一滴も飲んでいなかった。けれどもそのとき自分が見たものを信じるわけにもいかなかった。牛眠山《ウミョンサン》の向こうの内谷洞《ネゴクドン》の予備軍訓練所で訓練中の人たちが夜中に行軍していたのかもしれない、と考えてみた。だとしたら彼らは、真っ暗な山を越え、夜中の一時までかけて十数キロもの距離を歩いてきたことになってしまう。予備軍がそんな種類の訓練を実施する可能性があるのかどうか、私にはわからない。翌日、朝になったとき、兵役を終えた身近な誰彼に電話して聞いてみたかったが、変な人だと思われたくなかったので――自分でも本当に変だと感じていたので――今まで誰にもこの話を切り出せなかった。

＊

知らない女たちと一緒に、彼女たちの子供らと手をつなぎ、助け合いながら井戸の内側の壁を伝って降りていった。下の方は安全だろうと思ったのに、予告もなく何十発もの銃弾が井戸の入り口から降り注いできた。女たちが子供らを力いっぱい抱きしめて懐に隠した。からからに干上がっていると思っていた井戸の底から、溶かしたゴムのようにねばねばする、糊のようなものが湧いてきた。私たちの血と悲鳴を飲み込むために。

＊

顔も覚えていない一行とともに、荒れた道路を歩いていた。路肩に駐車した黒い乗用車が見えたと

＊　兵役を終えた者がその後八年間所属する「大韓民国郷土予備軍」のこと。

き、誰かが言った。あれに乗ってる。名前は言わなかったが、誰もがその言葉を正確に理解していた。あの年のあの春、虐殺の命令を下した者がそこにいるということを。私たちが立ち止まって眺めている間に乗用車は発車し、近くの巨大なコンクリートの建物に入っていった。私たちの中の誰かが言った。行こう、私たちも。私たちはそちらへ歩いていった。確かに大勢で出発したのに、がらんと空いた建物の中に入ったとき、残っていたのは私ともう一人だけだった。顔を思い出せない誰かが黙ったままで私の横にいた。性別は男だということと、他にどうしようもないので私についてきたことが感じられた。二人きりの私たちに何ができるというのだろう。暗いホールの端の部屋から明かりが漏れていた。私たちがそこへ入ると、殺人者が壁を背にして立っていた。火のついたマッチを一本持って。私とその仲間も手にマッチを持っていたことに急に気づいた。このマッチが燃え尽きるまでには言えるだろう。誰も教えてくれなかったが、それがルールだと私たちは知っていた。殺人者のマッチはもうほとんど燃え尽きて、親指に火が移りそうになっている。私の仲間のマッチはまだ残っていたが、素早く燃え進んでいる。殺人者、と言わなくてはならない。口を開いて私は言った。

殺人者。

声が出なかった。

殺人者。

もっと、もっと大声を出さなくちゃ。

……どうするつもりなの、あんたが殺した人たちを?

力を振り絞ってそう言ってから、ふと思った。今、彼を殺すべきだろうか。これが誰にとっても最後のチャンスなのだろうか。でもどうやって? それを私たちが、どうやって。横を見ると、顔もはっきり見えず息も絶え絶えの仲間の細いマッチが、オレンジ色の火花を散らして消えようとしていた。その火花の中で悟った。そのマッチの持ち主がどんなに幼いかを。上背だけがひょろりと伸びた少年だということを。

＊

翌年の一月、原稿を完成させて出版社を訪ねた。できるだけ早く本を出してくれと頼むためだった。愚かにも、本を出せばもう悪夢を見ないだろうと思ったのだ。編集者は、マーケティングのことを考えると、刊行は五月がいいだろうと言った。

記念日に合わせて出版して、一人でも多くの人に読んでもらった方がいいんじゃありませんか？

その言葉には説得力があった。待つ間に一章分を書き直し、逆に編集者の催促に追われながら最終原稿を四月に渡した。本はほぼ正確に五月中旬に刊行された。いうまでもなく、悪夢はその後も続いた。今ではむしろ疑問に思う。虐殺と拷問について書くと心を決めておきながら、苦痛はいつか振り切れるだろう、痕跡は簡単に消し去れるだろうと、私はなぜそんなにも純情に——厚かましく——思い込んでいたのだろう？

＊

そうして、初めてあの黒い木の夢を見て目覚め、冷たい手のひらを二つの目に載せて横たわっていたあの夜のことがある。

　目覚めた後もどこかで続いているような気のする夢がときどきあるが、その夢がそうだった。食事をし、お茶を淹れて飲み、バスに乗り、子供と手をつないで散歩し、スーツケースを用意し、地下鉄の駅の果てしない階段を上っていくとき、一度も行ったことのないあの野原で同時に雪が降りつづけていた。梢を切り落とされた黒い木々の上に、まぶしい六角形の結晶が舞い降りては散ってゆく。足の甲まで水に浸かった私が振り向く。海が、そこに海が押し寄せてくる。

　何度となく脳裡に浮かぶその光景がずっと気になりつづけていて、その年の秋になったときにふと思った。よい場所を探して、丸木を植えることはできないだろうかと。何千本も植えるのが現実的に難しいなら、九十九本――無限に対して開かれた数字――の木を植え、思いを一つにする人たち十人程度で力を合わせて、それらの木々に墨を塗るのだ。深夜という布で仕立てた服を着せるみたいに丁寧に、永遠に眠りが破られることのないように。そうしてすべてを終えた後、海でなく、白い布のような雪が空から降ってきて彼らを包んでくれるのを待ったらどうだろうと。

　そのプロセスを短い記録映画にしたらどうかなと、一時期写真やドキュメンタリー映画の仕事をしていた友達に私は提案した。やろうよと、快く彼女は言った。一緒に実現させようねと約束したが、二人のスケジュールがぴったり合うタイミングがなかなかないまま、四年が過ぎていた。

＊

　そしてあの猛暑の夜、アスファルトの上で熱風を浴びながら空っぽの家に歩いて帰り、冷たいシャワーを浴びる私がいる。毎晩、上下階と隣の部屋でエアコンをつけているので、室外機が吐き出す熱風を家に入れたくないなら、ベランダのドアと窓を全部閉めなくてはならない。* 密閉された湿式サウナのようなリビングで、さっき浴びた冷水の爽快感が消える前に私はデスクの前に座る。そこに載せておいた、まだ宛先の決まっていない遺書を封筒ごと破り捨てる。

最初から書き直して。

それは常に、正しい呪文だ。

最初から私は書き直す。五分もしないうちに汗が雨のように流れ出す。もう一度冷たいシャワーを浴びて机の前に戻る。ちょっと前に書いた見るに耐えない文章をまた、破り捨てる。

最初から書き直して。

本物の別れの挨拶を、ちゃんと。

私の私生活がコップに落とした角砂糖のように壊れ出していた去年の夏、その後訪れた本物の別れがまだ前兆にしか過ぎなかったその時期に、「別れ」という題名の小説を書いた。みぞれの中に溶けて消える雪の——ある女の物語だった。でも、それが本当に最後の挨拶だったはずはない。

額から流れる汗が目に染みて、痛くて書けなくなるたびに冷水を浴びた。デスクに戻ってから、書き終えたばかりのものをまた破り捨てた。またもや最初から書き直さなくてはならない手紙を放置し

＊　韓国のベランダは保温性を高めるためガラス窓がついており、部屋とベランダの間もガラス窓とドアで仕切られている。

て、汗でべとべとの体をリビングの床に横たえたときには青々と夜が明けていた。気温が少し下がったことが恩恵のように感じられた。しばらく眠れそうで、実際に今、眠ったと感じたとき、あの野原に雪が降った。何十年、いや何百年もの間止まずに降っていたらしい雪が。

*

まだ無事だ。

巨大な重い刃が空中で私を狙っているかのような戦慄の中で、目を大きく見開いたまま、その野原から逃げ出さぬままで、私はそう思った。

稜線から山頂までの斜面に植えられた木は無事だ、満ち潮がそこまで上ることはありえないから。その後ろの墓も無事だ、海がそこまで達するはずはないから。そこに埋められた何百人もの白い骨は汚れなく、冷えびえと乾燥している。それらまで海がさらっていくことはありえないから。根元が濡れても、腐ってもいない黒い木々が雪をかぶってそこに立っている。何十年、いや何百年も降る雪をかぶって。

そのときわかった。

波がさらっていったあの、裾野の方の骨に背を向けて進まねばならないと。膝まで青々と満ちてきた水をかき分けて歩き、手遅れになる前に稜線にたどり着かなくては。何も待たず、誰の助けも信じず、ためらいを捨て、尾根の果てまで。あのいちばん高いところに根をおろした木々の上で砕ける白い結晶が見えるまで。

時間がないのだから。
ひとえに、それしか道がないから、つまり
持続させたいと望むなら。
生を。

2　糸

けれどもまだ、ぐっすりとは眠れなかった。
いまだにまともに食べられなかった。
いまだに、浅い息をしていた。
私から去った人たちが耐えられなかったやり方で生きている、今も。

世界が圧倒的な声量で引っきりなしに声をかけてくる、そんな夏は過ぎ去った。もう、とめどなく汗を流さなくてもいい。全身の力を抜いてリビングに寝ていなくてもいい。熱中症を怖れて、何度となく冷水のシャワーを浴びなくてもいい。
世界と私の間に涼やかな境界が生まれる。長袖シャツにジーンズをはき、もはや蒸気のような熱風が吹いてくることもない道路沿いを歩いて、私は食堂に行く。いまだに料理はできない。一食以上食べることもできない。誰かのために料理を作り、一緒に食べていた記憶に耐えられないからだ。けれどもさまざまな規則は戻ってくる。今も人に会わず、電話にも出ないが、再び定期的にEメールをチェックし、メッセージを確認する。夜中に机に向かって書く。毎回最初から書き直す、みんなに送る別れの挨拶を。

次第に夜が長くなる。日一日と気温が下がる。引っ越し以来初めてマンションの裏の遊歩道に足を踏み入れた十一月の初旬、丈高いカエデの木が燃えるように赤く色づき、日の光に輝いている。美しいが、それをキャッチできる私の中の電極は死んだか、ほとんど切れかけている。ある朝、凍りかけた地面に下りた初霜が私のスニーカーの下で砕ける音がする。子供の顔ほどもある落ち葉が強風に転がされて飛んでゆき、突然裸になったプラタナスの幹は「白癬《はくせん》の木」という名の通り、白っぽい木肌を無理やり剝がしたように見える。

＊

インソンのメッセージを受け取った十二月下旬の朝、私はその遊歩道を歩いてきたところだった。零下の日が一か月近く続き、どの広葉樹の木にももう葉っぱが残っていなかった。

キョンハ。

インソンが送ってきた私の名が、メールの液晶画面にこぢんまりと浮かんでいた。

大学を卒業した年にインソンに初めて会った。私が入社した雑誌社には写真記者がおらず、ほとんどの写真を編集記者が自分で撮っていたが、重要なインタビューや旅行記事のときにはそれぞれが手配したフリーランスの写真家とペアを組んで動いた。長いときは三泊四日も一緒だから同性の方が楽だろうという先輩たちのアドバイスに従い、写真プロダクションに頼んで同い年のインソンを紹介してもらった。その後三年、毎月一緒に出張し、退職後も二十年間友達としてつき合ってきたので、彼女の癖は知り抜いている。こんなふうにまず私の名前だけを呼ぶのは、挨拶ではなく、具体的で急な用事のあるときだ。

うん、どうしたの？

毛糸の手袋をはずして返信し、しばらく待った。すぐに返事が来なかったので手袋をまたはめたとき、メールが来た。

すぐ来てくれる？

インソンはソウルに住んではいない。兄弟姉妹がなく、両親が四十代のときに生まれた彼女は、早いうちにお母さんの老いと病を経験した。八年前、済州島《チェジュド》の中山間《チュンサンガン》*の村に帰ってお母さんの介護をし、四年めに看取り、その後も一人でその家にとどまった。それまでインソンと私はお互いの家でしょっちゅう会い、一緒に料理して一緒に食べて語り合う間柄だったが、住む場所が離れ、それぞれに紆余曲折を通過するうちに会う間隔がだんだん広がっていった。その後は、顔を見ることもないまま一、二年がさっと過ぎてしまうこともあった。

そして最後に私が済州島を訪ねたのは去年の秋だった。トイレを室内に移す程度の簡単なリフォームを施した、外壁が石造りのその家に四泊する間に、二年前に五日市で出会って飼いはじめたという小さくて真っ白なインコのペアを彼女は私に紹介してくれて――一羽は簡単な言葉を話すことができた――一日のほとんどを過ごす庭の向こうの工房に私を連れていった。なぜかわからないけどけっこう売れて家計の足しになるという、切り株を丸ごと削って作った継ぎ目のない椅子を見せてくれて——どんなに楽だか座ってごらん、と彼女はまじめな顔で勧めた——前の夏に家の上の方の森で摘んで冷凍しておいたという桑の実と野いちごをやかんに入れて薪ストーブに乗せ、酸っぱくて薄いお茶を淹れてくれた。その薄味に文句を言いながら私がお茶を飲んでいる間、ジーンズに作業靴姿で髪をキュッと束ねた彼女は、ドキュメンタリー番組に出てくる木工の匠《たくみ》みたいに耳の上にシャープペンシルをはさみ、三角定規で板を測り、切断線を引いていた。

今、あの家に来てくれというのではないはずだ。どこにいるの？　と尋ねる私の文字と入れ違いに、インソンのメッセージが入ってきた。初めて聞く病院の名前が記されていた。次に来たのは、さっきと同じ質問だった。

すぐ来てくれる？

続いてまたメッセージが来た。

身分証明証を持ってきて。

家に寄ってから行くべきだろうか、と私はしばし考えた。自分のより二サイズも大きいダウンのロングコートという格好ではあったが、少なくともこのコートは清潔だ。ポケットの財布には現金を引き出せるクレジットカードと住民登録証が入っている。タクシー乗り場のある駅に向かってバスの停留所半分ぐらい歩いたとき空車のタクシーが走ってきて、私は手を振った。

＊　済州島の海抜約二〇〇〜六〇〇メートルの地域を指す。済州島四・三事件の際にはこの地域の住民の多くが犠牲となった。訳者あとがきの三〇九頁も参照。

*

真っ先に私の目に入ってきたのは、埃っぽい垂れ幕に書かれた「国内第一」という黒い文字だった。タクシー代を払い、病院の入り口に向かって歩きながら思った。国内で最高の縫合手術の専門病院だそうだけど、どうして私は今までその名前を聞いた覚えがないのだろう。回転ドアを通り、壁のクロスが古びている薄暗いロビーに入ると、指が一本ずつ切断されてしまった手と足の写真が壁に貼ってあるのが見えた。目をそむけたくなるのをこらえてしばらくじっと見た。実際よりも怖い記憶として定着してしまうこともあるから、最初に直視しておこうと思ったのだ。けれども私の考えが間違っていた。それはまともに見れば見るほど苦痛な写真だった。おずおずとその写真の右へ目を移すと、同じ手と足の指が縫合された後の写真が並べて貼ってある。手術跡がはっきり見え、そこを境に皮膚の色と質感が違っている。

この病院にインソンがいるということは、インソンの木工工房であのいう事故が起きたということだ。

自分の人生を自分で変えていくタイプの人たちがいる。他の人ならまず思いつかない困難な選択をさっさと決めてしまい、その結果に最大限の責任を負う人たち。そのために後にどんな行路をたどろうと、もう周囲を驚かせない人たち。大学で写真を専攻したインソンは二十代後半からドキュメンタリー映画に関心を持ち、生計の助けにならないその仕事を粘り強く十年続けた。もちろん、稼ぎになる撮影の仕事も手当たり次第にやっていたが、収入があるたび自分自身の仕事につぎ込むので、いつも貧乏していた。彼女はちょっと食べてちょっと使い、たくさん働いた。どこへ行くにもつつましいお弁当を作って持っていき、化粧は全くせず、鏡を見ながらはさみで自分の髪を切った。一枚しかないキルティングのパーカーとコートは、裏にカーディガンを縫いつけて温かくリメイクされていた。不思議なのは、それがまるでわざわざそうしたみたいに自然で素敵に見えることだった。

そうやって二年に一本ずつインソンが撮った短編映画のうち最初に好評を得たのは、ベトナムの密林の中で村から村へと移動しながら、韓国軍による性暴力事件のサバイバーたちにインタビューした記録だった。ほとんど自然そのものが主人公と感じられるほど、太陽の日差しと鬱蒼たる熱帯の木々のイメージが圧倒的だったその映画の力で、インソンは民間の文化財団から次の映画製作のための助成金を獲得した。比較的余裕のある予算でインソンが作った次の作品は、一九四〇年代の満洲で朝鮮独立軍に入って活動していたという、ある認知症のおばあさんの日常を扱ったものだった。娘に脇を支えられ、室内でも杖をついて歩く老人の空ろな目と沈黙、満洲の原野の果てしない冬の森が静寂の中で交差するその映画が、私は好きだった。

その次の映画も歴史をくぐってきた女性たちの証言だろうと誰もが思ったが、予想とは違い、インソンがインタビューしたのは自分自身だった。影だけが、または膝と手だけが、あるいは影の中に浮かぶ白っぽい形としてのみ露出した女性が映像の中でゆっくりと言葉を継いでいくのだが、彼女の声を知っている周囲の人たち以外、誰がインタビューされているのかすら把握できなかっただろう。一九四八年の済州島のモノクロの記録映像がときどき挿入されるだけで、語りは切れ切れで、言葉と言葉の間の沈黙が長く、陰になった白壁と光の縞が上映中ずっと消えたり現れたりをくり返すその映画は、以前と同じような正攻法の感動を期待していた人たちにとまどいと失望をもたらした。そうした評価とは無関係にインソンは、これら三編をつなげて初の長編映画を作る計画だったが、自ら「三面画」と呼んでいたその作業をなぜか途中でやめた後、国の援助が受けられる木工の学校に応募して合格した。

以前から、インソンが自宅近くの木工の工房によく出入りしていたのを私は知っていた。仕事が休みの期間には何日もそこにこもってのこぎりで木材を挽き、天板を組み、自分で使う木の家具を自分で作っており、私もそれを面白がって見ていたが、彼女が本当に映画をやめて家具職人になるとは信じられなかった。一年課程の学校をすっかり修了する前に、お母さんの介護のために済州島に帰ると言ったときも同じだった。しばらく故郷に滞在したらまたソウルに戻り、もう一度映画を撮るのだろうと思っていた。私の想像とは異なり、インソンは済州島に帰るとすぐに庭のみかん倉庫を改造した工房で家具を作りはじめ、お母さんの認知状態が悪化してほぼ一時も一人にしておけなくなると母屋の板の間に小さな作業台を設置して、まな板やお盆、スプーンや杓子といった小さな木製の道具類をかんなとのみで掘り上げて油を塗った。その期間には埃をかぶっていた工房を整備して再び大きな家具を作りはじめたのは、彼女のお母さんがこの世を去った後だった。

骨格が細い方とはいえ、一七〇センチを上回る長身のインソンが撮影機材を楽々と運び、使いこなす頼もしい様子を二十代から見てきたので、家具職人になったことは驚きではあったけれど、危なっかしさは感じなかった。けれども、けがが多いことだけは心配だった。お母さんを亡くして間もないころ、電動グラインダーにジーンズが巻き込まれ、膝からふくらはぎまで三〇センチ近い傷跡が残る事故に遭っていたし――いくら脱ごうとしてもジーンズが脱げないんだよ、その間もグラインダーは轟音を立てて回ってて、ほんとに怪物みたいだったと彼女は笑いながら言った――二年前には、積んであった丸木の山が崩れかけたのを止めようとして左手の人差し指が骨折、靭帯断裂という結果になり、半年以上もリハビリを続けていた。

今回切れたのは、その程度ではすまない何かなのだ。

案内カウンターでインソンの病室番号を聞こうと思ったが、呆然として魂が抜けたような若い夫婦が手に包帯を巻いた四、五歳の子供を抱いて泣きながら説明を聞いている。すぐにそっちへ向かうこともできず、私はロビーのまん中で及び腰のまま振り向いて回転ドアの外を見た。まだ正午にもなっていないのに、まるで夕暮れどきのように暗かった。すぐにでも雪を吐き出しそうな空の下、病院の向かいのコンクリートの建物群が冷たく湿った空気の中で固い体をすくめていた。

現金を引き出さなくちゃと思った。ロビーの端にあるＡＴＭに向かって歩きながら、身分証明証の使い道は何だろうと考えた。一刻を争う手術だったので家族の同意書なしですませ、今になって手術費や入院費を保証する人が必要になったのだろうか。インソンには父母も兄弟姉妹も、配偶者もいないから。

＊

インソン。

私がそう呼んだとき、彼女は六人部屋のいちばん奥のベッドに寝て、私が入ってきたガラスのドアの向こうをじりじりと凝視していた。彼女が今待っているのは私ではないのだろう。看護師か医師の助けが緊急に必要なのかもしれない。けれどもインソンは不意に気を取り直したらしく、私に気づいた。ただでさえ大きな目がさらに大きく見開かれ、輝き、すぐに三日月のように細くなって、目元に小じわができた。

来たね。

口の形で彼女が言った。

どうしちゃったの？

インソンの枕元まで歩いていって、私は聞いた。だぶだぶの病衣の上にやせこけた首と鎖骨がのぞいている。むくみのせいか、顔だけは去年会ったときよりむしろふっくらして見えた。

切った、電ノコで。

まるで指ではなく咽喉にけがをした人のように、声帯を震わせないようにしてインソンはそうささやいた。

いつ？

おととい、朝。

私の方へゆっくりと手を差し伸べながら、彼女が聞いた。

見る？

想像していたのとは違い、彼女の手は包帯ですっかり包まれてはいなかった。切断され、縫合された人差し指と中指の第一関節が包帯の上に露出していた。さっき出たばかりと覚しき赤い鮮血と黒く酸化した血とが混ざって、手術跡をおおっていた。

思わず目元がぴくっと震えたらしい。

こんなの見るの、初めてでしょ？

何と答えたらよいのかわからず、私は彼女を見やった。私も初めて見た。

かすかに微笑を浮かべてそう言う彼女の顔は蒼白だった。大量に出血したからだろうか。咽喉を使わず耳打ちするようにささやくのは、話すだけでもその振動で痛みを感じるためらしかった。

最初は、単に深く切ったと思ったの。

ちゃんと聞き取ろうとして彼女の方へ腰をかがめると、うっすらと血の匂いがした。

でもちょっとしたら、信じられないくらい痛くて。破れた軍手を必死ではずしたら、指の関節が二本、中にあった。

彼女のささやきを正確に聞き取るには、上下に動く口の形を注意深く見つめなくてはならなかった。血の気の引いた唇は紫色に近かった。

血が噴き出したのはその瞬間だよ。とっさに、止血しなきゃと思って、その後は記憶がない。

自責の念のような表情がインソンの顔に漂った。

電気機器を使うときはどんなに手が冷えても軍手しちゃいけないのに。全面的に私のミスだよ。

病室のガラスの戸が開く音がして、インソンが振り向いた。インソンがさっきから待っていた人が来たのだと、急に安堵した表情から想像がついた。ショートヘアで栗色のエプロンをつけた六十代初めの女性が私たちの方に歩いてきた。

私の友達です。

依然として声帯を震わせないようにしながらインソンがその人に私を紹介した。私の世話してくださる方だよ。昼間、二交代で面倒を見てくださってるの。

優しそうな印象の看病人[*]が笑いながら私に挨拶した。看病人は、強いアルコールの匂いのするポンプ式の手指消毒剤で両手を几帳面に消毒すると、ベッド横のサイドテーブルに置かれたアルミの箱を持ってきて自分の膝に載せた。

ほとんど奇跡みたいなんだけど、下の方の町に住んでる知り合いのおばあさんが済州病院に行く用事があって、ちょうど息子さんが迎えに来てたの。

途中だった説明をインソンが再開すると、カタンという音とともに看病人のアルミの箱が開いた。長さの違う針二組と消毒用アルコール、滅菌綿が入ったプラスチックの容器とピンセットがきちんと並んでいた。

息子さんはトラックで大型荷物の宅配をしてる方で、おばあさんが私にみかんを一箱持ってきてくれるとき、一緒にうちに寄ったの。工房に電気はついてるのに返事がないから、変だと思って入ってみたら私が気絶してたんだって。すごい出血で、とにかく止血して、私をトラックの荷台に乗せて済州病院まで走ったんだって。私の指二節は手袋ごとおばあさんが持ってくれて。島には縫合手術のできる医者がいないから、いちばん早いソウル行きの飛行機を……

インソンのささやきが途切れた。看病人が一本の針を消毒してからインソンの人差し指に持っていき、まだ血が固まっていない縫合跡にそれを迷わず突き刺したからだ。インソンの手と唇が同時に震えた。看病人が二本めの針をアルコールで濡らした綿で消毒し、さっきと同じようにインソンの中指を刺して傷つけているのを私は見た。看病人が二本の針をまた消毒して箱に入れたとき、やっとインソンの唇が開いた。

手術は成功したって。

まだささやき声だったが、痛みに耐えるために力を入れているせいか、ときどきかぼそい有声音が単語と単語の間から漏れた。

今後は、血が止まらないようにすることが大事なの。

彼女が力を振り絞ってささやいていたので、病室の入り口にかかったテレビから聞こえるニュースキャスターの声が、耐えられないほど気に障った。

縫合跡にかさぶたができたらだめなんだって。ずっと血が出つづけてて、私が痛みを感じるようでないといけないの。じゃないと、切れた神経の上の方が死んじゃうから。

私はぼんやりと聞き返した。

……神経が死んだらどうなるの？

インソンの表情が不意に子供のように明るくなったので、危うく一緒に笑いそうになった。

まあ、腐るんだよね。手術したとこより上の部分が。

当然でしょ？　と聞き返すような彼女の丸い目を、私はまだぼんやりと見ていた。

そうならないように、三分に一度ずつこうするの。看病人が二十四時間付き添って。

三分に一度？

相手の言葉をくり返すしか能のない人みたいに、私は聞き返した。

じゃあ、寝るときはどうするの？

＊　韓国の病院では看護師は医療以外の任務を担わないので、患者の日常の世話は家族か、「看病人」といわれる人々が担当する。

私はただ横になってて、夜に来てくれる方はうつらうつらしながら針で突いてくれるの。

それ、いつまでやるの？

これから三週間ぐらい。

また鮮血が出てさらに腫れてきた、その前から腫れていた彼女の指を、私は穴があくほど見つめていた。もう見つめていたくなくて顔を上げた瞬間、インソンと目が合った。

ぞっとするでしょ？

ううん、と私は答えた。

私が見てもぞっとするのに。

そんなことないよインソン。

私は二度めの嘘をついた。

ほんとはもうやめたいの、キョンハ。

彼女は嘘をつかなかった。

医療チームは、私があきらめるはずないって思ってる。特に右手の人差し指は、誰にとっても大事だからね。

黒い陰りのできたまぶたの下で、インソンの瞳が光った。

でも、最初にあっさりあきらめていたら、済州病院で切れたところを縫うだけですぐに終わったのになあ。

私は頭を横に振った。

あなたはカメラを使う人なんだから。今すぐシャッターを切りたいっていうとき、その指が必要でしょ。

そうだよね。それに、もし今あきらめても、なくなった指の痛みを一生感じることも多いから薦めないって、お医者さんがそう言ってた。

インソンは本当に、真剣にあきらめようとしていたのだと、そのとき私は知った。三分に一度ずつそこを刺されるたびにそう思ったのだと。それで医療チームに尋ねたのだ。今、すっぱりあきらめたらどうなるのかと。その質問への答えとして医師は幻肢痛の話をしたのだろう。もちろん今は、指を守ろうとする方が痛みが強いのですが、指をあきらめた場合、手の施しようのない痛みが一生続くでしょう、と。

三週間なんて長すぎる。

そんな言葉が慰めになるのかどうかわからないまま、私はつぶやいた。

費用もかかるでしょうに。

そうなんだよ、保険がきかないから。だから家族がいる人は看病人を頼まないんだって。近親者がこういうことをずっと担当するのも辛いけど、節約のためにはやむをえないから。

私がインソンの家族でなくてよかったとその瞬間、思ってしまった。私の手で三分に一度ずつ、あの針を彼女の指に刺さなくてもいいという事実が。彼女がどうやって看病人への支払いをまかなっているのか、疑問が湧いたのはその後だった。私が知る限り、お母さんの介護をしていた四年間に、インソンはソウルから持ってきたチョンセ金を使い果たしていた。自分で作った木の家具や小さな道具を売って一人暮らしの家計はやりくりできても、このような事故に備えるためのまとまったお金を貯めているとは思えなかった。もう一人になったんだもんね、心配することもないわ。いつか私が経済的な状況について聞いたとき、インソンはそう答えた。通帳がマイナスになることもあるにはあるけど、マイナスのときはごく稀だよ。だいたいプラスで、ときどきは結構プラスで……そんなふうにして、何とか無理せずやっていけてる。

＊

今、外、雪なの？

インソンの言葉にびっくりして私は振り向いた。

道路に面した大きな窓の外で、ちらちらと雪が舞っていた。白い糸くずを曳くようにして雪片が宙を通過してゆくその通り道をしばらく見守ってからあたりを見回すと、痛みにも忍耐にも慣れきった空ろな顔の患者たちと家族たちが一様に、黙って窓の外を眺めていた。

唇を閉じたまま窓の外を眺めているインソンの横顔を私は見た。特別に美人ではないが不思議に美しいと感じさせる人たちがいるけれども、彼女がそうだった。聡明さの滲むその目のおかげかもしれないが、それよりは性格のためだろうと私は思ってきた。どんな言葉も軽々には口にせず、いっときでも無気力や混乱に陥って人生を浪費することのなさそうな、そんな態度のためだろうと。インソンとしばらく話すだけでも、混沌、おぼろげなもの、不明瞭さの領域が狭まってくるような気がすることがあった。私たちの行為のすべてに目的があり、苦労や努力が毎回失敗に終わっても意味だけは残ると信じさせてくれるたくましい落ち着きが、彼女の言葉遣いや身ごなしには染みわたっていた。血だらけの手で、だぶだぶの病衣を着て、腕にだらりと点滴のルートが取られている今も同じだった。

彼女は弱き者、倒れた者とは見えなかった。

ずいぶん降りそうだね？

インソンの問いに私はうなずいた。本当にたくさん降りそうだった。さっきよりもあたりがさらに暗くなっていた。

不思議だな、こうやってあなたと一緒に雪を見てると。

インソンが窓から目を離して私にそう言ったとき、私もまた不思議だと思っていた。雪はほとんどいつも、非現実的なものに感じられる。速度のためか、美しさのゆえだろうか？　永遠と同じくらいゆっくりと雪片が宙から落ちてくるとき、重要なことと重要ではないことが突然、くっきりと区別される。ある種の事実は、恐ろしいほど明白になる。例えば苦痛。遺書を書き上げたいという矛盾をはらんだ意志によってこの何か月を持ちこたえてきたということ。自らの生という地獄をいっとき抜け出して友達を見舞っているこの時間が、妙に身に覚えのない鮮明な一瞬として感じられるということ。

だが、インソンが不思議だと言ったのは別の意味だと、私は知っていた。

＊

四年前の秋おそく、インソンはお母さんの葬儀にソウルの知人の大多数を呼ばなかったが、私には連絡をくれた。夜が更けて近隣の人たちは帰り、前から私も知っていた何人かのドキュメンタリー映画関係者も飛行機の時間に合わせて去り、済州市内の病院のお通夜会場は静まり返った。疲れたでしょ、とインソンに聞かれたとき、私は首を振った。喪主のために日常的な会話を続けなくてはと思ったが、ささやかな日常を共有しなくなって久しいこの友達とどんな話をしたものか、見当がつかない。お母さんの認知状態が悪化して以来、インソンは私が会いに来ることを望まなかった。電話してもつながらず、すぐにかけ直してもこなかった。メールで安否を尋ねると、何日かしてやっと返事が来た。内心が読み取れない、短くて淡々とした文章を読むたびに距離を感じた。うん、私も変わりないよ、あなたも元気でね。そんな隔絶した時間が私たちの間を通過したのに、今さら、今後の計画のことなど聞いてもいいのだろうか。

その夜インソンに最近の様子を聞かれて黒い木の夢の話をしたのは、そんな複雑な気持ちのせいだったのだと思う。冬が近づくにつれて、夏に見た夢がしきりに思い出されるのだと、手をつけていないお餅と皮をむいたみかんの皿を間に置いて私は打ち明けた。習慣性の胃痙攣のために行きつけの病院に向かおうとして、永遠に終わりのなさそうな八車線道路の横断歩道をよろよろと渡るとき、来ていない相手を待って騒がしいカフェの隅で体をすくめてドアの方を見ているとき、また別の悪夢から覚めてかぶりを振りながら天井の闇を見上げるとき、あの見知らぬ野原に雪が降り、黒い木々のところへ海が押し寄せてくるのだと。

だから、一緒に何かやってみたいのだけどどうだろう、と私はインソンに尋ねた。一緒に地面に丸木を植えて墨を塗り、雪が降るのを待って、それを映像に収めるのはどうかなあと。

それなら、秋が終わる前に始めないとね。

私の言葉に最後まで耳を傾けた後、インソンはそう答えた。黒いチマチョゴリを着て、白いヘアバンドでおかっぱの頭をきゅっとまとめたその顔は真摯で、落ち着いていた。九十九本の丸木を野原に植えるなら地面が凍る前にやらなくちゃ、と彼女は言った。遅くとも十一月の中旬には人を集めて木を植えようよ、父さんから受け継いで誰も使っていない遊休農地があるから、そこに植えればいいとも言った。

済州島でも地面が凍るの？

私が聞くと彼女は言った。

もちろん。中山間は、冬じゅうずっと凍るよ。

撮影できるくらいいっぱい降る？ ぼたん雪がいいんだけど。

私が重ねてそう尋ねたのは、それを済州島でやるとはよもや思っていなかったからだ。温帯と亜熱帯の木が入り乱れて生えている島に、雪が降るといったところでどれだけ降るか。それより、ソウルより寒い地域、例えば江原道《カンウォンド》の国境近くのどこかがいいのではと思っていた。

あ、雪のことは心配ないよ。

微笑を浮かべた彼女の目元には笑いじわができていた。その日初めて私に見せた笑顔でもあった。雨も霧も雪も多い湿気の高い村なんだと、春には濃い霧がかかって、日光を浴びられなかった女性たちが慢性のうつ病を訴えるほどなのだとインソンは言った。豪雨によく見舞われる夏はもちろん、乾季である春や秋にも週に二、三度雨が降り、三月下旬までぼたん雪が降ることも多いという。

最初にやる木の下準備がいちばん大変だよ。人を集めて地面に植えるときも、ちゃんと計画立ててからやらないとね。でも雪の撮影は心配ない。暇を見て私がいくらでも撮っておいてあげる。

こうして、その冬すぐにでも取りかかるつもりだったが、ソウルへ戻ると差し迫った私の個人的な問題で作業は延び延びになった。その後の状況もほぼ同じだった。ある年には彼女が、ある年には私の条件が整わなかったり、健康に問題があったりした。そして初雪が降ると、今年もあれはできなかったなと思った。どちらかが先に電話をして、こっちは雪が降ってるけどそっちはどう、と聞くと、こっちは明日降るんだって、ともう一方が答えた。来年にはできるかなあと二人のどちらかが聞くと、そうね、来年は絶対やろうともう一人が答えた。そしてどちらからともなく、そんなふうに果てしなく延期されていくまさにその状態が、この仕事の性格になりつつあると思ったときもあった。

＊

カタン、という音を立ててアルミニウムの箱がまた開いた。看病人が消毒剤をたっぷり手のひらにつけて指と指の間まで消毒する動作を、私は緊張して見守った。インソンはまるで何も聞こえないみたいに、私が何を見守っているのかさえわかっていないみたいに私を見上げていた。

もうじれったくて大変。ベッドから出られないなんて。こんなにずっと。

優しく愚痴を言うような微笑が、インソンの口元に漂った。

歩くのもだめだし、ちょっと腕に力を入れてもいけないんだって。

二本の針を看病人が順に消毒していた。針に触れた際に持ち込むかもしれない菌を防ぐためだろうか、両手をもう一回ずつ消毒した。

縛ってある神経の束が、すぐほどけちゃうんだって。肘の上までめくり上げて神経を探そうとしたら、また全身麻酔をして肩まで切開しなくちゃいけないの。それで麻酔が覚めなくて大病院に担ぎ込まれた人が今年の初めにもいたんだって。何年か前には、敗血症が進行して死んだ事例もあって。

インソンが話を止めた。看病人がインソンの傷に迷わず針を刺し込む動作を私はまたしっかりと見て、インソンと一緒に息を止めたまま後悔した。さっき病院のロビーでもう気づいていたのではなかったか、直視すればするほど苦痛だということは？

看病人が二本めの針をインソンの中指に刺している間、私はインソンの枕の横に置かれた携帯電話の方へ視線をそらした。包帯を巻いて縛った右手を動かさずに私にメールを送ろうとしてインソンが恐る恐る試した腰、肩、左手の動作を想像した。すぐ来てくれる？　力を振り絞って子音と母音をつなげ、単語と単語の間にスペースを空けて、そうやって二回も尋ねたのだ。でも、よりによってなぜ私だったのだろう？

彼女は友人が多い方ではなく、気の合う少数の人たちとだけつき合いながら過ごしていることを私は知っていた。けれども、こんな瞬間にまっ先に思い浮かべるのが私だとまでは思えなかった。引き受けてくれそうな人の顔を思い浮かべながらお願いの手紙を書いていた去年の夏、インソンの顔を思い出したことはなかった。彼女が遠くにいるという事実が何よりも大きく影響していただろう。一人で四年もお母さんを看病して看取った彼女に、それ以上の荷を負わせたくもなかった。あの時期、先に距離を置いたのはインソンの方だし、私の個人的状況もよくなかったが、私の側に努力の余地が本当になかったかといえば自信はなかった。飛行機で一時間もかからない島なのに、あんなふうに遠ざかったままにしておく以上のことを思いつけなかっただろうか。

そんな複雑な思いのせいで、「大丈夫そう？」と尋ねてしまったのだと思う。大丈夫そうだね、と言おうとしていたのに、思わずそんな言葉が出てしまった。さっき、新たな痛みに耐えているインソンの唇が震えるのを私は見た。痛みに耐えるためにしばらく意識を失ったのか、彼女を知って以来の長い時間の中で一度も見たことのない空っぽの視線が、私の方へ空虚に投げかけられていた。あんな恐ろしい痛みをかき立てつづけないと神経の糸がつながらないのか。私は納得できなかった。二十一世紀の医術に、あんなのじゃなくて他の方法はないのか、一刻を争って空港の近くを探したせいで、こんな小さい病院に来てしまったのではないか。

　インソンの目に光が戻ってきた。さっきの愚かな私の質問——大丈夫そう?——は聞こえなかったのだろうと思っていたが、まるであれは答える意味のある言葉だったというように彼女はささやいた。

　続けてみないとね、とりあえず。

　それはインソンの昔からの口癖だった。一緒に取材旅行に行っていたころ、面倒な取材相手に当たったり、交渉しておいた場所にトラブルが起きたりして私がうろたえていると、同い年のインソンがさわやかに言うのだった。とりあえず私は続行しているからね。私が問題をすっかり解決しても、半分だけ解決しても、失敗に終わって戻ってきても、彼女は機材をセッティングし、現場にいる人たちのほとんど全員を短時間で味方につけて私を待っていた。インタビュー映像を録画するときにはビデオカメラを固定して、スチール撮影用のカメラを持って笑いながら言った。

　あなたが始めたいときに始めて。

　その笑顔がふと伝染して私の心が明るくなると、私の顔が明るくなったことに安心したインソンの顔がさらに輝いた。

　まあ、とりあえず私は続けているから。

　その言葉が呪文のように私を安心させたものだった。どんなに気難しいインタビュー相手に会っても、予期せぬ突発的なアクシデントが起きても、ビューファインダーをのぞく彼女の落ち着いた顔を見ると、もうあわてる必要も、うろたえる理由もないと感じられた。

＊

最後に電話で話したときもインソンが似たようなことを言っていたと思い出したのは、その瞬間だった。

夢と現実の間で、黒い木々が並ぶ野原をまたも見たこの八月の夜明け、ようやく目を覚まして私はそこから抜け出した。汗に濡れた体を起こしてベランダまで歩いていった。窓を開け放つとしばらくは風が涼しかったが、湿気が押し寄せてきてまたすぐ暑くなった。

セミたちが声を振り絞って鳴いていた。そういえば夜通しああやって鳴いていたようだ。やがて、隣と下の家のエアコンの室外機がまた音を立てて回りはじめた。ひとまず窓を閉め、塩の服をまとったようなべとべとの体を冷たい水で洗い流した。逃げも隠れもできない暑さの中で、リビングの床に横たわり、携帯を枕元に置いたまま七時になるのを待った。その時間が、午前中にインソンと電話で話せる唯一の時間帯だったのだ。彼女は毎朝早くから午後六時まで工房で働き、作業中は携帯を消音にしておくから。

あ、キョンハ。

いつものようにさわやかに、インソンは私を歓迎してくれた。

元気？

淡々とお互いの近況をやりとりした末に、私は言った。黒い木を植えるプロジェクトはやめた方がよさそうだと。最初から私が夢の意味を取り違えていたと。本当にごめんねと。後でまた詳しく話そうと。

……そうか。

私が話し終えるとインソンは答えた。

でもどうしようかな、私はもう始めちゃったんだ。この前あなたが帰ってからすぐ。

去年の秋、済州島でその話を先に切り出したのはインソンだった。これで本当に取りかかれそうだよとインソンが言い、じゃあそうしようと私は答えた。そっちに行って以来、映像の仕事は全然やってなかったの？　とこわごわ尋ねたりもした。また始めるの？　と私がつけ加えたとき、彼女はちょっと考え込んでから答えた。もしかしたらそういうこともあるかも。

冬から木を集めてたんだよ、キョンハ。

まるでこの電話を待っていたかのように、あれからのことを話そうとして準備していたみたいに、インソンは順を追って話してくれた。

九十九本より多めに集めて、春から乾燥させてたんだ。今は夏だから湿気を吸ってるけど、十月ごろになったら乾いてすごく扱いやすくなると思う。十一月までせっせと作業して、地面が凍る前に植えれば、十二月から三月まで、雪が降るたびに撮影できる。

そうやって準備に入ったかもと思い、急いで電話したのだったが、私は驚いた。理由はどうあれこの四年間ずっとそうだったように、本当に実現はしないだろうと密かに思っていたのだ。

じゃあ、その木で他のもの作れないかな？

インソンが笑った。

うう ん、これは他のことには使わない。

微妙に異なる笑い方で感情を表すインソンの癖を私は知っていた。もちろん、おかしいときや楽しいとき、優しくいたずらっぽい気持ちのときにも笑うが、何かを拒絶する直前や、相手と違う意見を言わなくてはならないが喧嘩したくないときにも彼女は笑う。

ごめんね、インソン。

私はまた謝った。

やめた方がいいと思う。本心なんだ。

笑いを全く含まない声でインソンは尋ねた。

考えが変わることはない?

うん、そうはならないと思う。

もっとはっきり言わなくちゃと私は思った。

私が悪かった。全部私の勘違いだったの。

携帯の向こうで彼女が沈黙している何秒かが実際より長く感じられた。

とにかく私は続けているから。

そういうことじゃないんだよインソン、と私は止めたが、彼女はまるでお詫びに対して寛大に答えるみたいに、大丈夫、と言った。逆に私を慰めるような、忍耐強い声だった。キョンハ、私は大丈夫。

心配しないで。

カタン、と身震いするような音を立てて看病人のアルミニウムの箱がまた開いた。こうしている間にまた三分が流れたのだ。私と目が合うと看病人が、言い訳するように言った。

お友達は本当に精神力、お強いです。本当によくがまんしてらっしゃいます。

同意も否定もせずに、インソンが看病人に向かってゆっくりと右手を差し出した。血に濡れた包帯の表面が乾きすぎていると、私は思った。看護師は朝、ここにちゃんと来て消毒して包帯を巻き直したのだろうか。ちゃんと取り替えてくれているのだろうか、あんなに血が出っ放しなのに。

お医者さんも看護師さんもみんなそうおっしゃいますよ。ほんとに立派に耐えてらっしゃるって。

二か所の患部に順に針を刺して抜く間、インソンは口をつぐんだまま窓を見ていた。水分が多く、粒子の細かい雪片が、かぼそい線を垂直に曳きながら落下していた。

不思議だよね雪は。

聞こえるか聞こえないかの声でインソンが言った。

どうして空から、あんなものが落ちてくるかな。

＊

初めから私の答えは必要ではないというように、まるで窓の外のどこかにいる他の人に話しかけているみたいに、彼女が続けてささやいた。

トラックの荷台で意識が戻ったら、
切れた指から恐ろしい痛みが広がってきたの。
あんな痛さはそれまで想像もできなくて、
今も言葉じゃ言えないよ。
どれくらい時間が経ったのか、
誰が私をどこへ運んでいるのかわからなかった。
果てしなく通り過ぎていく木を横目で見ながら、今、漢拏山《ハルラサン》*を越えるところだなって想像がついただけ。
宅配用の段ボール箱、太いゴムロープ、汚れた毛布、車輪の錆びた手押し車なんかの間で、私は半分死んだ昆虫みたいにのたうち回っていたの。
気絶するほど痛かったのに、
ほんとに、いっそ気絶したかったのに、何であのときあなたの本を思い出したのかなあ。
あそこに出てくる人たち、違う、当時、本当にあそこにいた人たちのこと。
そうじゃない、それだけじゃなくて、あれみたいなことが起きた全部の場所にいた人たちのことをね。

＊　済州島の中央に位置する山。標高一九四七メートルで韓国で最も高い。

銃で撃たれたり、
棒でぶたれたり、
刃で突かれて死んだ人たちのことだよ。
どれだけ痛かったか？
指が二本切れただけでもこんなに痛いのに。
そうやって死んだ人たちのことだよ、命が断たれてしまうまで
体のどこかをえぐり抜かれたり、切り落とされたりした人たち。

＊

そのときわかった。インソンはずっと、私のことを考えていたのだと。いや、正確に言うなら私たちが約束したプロジェクトのことを。いや、もっと正確に言うなら四年前に私が見た夢の中の黒い木々について。あの夢の根源だったあの本について。

次の瞬間、もっと恐ろしい想像が浮かんで息が止まった。もう木は用意してあると、インソンは去年の夏にそう言っていた。余裕をもたせて百本以上の丸木を乾燥させていると。秋からそれを挽いて、切って、削って、背中を丸めた人々のような、傾いたり歪んだりした等身大の像を作っていると。

＊

あれのことをやっていたの？

逃げ場のなさを感じながら、口ごもりながら私は尋ねた。

私がやめようって言った、あのことだよ。あれをやっててこうなったの？

もうやめようって、はっきり言ったじゃない。なぜ一人で意地を張るの？　でも、そんなことは言えなかった。最初からあなたにそんな提案をすべきじゃなかった。自分でも意味がわかっていないのに、夢の話なんかするんじゃなかった。こんなことにあなたを引っ張り込むんじゃなかった。

それは重要なことじゃないんだよ、キョンハ。

婉曲な肯定がはっきりと見てとれるその返事に続いて、私にできるどんな謝罪も自責も後悔も拒否するというように、インソンは早口で話しつづけた。もう耳打ちのようなささやき声ではなく、突然すべての痛みに打ち勝ったようなはっきりした声で。

今日あなたに来てくれって言ったのは、そのことのためじゃないの。頼みがある。

にわかに生気を帯びて輝く彼女の二つの瞳を避けられないまま、私は次の言葉を待っていた。

3　豪雪

最初は鳥だと思った。白い羽根を持つ何万羽もの鳥たちが、水平線にぴったり添って飛んでいると。だが鳥ではない。遠い沖の海上で強風が雪雲をいっとき散らし、そのすき間に差し込む日光で雪片たちが光っているのだ。水面に反射した日光がそこで倍になり、白い鳥たちの群れが輝く帯となって海上にたなびいているような錯視を呼び起こしたのだ。

こんな吹雪は初めてだ。ソウルの街に膝の高さまで雪が積もった光景を十年前の冬に一度見たが、これほどの密度で雪が空中を埋め尽くしてはいなかった。内陸の街だから、風もこんなに吹いてはいなかった。私が乗ったバスは今、吹雪の舞う海岸道路を走っており、私はいちばん前の座席にシートベルトを締めて座り、強風になびくヤシの木を見ている。濡れた路面の温度はぎりぎり氷点下になるぐらいなのだろうが、これほど大量の雪が全く積もらず、跡形もなく消えていくという事実が非現実的に感じられる。理解を越えた大気の作用によって風が突然止まることもあるが、そんなとき巨大な雪片たちがどれほどゆっくり下降してくることか、走行中のバスから見ているのでなければ、正六角形の結晶を肉眼で観察することもできそうだ。けれども再び風が吹きすさび、まるで巨大なポップコーンの機械が空中で猛烈に稼働しているかのように雪片たちが宙へ突き上がる。雪とは本来、空から落ちてくるものではなく、地上で絶えず生み出されては虚空へ吸い込まれていくものだと言いたげに。

私は徐々に焦りはじめる。このバスに乗ったのが間違いだという気がして。

二時間前に私が乗った飛行機は、とても不安定に揺れながら済州空港に着陸した。ニュースで聞いたことがあるだけのウィンドシア現象*だったらしい。滑走路を走る飛行機の速度が徐々に落ちていく間、通路を隔てて隣に座っていた若い女性がスマートフォンを操作しながらつぶやいた。うわあ、次の便から全部欠航だよ。恋人らしき若い男性が答えた。僕ら、ラッキーだったね。女性が吹き出した。えー、何がラッキーなの、こんなお天気なのに。

空港を出ると、まともに目を開けていられないほどの激しい吹雪だった。タクシー乗り場で四台ものタクシーを後ろの人に譲った後で、私は初めて横断歩道を渡って空港ビルの前に戻り、蛍光色のチョッキ姿でリムジンバスの荷物保管庫にスーツケースを乗せていた職員に近寄り、自分が乗車拒否された理由を尋ねてみた。初老のその男性は私の目的地を聞くと、バスに乗りなさいと忠告してくれた。今、この島には大雪注意報と強風警報が同時に発令されており、インソンの家のある中山間の村まで行ってくれるタクシーはないだろうというのだった。バスはどの路線もタイヤにチェーンを巻いて運行しているはずだが、この雪が夜中もずっと続くならそれもストップするはずで、中山間地域は明朝

＊　風向や風速が局地的に急激な変化を見せる現象。

から孤立する可能性が高いとも。どのバスに乗ればいいでしょうか、と私が聞くと彼は首を横に振った。とりあえずどのバスでもいいから乗ってバスターミナルにお行きなさい。小止みなく目や鼻に降りかかる雪のせいで彼は眉をしかめていた。とりあえず、ここから出るバスは全部、ターミナルには行きますから。

彼の忠告に従った。最初に来た市内バスに乗ってバスターミナルへ向かった。不安だった。午後五時にはもう暗くなるはずだが、そのときすでに二時半を回っていた。インソンの家は村からぽつんと一軒離れている。バス停から少なくとも三十分は歩かなくてはならない。街灯がなくて不便だからとインソンさえ懐中電灯を持って歩いていた夜道を、こんな天気に私一人で歩いてたどり着けるとは思えない。だからといって、済州市内に宿をとって夜明けまで待つわけにもいかない。中山間への道が今夜じゅうに交通止めになる可能性もあるというではないか。

ターミナルに到着して間もなく、南海岸のP町を経由する急行バスが入ってきた。Pはインソンの村からいちばん近い町だ。漢拏山を横切ってまさにインソンの村の近くを通過する路線もあるのだが、運行数が少なくて一時間以上待たなくてはならないので、私はその急行バスに乗り込んだ。インソンは、郵便局や農協に用事があるときは小型トラックを運転してPまで行くと言っていた。標高が低くなるにつれて鬱蒼たる椿の森が道の両側に果てしなく広がるその道を、インソンの横の助手席に座って私も通ったことがある。Pと村を結ぶ小さい路線バスが一時間に三本出ていると彼女は教えてくれた。荷物がなくて天気がよければ、トラックではなくそのバスに乗ってPまで下り、海辺を散歩してくるのだとも言っていた。どこを歩くの？　と私が聞くと彼女が目で示してくれたその砂浜には、息が止まるほど青い海がしぶきを上げて押し寄せていた。

ありありと思い出したその記憶のせいで、そのとき私は最良の選択をしたと信じていた。先に来た急行バスに乗ってPに着いた後、路線バスに乗り換えてインソンの村まで行くという選択。だが問題は、この島が東西に長い楕円形だということだった。ターミナルであと一時間待って漢拏山を横切るバスに乗った方が、結果的には早かったかもしれない。こんなふうに延々と遠回りしている間に、Pからインソンの村に行く小さなバスの運行が雪で中断されるかもしれない。

大きな深紅の花のかたまりを咲かせた亜熱帯の木々が、激しく身を震わせている。こんなに大量の雪が花の上に全く積もらないのは、あのすさまじい風のためだ。何本もの長い腕を振り回しているかのようなヤシの木の枝の動きは、さらに激烈に見える。すべての木々のつやつやした葉、花軸、生い茂った枝はおのおの独自の生命であり、まるで進んで豪雪を逃れようとするかのようにはためいている。

この吹雪に比べたらソウルの雪は何て静かだったことか、と私は考える。わずか四時間前、インソンが入院している病院を出てタクシーの後部座席に乗り込みながら見た雪は、灰色の空と道路のアスファルトの間にびっしりと縫い取られた無数の白い糸のように見えた。三分に一度針を刺されて新しい血を流しているインソン、声帯を震わせずささやくように話すインソン、痛みのためか他の感情のせいか、はかり知れない光をたたえた目で私を凝視していたインソンを後にして、タクシーは金浦《キムポ》空港を目指して走った。濡れた糸のようにフロントグラスに貼りつく雪片を、二本のワイパーが根気よく拭き取っていた。

*

済州島の家に行ってほしい、とインソンが言うので、私はここまで来た。

いつ?

私が聞くとインソンが答えた。

今日。日が暮れる前に。

タクシーで病院から金浦空港まで最短時間で駆けつけ、直近の便で済州島まで飛んだとしても可能かどうか。おかしな冗談だと思ったが、インソンの目は真剣だった。

でないと死ぬ。

誰が?

鳥。

鳥って何、と聞き返そうとして思いとどまり、私は去年の秋にインソンの家で会った小さなインコたちのことを思い出した。その一羽が、コンニチワ、と私に声をかけた。その声がインソンの声と似ていたので私は驚いた。インコが人の発音だけではなく、声まで真似ることができるとはそれまで知らなかったのだ。もっと不思議だったのは、その鳥がまるでインソンの質問を理解しているみたいに、「ソウ」とか「ウン」、「チガウ」とか「シラナイ」といった返事を交差させながら、かなりもっともらしい会話を続けていたことだ。オウム返しっていう言葉は間違っているよね、とその朝インソンは言った。こんなふうに会話ができるんだから。半信半疑の私に彼女は笑いながら勧めた。あなたも、手に乗りなさいって言ってごらん。私はためらったが、インソンの微笑に勇気づけられて鳥かごの扉を開け、人差し指を出した。ここに乗ってみる？　そう尋ねると、すぐさま「チガウ」という返事が返ってきて私は面目をつぶしたが、鳥はまるで今の答えを否定するみたいに、その小さなかさかさした足、ほとんど重さがないような体を私の指に載せてきて、私はそのことに妙に心を揺さぶられた。

アミが何か月か前に死んで、今はアマだけなの。

私の記憶が正しければ、話をするのがアミだった。あと十年は寿命があると言っていたのに、なぜ急に死んだのだろう？　頭と尾の羽根にレモンより薄い黄色い模様が入った白い鳥だった。

アマがまだ生きてるか見てきて。生きていたら水をやって。

アマはアミと違って頭から尾まで完全に白く、もっと地味で、言葉を話さない代わりにインソンのハミングをみごとに真似ることができた。アミが私の人差し指に乗ってきたのとほぼ同時に、アマは私の右肩にパッと飛び上がって止まったが、アミと同じく重みのない体、かさかさした感触がセーターの編み目のすき間から感じられた。顔を見ようとして私が振り向くとアマは頭をひねり、考えごとをしているみたいに左目で何秒間か私を見つめた。

わかった。

インソンの頼み方が真剣だったので、とりあえず私はうなずいた。

家に帰って荷造りして、明日の朝一番の飛行機で行くよ。

それじゃだめ。

相手の言葉を途中で遮るのは、いつものインソンならやらないことだ。

それだと遅すぎる。事故が起きたのはおとといなんだ。あの晩に手術受けて、昨日まで無我夢中で、今日気がついてあなたに連絡したの。

済州島に頼める人はいないの？

いない。

その返事は私には信じがたかった。

済州市や西帰浦《ソグィポ》にも？　あなたを発見したっていう、そのおばあさんは？

電話番号も知らない。

話し方が妙に切羽詰まっていると、私は思った。

あなたに行ってほしいの、キョンハ。あの家でアマの世話してちょうだい。私が退院するまで。

何を言ってるのと聞き返したかったが、早口で話しつづけるインソンを制止することはできなかった。

運よくおとといの朝、水はいっぱいやっておいたの。粟とドライフルーツとペレットも、夜遅くまで作業するつもりだったからたっぷりやった。二日は何とかなるかもしれない。でも三日は無理。今日じゅうに行けば助かる可能性がある。でも明日には死ぬ、絶対。

どういうことかはわかった、と私は彼女をなだめたが、本当に理解したわけではなかった。

でも、あなたが不在の家に、あなたが退院するまでいるなんてできないよ。まずは行ってみて、助けた後で鳥かごごと連れてくるよ。無事なのを見たらあなたも安心するだろうから。

だめ、とインソンは頑なに言った。

そういう、急な環境の変化に耐えられないの、アマは。

私はうろたえた。私たちが友達として過ごした二十年間、インソンにこんなに無茶な頼みごとをされたことはない。身分証が要るというメッセージをもらったとき私は、手術の同意書か何かが緊急に必要なのだろうと思った。だから家にも寄らず、すぐにタクシーに乗ったのだ。すさまじい痛みとショックのために、インソンの何かが変化してしまったのだろうか？　これも全部、私の提案のせいだから、責任をとってくれということだろうか？　いや、本当に頼める人が私しかいないんだろうか？　一か月近く済州島に滞在して鳥の世話ができる人、仕事も家族も、日常生活を営みつづける意味さえ存在しなくなった人が？　そのうちどれが理由だとしても、私には拒否のしようがなかった。

＊

強風が沖の黒雲を散らすたび、日光が水平線に落ちてくる。何千、何万羽もの鳥の群れのような雪片が蜃気楼のように現れては海面上を吹き払われて移動し、光とともに忽然と消える。私が額をくっつけているバスの冷たいガラス窓にも、二本のワイパーがキイイッ、キッ、という音を立てて拭き上げているフロントグラスにも、巨大な雪片が後から後からぶつかっては消えていく。

私は頭をまっすぐにしてダウンコートのポケットを探る。手に触れたガムの薄い箱を取り出して開ける。搭乗時間に追われながら金浦空港のコンビニで買ったものだ。錠剤の包装のような銀色のシートに閉じ込められた一二個の小さな正方形のガムのうち一粒は離陸時に噛み、今、二個めを押し出して手のひらに載せる。なめらかな曲線を描いてふくらんでいるそれを口に入れ、噛みはじめる。遠くから、氷が割れるように近づいてくる偏頭痛の前兆のせいだ。ひどい胃痙攣と血圧の低下を伴う、昔からのこの頭痛の原因を私は知らない。いつ始まるかわからないので常に薬を持ち歩いているが、今日はちょっと出かけてそのままここへ来たので、持ってこられなかった。前兆を過ぎて本当の症状が始まってしまったら、どんな応急措置も意味がない。その直前の臨界点で助けになるものは経験上ガムだけだ。いちばん柔らかいお粥でもだめだ。一度頭痛が始まったら、結局は吐くことになる。

どこまで行かすか？

運転手が済州島言葉で叫んだ。私がかばんを持たず、旅行用の服には見えないぶかぶかのダウンコートを着ているので、地元の人だと思ったのだろう。

Pまでです。

どこ？

私はさらに大声で答える。

Pに着いたら教えてもらえますか？

間近にいるのに、運転手の返事が正確に聞こえない。窓の外の風の音が声を飲み込んでしまうのだ。彼が私の目的地を聞いたのは、ほとんどのバス停に人がいないからだろう。乗客は私だけだから、遠くから見てバス停に人がいないようなら減速せずに通過するつもりなのだ。

だが、すぐ次のバス停に人がいた。観光客らしい三十代の男性が、吹雪の中で上半身を道路の方へ突き出して手を振っている。強風に耐えて待つだけでも辛かったようで、料金も払わず運転席のすぐ後ろの座席に倒れ込んだ。重そうなリュックをようやくおろして横の席に置いてから、やっとポケットから財布を出す。

空港行きますよね？

交通カードをタッチしながら彼が聞くと、運転手が大声で答える。

あ、空港行くなら向かいで乗らないと。それと、飛行機は飛びませんよ。

空港行かないんですか？

ほとんど絶望的な疲労が男性の声に滲んでいる。

バスの前にはっきり書いてあるじゃないですか？　空港行くって。

空港、行くことは行くよ。でも遠回りするから、向かいで乗った方がよかったんですよ。

すごく待ったんですよ。空港にさえ行けるなら、これに乗っていきます。

あと二時間はかかるのに？

運転手が舌打ちする。

遠回りするのはお客さんの自由だけども、今日は飛行機、飛ばないんですからね。

知ってます。明日の朝まで空港で待ちます。

自分は終始ていねいな言葉遣いなのに運転手が半分くらいぞんざいな言葉を混ぜるため、男性はどことなく鬱憤をこらえているような口ぶりだ。

空港で朝まで？　十一時には電気消して追い出されるのに？

空港で夜明かしできないんですか？

驚いたように男性が聞き返す。

じゃあ、今日飛行機を逃した人はどうするんです？

どうって、宿をとらないとでしょ……こりゃお客さん、大変だ。この天気に、そんな、何の準備もなしで。

呆然として口を開けている男性をバックミラーでちらっと見ながら、運転手がかぶりを振った。会話はここで途切れた。男性があきらめたようにシートベルトを締め、携帯を手にする。済州市内の宿を検索するか、知り合いに連絡しているのだろう。彼のリュックで半分くらい隠れた内陸側の窓の方へ、私は目をやる。海抜二千メートルの死火山がそびえているはずの方向だが、視野の中に形あるものは見えない。黒雲と雪煙の白い巨大なかたまりが、空中いっぱいにゆらゆらとうごめいているだけだ。海岸にはぎりぎりまだ雪が積もっていないが、ちょっとでも標高の高いところでは状況が違うだろう。雲が一瞬散ったとき奇跡のように差し込んでくる日の光や、低空を飛ぶ鳥たちさながらに海面上にたなびいているあのまばゆい雪片たちの、慈しみにも似た何か。そういったものは、中山間にはないだろう。もうすぐPに到着し、息も止まりそうなほどみっしりと詰まったあの吹雪の中へと入っていかなくてはならないのだ。

＊

こういう雪にインソンは慣れているのだろうか、と私はふと思う。こんな吹雪が、彼女にとっては驚くようなことでも、特別でもないのか。どこまでが雲で、霧で、雪なのか区別できない、あのゆらゆらとうごめく灰白色のかたまりが。自分が生まれ育った石の家が確かな座標としてあの巨大なかたまりの中に存在し、死んだのか生きているのかわからない一羽の鳥がそこで待っているという事実が。

初めて一緒に出張に行ったあの年、インソンは故郷の話をなかなかしない上に、完ぺきなソウル言葉を使っていたので、ソウルっ子と何の変わりもないように感じられた。ある夜、宿のロビーの公衆電話でお母さんと電話で話しているのをそばで聞いて、インソンが遠い島から来た人であることを実感した。いくつかの名詞以外は理解の追いつかぬ地方語を、彼女は駆使していた。笑みを含んだ表情で何ごとかしきりに問いかけ、聞き取れない言葉で冗談を言い、私には理解できない文脈で大笑いした後、受話器を置いた。

何をそんなに面白い話してたの、お母さんと。

私が聞くと、彼女はさわやかに答えた。

大したことじゃないんだけどね。またバスケを見てたって言うからさ。

笑いの余韻がまだ彼女の顔に残っていた。

母さんは普通のおばあちゃんだよ。四十歳過ぎて私を産んだんだ。だからもうとっくに還暦を越えてるの。バスケのルールも知らないのに見てるんだよ、人が大勢出てくるのが良いって。家が一軒家でぽつんと離れているから、仕事のないときは寂しいのね。

彼女の声には、親友の妙な癖を人に告げるときのようないたずらっぽさが漂っていた。

その年齢で、まだ仕事なさってるの?

もちろん。おばあちゃんたちは八十歳になっても働くよ。みかんの収穫のときには総出でお互いに助け合うの。

インソンはまた笑いながら、さっきの話に戻った。

サッカーをやってると、それも喜んで見てるんだ。人がもっと大勢出てくるでしょ。ニュースにデモ行進や抗議行動の場面が出てくるときも、ほんとにすごく熱心に見てるよ。誰か知り合いが出てるって聞いたみたいに。

その後、列車や高速バスの中で時間を持て余したとき、食堂でなかなか料理が出てこないとき、私はときどきインソンに済州島言葉を教えてほしいとせがんだ。彼女がお母さんと話すときに使っていた、有声音の多い、なだらかな抑揚の地方語が耳に快かったからだ。

こんなの、済州島に旅行するときも使えないんだけどな。陸地《ユクチ》[*1]の人なのはすぐわかるから。

初めのうちインソンは乗り気ではなかったが、私が本当に関心を持っていることがわかると、簡単なものから順に教えてくれた。いちばん面白かったのは、陸地言葉とは活用の仕方の違う動詞と形容詞の語尾だった。ときどき会話の練習もしたのだが、する《ハダ》——した《ヘン》——している《ハメン》——するだろう《ハジェン》と続く時制の活用を私が間違えるたび、インソンは笑みを含んだ表情で矯正してくれた。いつだったか、彼女は言った。

　風が強い土地だからなんだって、こんなふうに語尾が短いのは。風の音で言葉の最後の方が切れちゃうから。

そしてインソンの故郷は、彼女が教えてくれる淡白な地方語——語尾がさらりと短い言葉——と、人恋しさゆえにバスケの試合を喜んで見ているという子供みたいなおばあちゃんのイメージでのみ、私に残った。私が雑誌の仕事を辞めたばかりの年末に、仕事を介在させない純粋な友達として初めて彼女に会った夜までは。

　年の瀬のその夜、交通量があまり多くない二車線道路に面した、大きな窓のある[*2]うどんのお店で、私たちは一緒に遅い夕食を食べていた。年が変わると二人の年齢に一歳ずつ加わるという事実が、当時は重たく感じられていたことを思い出す。

雪だ。

インソンにそう言われて、私は麺を噛み切ってから窓の外を見た。

降ってないよ。

車が通るときに見えた。

間もなく車が一台通り過ぎ、ヘッドライトの光が闇の黒さに投げかけられると、細かい塩の粉のようにきらめきながら降る雪が見えた。

インソンが箸を置くと食堂の外へ出ていった。私はうどんを食べながら、窓の向こうの彼女の後ろ姿を眺めていた。どこかへ電話をしに出たのかと思ったが、彼女の携帯はテーブルの上にきちんと置かれている。写真を撮りに行ったのかな？　カメラも置きっぱなしだったが、撮り方を構想しているのかも、と思った。インソンと一緒のときにはそういうことがよくあって、私はいつも二者択一を迫られた。彼女が何を観察してカメラに収めるのかを好奇心とともに見守るか、私は私で別のことを考えながらのんびり待つか。

想像とは違い、インソンはカメラを取りに戻ってはこなかった。やせた肩と肩甲骨の輪郭が見てとれる薄いハイネックシャツ一枚で、淡い色のジーンズのポケットに両手を入れて、身動きもせずじっと立っているだけだった。タクシーがまた一台通り過ぎ、ヘッドライトに照らされた虚空に塩の粉の

＊1　済州島から見て本土を指す呼び方。
＊2　韓国では数え年で年齢を数えるので、新年になると同時に一歳年をとる。

ような雪が舞った。彼女はまるで、すべてのことを忘れた人のようだった。食べている途中のうどんを。連れの私を。日付と時間と場所を。やがて彼女が食堂に戻ってきたとき、髪に積もったいくらかの雪が、私たちのテーブルまで歩いてくるわずかの間に溶けて小さな水滴になって凝《こご》っているのを私は見た。

私たちは黙ってうどんの残りを食べた。誰かとずっとつき合っていれば、どんなときに言葉を慎まねばならないかをぼんやりと学ぶことになる。二人とも箸を置いてしばらく時間が流れた後、彼女はようやく口を開き、十八歳のときに家出したことがある、そのとき一度、死の峠を越えたと言った。私は内心驚いた。インソンが九歳のときに一人身になり、その後娘を大学まで行かせた年老いたお母さんを彼女が常日ごろどんなに大事に思っているか、知っていたから。

あなたがいつも、うちの母さんはおばあちゃんみたいな人って言うから、私、自分とうちの母方のおばあちゃんみたいな間柄なのかと思ってた。

私はインソンにそう言った。

おばあちゃんとの関係は、両親とは違ってたの。お互いの間に、複雑な思いみたいなものが全然なくて……ただただ、与えてくれるだけで。

インソンがそっと笑って同意した。

本当にそうだったよ、うちの母さんも。本当におばあちゃんみたいに私に接してくれた。何も期待しなかったし、叱りもしなかった。

まるでお母さんがそばで聞いているみたいに、インソンの話し方は用心深かった。

小さいときは何の不満もなかったの。父さんも母さんも声が小さくて、家はいつも静かだった。父さんが亡くなった後はもっと静かになった。この世に母さんと私の二人きりだってことを、いつも感じてた。夜、ときどきおなかが痛くなったんだけど、母さんは私の人差し指を糸で縛って、爪のつけ根のところを突いて瀉血して、ずっとおなかを揉んでくれたの。嗚呼《はいご》。黍《きび》んごと細かなあ、うちの娘《とる》は。父親《あばん》に似て、神経も絹糸みたいさ……ってため息まじりの独り言を言いながら。

大きな平鉢の中を箸でぐるぐるかき回して、もう麺が残っていないことに気づいた彼女は、箸をテーブルに置いた。誰かに検査してもらうみたいにまっすぐに箸の先を揃えた。

なのにあの年にはどうして、母さんがあんなに嫌だったんだろう。

＊

くっ、と熱いものがみぞおちから咽喉に沿って上ってくると、もう耐えられなかった。家が嫌だった。ぽつんと一軒だけ離れた自分の家も、バス停まで三十分以上歩かなきゃいけない道も嫌だったし、バスに乗って着く学校も嫌だった。授業開始を知らせる「エリーゼのために」が嫌だった。授業の時間が嫌で、何を見てもそれほど嫌ではないらしい同級生たちが嫌で、週に一度洗ってアイロンをかけなきゃいけない制服が嫌だった。

そのうちいつからか、母さんが嫌になってきたの。この世が嫌で耐えられないのと同じくらい、ただもう母さんが気持ち悪かった。自分自身を嫌っていたのと同じくらい、母さんが嫌だったんだね。母さんが作ってくれた料理が気持ち悪くて、傷だらけの食卓を几帳面に布巾で拭いてる後ろ姿にぞっとして、昔ふうに結い上げた白髪が嫌で、何かで罰を与えられた人みたいに少し背中をかがめた歩き方にいらいらした。だんだん憎しみが大きくなって、そのうち息もできないくらいになったの。何か火の玉みたいなものがひっきりなしに、みぞおちから湧き上がってくるみたいで。

家出したのは要するに、生きたかったからだよね。そうしないとあの火の玉が私を殺してしまいそうだったから。朝、目が覚めるとすぐ制服に着替えて、リュックには教科書とノートではなく下着と靴下を、手提げかばんには体操服ではなく私服を入れて。十二月の今ごろだった。みかんの収穫と箱詰め作業の時期だったから、母さんは明け方から村に出かけて仕事をしてた。母さんが布をかけておいてくれたご飯もそこそこに、私はお金のありそうな場所を探したの。テレビの下の、電気や水道料金の書類を入れておくブリキの菓子箱の中にけっこうな額のお金が入ってた。先に収穫したうちの畑のみかんを売ったお金がね。

家を出る直前に、母さんの部屋を見回した記憶がある。引き戸が開いていて、布団がきちんとたたんであった。でも電気毛布を載せた敷布団はそのまま広げてあった。その布団の下に糸鋸《いとのこ》が置いてあることを私は知ってたの。鋭く尖った金物を敷いて寝ると悪夢を見ないっていう迷信を、母さんは信じていたからね。でも、糸鋸を敷いたって母さんはしょっちゅう夢を見てたんだよ。息を殺して身震いして、ときどき野良猫みたいな変な声を上げて泣きじゃくって。あの姿とあの声が、私にとっては地獄だったの。後悔はしない、もう戻らないってそのとき自分に誓ったんだ。もうこれ以上あの人に、私の人生を暗く染めることは許さないって。曲がった背中と、ぞっとするほどかぼそいあの声で。この世でいちばん弱々しい、怯えきった人間の姿で。

旅客船ターミナルのトイレで私服に着替えて、莞島《ワンド》行きフェリーのチケットを買って島を出たの。木浦《モッポ》バスターミナルで高速バスに乗って、ソウルに着いたらもう夜も遅かった。ターミナル近くの安宿に泊まったんだけど、客室の鍵を何度確認しても不安だったのを覚えてる。布団に知らない人の髪の毛がついているのが嫌で、水で濡らしたティッシュですっかり拭いても気がすまなくて、背中を丸めて寝たの。そうすれば汚れから守ってもらえるみたいに。

次の日、宿を出て、ソウルに住んでる親戚の「姪っ子姉さん」に電話したの。前に話したと思うけど、この人は伯母さん、つまり母さんのたった一人の姉さんの孫娘なんだ――今はオーストラリアにいるけどね。伯母さんは早く亡くなったけど、母さんとは違って若いうちに結婚してすぐ娘を産んで、その娘が私にとっては従姉に当たるわけだけど、親と言ってもおかしくない年代だったのよ。で、その人の娘が私の二歳上で、この人に電話したわけ。小さいときから、単に「姉さん」って呼ぶと大人たちに叱られるから、「姪っ子姉さん」っていう変な呼び方をしていて。

そのとき「姪っ子姉さん」は大学一年生だったんだけど、私が電話したら、鍾路《チョンノ》まで来られるか、YMCAのビルのロビーで会おうって言ったの。姉さんは義理固い人だから、誰にも言わず一人で来てくれたけど、私に会うとすぐに怒り出して。いったい何のつもりなの、早く家に帰りなさいって。高校卒業しないつもりなの、お母さんには電話したの、帰りの交通費はあるの、今泊まってるところはどこなのって聞かれた。私はどの質問にも答えずにそこを逃げ出したの。誰にも言わないでって頼みはしたけど、姉さんがその日、家族全員に話すことはわかっていたから。

宿に戻る途中で自分に誓ったんだ。姉さんが言ったことを全部、逆にやろうって。母さんに電話せず、もちろん島には帰らず、高校も卒業しないって。とりあえず仕事を探さなくちゃと思った。ターミナルの近くの日本料理レストランに貼ってあった求人広告を見て、面接を受けに行ったの。その近くにある教育大学に一年通って今は休学中ですって恐る恐る言ってみたら、不思議なことに社長は疑いもしなかった。エプロンをつけて二時間、ホールで接客の仕事をやらせてみて、明日から出勤するようにって言ったんだよ。

レストランを出て宿に向かって歩いていくとき、私はちょっと興奮状態だったみたい。一歩踏み出すたびに大勢の人波が目の前でぱーっと割れて、さあ、お前はこれから前だけを見て歩くんだよって言ってくれてるみたいだったの。胸の片すみが締めつけられるほど不安なのに、ずーっと頭から氷水を浴びせられているみたいに精神はくっきりと鮮明なんだ。こんな感じを自由と呼ぶのかなあ、と思ったのを覚えてる。すぐに暗くなって、島では十分にあったかかった半コートにすごい寒気が入り込んできてね。コートの襟を立てて、首をすくめて、寒風が少しも入らないようにして歩いていって、盛り土の上に薄氷が張って、その上にうっすら雪が積もったところで足が滑ったの。落ちていく間に両足で感じた、空中にいるっていう感覚を覚えてるんだよ。底がないな。まだないな。死ぬんだな。それが五メートルの深さだったことは後で知った。

次の日の正午ぐらいに発見されたんだって。盛り土の下に工事現場があって地面が掘り返されていて、夏に工事を中断して以来放置されてたんだけど、ちょうどその日、所有権が移転されることになっていて、新しい持ち主と不動産業者が一緒に現地を見に来たのね。死体があると思って腰を抜かしたけど、息があったからもっと驚いたんだって。

私が死ななかったのは、地下水の排水のために敷いてあった不織布の山の上に落ちたからだった。天運というのか、どこも骨折していなかったけど、問題は頭に強い衝撃を受けていたことでね。意識がなかった十日間、私は身元不明の患者に分類されて近くの総合病院に入院していたの。やっと少し意識が戻ったときに看護師に名前を聞かれて答えたっていうんだけど、その記憶が全然ないんだ。覚えているのは、ふっと気がついたとき、「姪っ子姉さん」が真っ赤な目をして枕元に座っていたこと。それからまた意識を失って、目を開けたらこんどは同じ場所に母さんがいたの。暗い病室に就寝灯だけがついていて、暗闇の中で真っ黒な目を光らせて、母さんが私の目をのぞき込んでいたの。

インソンよう、って母さんが私を呼んだ。

返事、してみ。わかるな?

私がうんって答えたとき、母さんは泣きも、叱りも、大声で看護師を呼びもしなかった。その代わり、とりとめなく話しはじめたんだよね。そしていつの間にか私の手をぎゅっとつかんで、真っ黒な目を光らせて。

私がけがをしたことはとっくに知っていたって、そのとき母さんが言ったの。病院から連絡が来る前にもうわかってたって。私が盛り土から落ちたその晩に夢を見たと言ってた。五歳くらいの私が雪野原に座っていて、私の頰っぺたに雪が載っているのに、不思議なことにそれが溶けないんだってよ。夢の中でもぶるぶる震えてしまうほど怖かったんだって。温かい子供の顔に降った雪がなぜ溶けずにそのままなのか、って。

*

その話を聞いたのは、私がインソンのお母さんに実際に会うより前だった。その後十年が過ぎ、インソンが済州島に戻って間もないころ、当時勤めていた職場で済州島での短期研修が行われた。夜の日程を何とかキャンセルしてタクシーを呼び、インソンの家を訪ねたとき、認知症の初期だった彼女のお母さんが思いのほかに身ぎれいでしっかりしたお年寄りだったので私は驚いた。インソンと違って背が低く、目鼻立ちがこぢんまりして、声がきれいで、まるで少女のまま老いた人のようだった。楽しく遊んでいってくださいい、と私の手をしっかり握って挨拶するその人を後にして部屋を出たとき、インソンは言った。

知らない人に会うと緊張するのか、しゃんとするのね。人に迷惑をかけることをすごく嫌う性格だからだと思う。その代わり私といるときには泣いたり、いらいらしたり、甘ったれたりするんだ。私のこと、姉さんだと思っていることが多くて。

翌日、ソウル行きの飛行機に搭乗するとき、ずっと前の冬に聞いたインソンの家出の話を思い出し、不思議なことに、あのお母さんと同じくらいインソンが気の毒に感じられた。満十七歳の子供があんなちっちゃな人を憎むなんて、いったいどれほど自分を憎み、世の中を嫌い抜いていたらそんなことが可能だろう？　糸鋸を敷いて寝るような人を。悪夢を見て歯軋りし、涙を流す人を。声の小さな、肩を毬のように丸めた、あんな人を。

＊

うどんの店を出て私たちは黙って歩いた。インソンの豊かなおかっぱ頭が寂しげに雪をかぶっていた。たぶん私の髪にも同じくらい積もっていたのだろう。角を曲がるたびに、人気のない白い街が巨大な絵本のページをめくるように開いた。私たちの足が雪を踏む音、パーカーの袖が擦れる音、遠くで店のシャッターを閉める音が静寂の中で際立った。私たちの口と鼻から白い息が流れ出していた。

雪片たちが鼻すじと唇に降りてきた。私たちの顔は温かいからその雪片は溶け、濡れたところにまた新しい雪片がひんやりと降りてくる。めいめいの帰り道については何も考えていなかったと思う。ちょうど、恋人たちが別れを少しでも引き延ばすために回り道を選ぶように、駅から逆の方向へ向かって歩きつづけ、角を曲がるたびに次のページがめくられたかのように開く静かな横断歩道を渡りながら、私は待った。沈黙を破って、インソンが話の続きを聞かせてくれるのを。

＊

退院して一緒に済州島の家に帰った夜、母さんはまた、その雪片の話をしたの。こんどは夢の話ではなくて、その夢のもとになった現実の話をね。私はまだ回復していなかったのに、また逃げ出す力があると思ったのか、夜の間ずっと隣に寝て、私の手首を握りしめて、うとうとしてそれを一瞬離してはビクッとしてまた握り直しながら。

母さんが小さいとき、軍と警察が村の人を皆殺しにしたんだけど、そのとき国民学校*の最上級生だった母さんと十七歳だった伯母さんだけが、海の近くの親戚の家にお使いに行って泊まっていたので助かったと、母さんは言っていた。翌日、姉妹二人は知らせを聞いて村に戻って、午後じゅうずっと国民学校のグラウンドをさまよい歩いたんだって。両親と兄さんと、八歳だった妹の死体を探してね。あちこちに折り重なって倒れた人たちを確認していくんだけど、どの顔にも昨日降った雪がうっすら

＊ 小学校。一九九四年までこのように呼んだ。

積もったまま凍っていて。雪のせいで顔の見分けがつかなくて、伯母さんが、まさか素手ではできないからハンカチで一人一人の顔を拭いて確認していったんだって。伯母さんが、私が拭くからあんたがよく見てねと言ったそうよ。妹には死に顔を触らせたくなかったからでしょうけど、よく見なさいというその言葉が異様に怖くて、母さんは伯母さんの袖をつかんでぎゅっと目をつぶり、ぶら下がるようにして歩いたんだって。見なさい、しっかり見て教えてねって伯母さんが言うたびに目を開けて無理やり見たんだって。その日、はっきりわかったというのね。死んだら人の体は冷たくなるということが。頬に雪が積もり、血の混じった氷が張るということが。

＊

前から関心を持っていたドキュメンタリー映画の制作をインソンが本格的に始めたのはその翌年だった。あの雪の降る夜に彼女が私にその話をしてくれたのは、たぶんそのころ、今後手がける仕事の下絵を描いていたからだろうと後に私は想像した。

果てしなく開きつづける白いページを一枚ずつ閉じるかのように、私たちはさっき来た道を逆に戻って地下鉄の駅の方へ歩いていた。爪先の濡れたスニーカーの中で足の指が凍えていた。パーカーのポケットに突っ込んだ拳がかちかちに冷えていた。髪にはさらに雪が積もり、今ではまるで白い毛糸の帽子をかぶったように見えるインソンが口を開くたび、半透明の炎のような息が流れ出ては闇の中に広がった。

それまで私は全然知らなかったの。母方のおじいさんもおばあさんもいなくて、親戚が伯母さん一家だけなのは、単に母さんのきょうだいがすごく少ないからだと思ってたのね。私だけじゃなくて、たぶんそういう子が大勢いたんだと思う。当時も今も、大人たちはその話はしないから。

あの夜、母さんが私にその話をしたのは、何ていうか、熱気みたいなものに襲われたせいだったんじゃないかな。いや、冷気と言った方が当たっているかも。母さんは寒そうにずっとあごを震わせていたから。その様子は、骨の髄までよく知っていると思っていた静かで悲しそうなおばあさんの姿とは違っていたから、私は混乱したの。あの瞬間母さんが別人みたいだったのは、そのとき初めて何十年も前の出来事を娘に話したせいなのか、または最近娘を失いそうになった事故のショックのせいなのか、はっきりわからなかった。ただ奇妙だったのは、母さんが当時もその後も、私の家出のことは一切、口にしなかったことなの。私の行動を恨むこともなかったし、理由さえ聞かなかったんだよ。何十年も前のあの出来事についても同じだった。まだ若い姉と幼い妹が家族の死体を探し出し、お葬いをした経緯についても、その後二人がどんな粘り強さと幸運によって生き延びてきたのかについても話したことはなかった。話してくれたのは雪のことだけなんだよ。何十年も前に実際に見て、少し前に夢でも見たその溶けない雪片はなぜ溶けなかったのか、その因果関係が、自分の人生を貫くいちばん重大な論理だとでもいうみたいに。

続けて母さんは言ったの。

*

雪さえ降りば、あのこと思い出すよ。考えぬようにしても、すぐに思い出す。だってお前が、あの夜の夢によう。顔にあれほど、雪がしろじろ積もってよう……明け方《せべく》に目覚みて、あの子は死んだな、思うたさ。嗚呼《はいご》、私は、お前が死んだとばかり思うたさ。

＊

母さんへの思いがすっかり解きほぐされたわけではなかったと、あのときインソンは言った。その後もまだ複雑な気持ちはあったし、ある点ではむしろ混乱が深まったと。けれども、いっときも耐えがたかった憎しみはその夜、嘘のように消えたので、今ではわからないのだと言った。みぞおちのあたりであれほど赤々と燃えていた火の玉は、何に向けられていたのかが。

その後も母さんは二度とその話をしなかったし、ほのめかすことさえなかったけど、こんなふうに雪が降ると思い浮かぶの。自分で見たわけでもないのに、その学校のグラウンドを夕方までさまよった女の子のことが。十七歳の姉さんを大人と思って、目をつぶることも開けることもできないままで、姉さんの袖に、その腕にしがみついていた十三歳の子供のことが。

＊

バスのフロントグラスのワイパーが根気よく動いているが、襲いかかってくる吹雪にはお手上げで、雪を取り払うことはできない。雪の密度が高まるにつれてバスのスピードがどんどん落ちてゆく。視野は不明瞭で、前方を注視する運転手の横顔に緊張が滲んでいる。運転席の後ろに座った観光客の男性も焦ったように頬杖をついて、フロントグラスの向こうを見ている。

バスを降りると同時に、あの吹雪をかき分けて歩かなくてはならないのだと私は思う。まともに目を開けていられない風の中で、ほとんど目をつぶったままで踏み出さなくてはならないのだ。

インソンにはこんな雪もおなじみなんだろうな、と私は思う。

私がインソンだったら、と続けて思う。

彼女の落ち着いた性格について、何事もたやすくはあきらめない粘り強さについて考える。彼女だったら、バスを降りた後にまずやるだろうと思われることを想像してみる。

彼女が今の私なら、ランタンを買うだろう。すぐに路線バスに乗り継げずに完全に日が暮れてしまったら、街灯のない野道を歩かなくてはならないのだから。長靴とスコップも買うだろう。海岸道路とは違って中山間には、朝から降った豪雪が積もったままだろうから。

こんなことするなんて、実際、どうかしているよね、と私は低くつぶやく。私はインソンではないし、こんな雪に慣れているどころか経験したこともなく、こんな吹雪をくぐり抜けて今夜彼女の家に行くほどにはその鳥を愛していない。

＊

バスがとうとうPに入ったことを、農協と郵便局の看板から私は推察する。手を伸ばして降車ボタンを押すとバスがさらにスピードを落とす。まるで約束でもしたように、外では風が収まったように見える。いや、収まったのではない。いつの間にか嘘のように止んでいる。台風の目の中に突然入ってしまったときのようだ。今は午後四時を少し過ぎたところだが、これを上回る大雪が接近してきそうな暗さだ。

道に人影はない。雪の舞い落ちる二車線道路のどこにも車は走っていない。動くものは、信じられないほどゆっくりと落ちてくるぼたん雪だけだ。空中をみっしりと埋め尽くした雪片たちの間に真っ赤な信号の明かりが灯る。バスが横断歩道の前で止まる。雪は濡れたアスファルトの上に落ちるたび、しばらくためらうように見える。だよね……まあそうだよね……といつものように会話を締めくくる人のため息まじりの独り言のように、曲の終わりに近づくほど静寂に似ていく音楽の終止符のように、誰かの肩に載せようとしたが途中で止まり、どこへおろしたらいいのかとまどっている指先のように、雪片たちは黒く濡れたアスファルトの上に降り立つとたちまち跡形もなく消えてゆく。

4　鳥

バスに乗ってここまで来る間、こんなふうに急に風が止むことが三、四回あった。私の理解の及ばない理由で気象状況が急激に変化するのだろうと、そのたびに思った。でも、その想像が間違っていたのだろうか？　ある場所では例外的に風が吹かなかったということなのか。今、この瞬間にもそこへ戻れば、変わらぬ静けさの中でぼたん雪が降っているのではないか、ここみたいに？

私を降ろしてまた出発するバスのエンジン音が雪の静けさの中へ鈍く飲み込まれていく。まつ毛に載った雪片を手のひらで拭き取って、私は方向を見定めようとする。急行バスの通るこの道路沿いに、路線バスは止まらない。以前、インソンがトラックの助手席に私を乗せて家から下りてくるとき教えてくれた交差点のバス停の位置を思い出さなくては。前後どちらの交差点を曲がればいいだろう？　ひとまず前方へ歩くことにする。方向を見失う心配はない。中山間の方に浮かんでいる巨大な雪雲のかたまりを目指して行くだけでいい。あの交差点にバス停が見当たらなかったら、戻ればいい。

あまりに静かだ。

額と頬にぶつかっては雫になってゆく雪の冷たさがなかったら、夢かと疑ったかもしれない。どこにも人や車が見えないのは、単に豪雪のせいだろうか？　麺類や刺身を出す食堂に電気がついていないのは日曜日だからだろうか？　逆さにしてテーブルの上に載せたスチールの椅子、ホールの床に倒してある立て看板からは、ずっと休業中のような雰囲気が漂ってくる。安っぽい看板を掲げたアウトドア用品店にはシャッターが降りている。洋服屋のマネキンたちは薄い秋用の服をまとい、長いラックに並んだ洋服の上には生成り色の布がかけてある。閑散としたこの町で、電気がついているのは角の小さなスーパーだけだ。

あそこでランタンとスコップを買わなくては。小さな店だからそんなものまで売っているかどうかわからないが、少なくともどこで買えるかは聞けるだろう。運がよければ借りられるかもしれない。インソンの村へ行くバスがどこに停まるかも確認できるだろう。そのとき店の電気が消え、主人らしいジャンパー姿の中年男性がドアを開けて出てくる。慣れた動作でガラスのドアの取手にチェーンをかけていると思ったら、一瞬で錠が閉まった。私は足を早めた。

待ってください。

店の前に停めてあった小型トラックに彼が乗り込む。私は走り出す。小止みなくまつ毛に落ちてくる雪片たちを拭き取る。

ちょっと待って、おじさん。

何万個ものぼたん雪が私の声を飲み込み、かき消してしまうらしい。トラックのエンジン音が雪の静けさの中に鈍く広がる。空っぽの道路へトラックがバックする。運転席に向かって私は手を振る。一瞬にして遠ざかるトラックの後ろ姿を目で追う。

もう走らない。雪片が落ちてくる速度が時間の流れと一致するような、私の足取りもそれに合わせなくてはならないような奇妙な感覚に囚われて、私は歩く。トラックが右折して港の方へ消えていった交差点に近づき、中山間の方へ向かってみる。遠くに立っている小さな標識が、私の探しているバス停だろうか？

黒く濡れたアスファルトに毎秒何千片もの雪が落ちては消える横断歩道を、私は横切る。五〇メートル近く上ったとき、その標識がバス停であることが確実になる。風雨をしのぐ設備は何もない。路線番号も案内文も表記されていない、小さなバスのマークが書かれただけのアルミニウムの表示板が鉄の柱にぶら下がり、雪をかぶっている。

＊

バス停の方へ歩きながら考える。風が止まったのと同じように、この雪も急に止んでくれたりしないだろうか。だが、雪の密度はむしろ徐々に高まっている。灰白色の虚空から雪片が無限に生み出されてくるかのようだ。

一つの雪片が生まれるためにはごく微細な埃か灰の粒子が必要だと、子供のころに本で読んだことがある。雲は水の分子だけでできているのではなく、水蒸気に乗って地上から上ってくる埃と灰の粒子でいっぱいだというのだった。二個の水の分子が雲の中で結束して雪の最初の結晶を作り出すとき、その埃や灰の粒子が雪片の核になる。分子式に従って六個に分かれた枝を持つ結晶は、落下する途上で出会った他の結晶たちと結束をくり返す。雲と地面の間の距離が無限ならば雪片も無限に大きくなるだろうが、落下時間が一時間を越えることはない。何度もの結束によってできた枝の間には空間があるので、雪片は軽い。吸い取った音をその空間に閉じ込めて、実際に周囲を静かにする。枝たちが無限の方向に光を反射するため、いかなる色も帯びず、白く見える。

その説明の横に載っていた雪の結晶の写真を覚えている。その本はカラー図版を保護するために薄い油紙をはさんで製本されており、その半透明の紙をめくるたびに、形の違う結晶がページいっぱいに広がった。その精巧さに私は圧倒された。いくつかの結晶は正六角形ではなく、なめらかな直六角柱の形をしていたが、雪と雨の境い目ではこんな形になるという説明が下段に小さな文字で記されていた。その後しばらく、霰《あられ》が降るたびにあの銀色の繊細な六角柱が思い出された。ぼたん雪が降る日には、濃い色のコートの袖を空中に差し出して、コートの毛羽にとまった雪片が水の雫になるまで見守った。図版で見た正六角形の華麗な結晶たちがその中で何個も結束しているのだと思うとくらくらした。雪の季節が去った後もしばらくは、眠りから覚めると目をつぶって考えた。外で雪が降っているかもしれないと。おなかを床につけてうつ伏せになり、退屈な夏休みの宿題を途中でやめて、部屋の中に雪が舞い落ちる様子を想像してみた。さっき指のささくれをむしった手の上に。髪の毛や消しゴムのくずが散らかっている床の上に。

不思議だよね雪は、と病室の窓の外に向かってつぶやいたとき、インソンが思い浮かべていたのもそんな雪だったのだろうか。どうして空から、あんなものが落ちてくるかな。窓の向こうの見えない誰かに静かに抗議するように、彼女は私の顔を見ないで問いかけていた。雪の美しさが受け入れがたいとでもいうように。ずっと前の年の瀬の夜に低い声でこう言ったときと同じように。

こんなふうに雪が降ると思い出すの。その学校のグラウンドを夕方までさまよった女の子のことを。白い毛糸の帽子をかぶったように、彼女の髪に雪が積もっていた。パーカーのポケットに突っ込んだ私の両手はかちかちに凍えていた。私たちが雪の上に足跡を残すたび、塩が砕けるような音がした。雪さえ降りば、あのこと思い出すよ。考えぬようにしても、すぐに思い出す。

＊

バス停に着いた瞬間、私はあっと驚いた。

誰もいないと思っていたのに、少なくとも八十歳には見える腰の曲がったおばあさんが杖をついて立っている。短い白髪の頭に薄いグレーの毛糸の帽子をかぶり、同じ色の長い綿入れのコートを着て、茶色のボアがはき口についたゴム靴をはいている。頭をかしげ、盛んに身震いしながら、老人は私が近づいてくるのを向こうから見ている。私が目礼しても黙って見ているだけだ。見えなかったのかと思ってまた挨拶すると、小さな、しわだらけの顔にかすかな微笑が浮かぶかに見えてすぐ消えた。

その人の姿に気づかなかったのは、雪の積もった木々の下に立っていたためらしい。薄い色の毛糸の帽子とコートが保護色になっていたのだ。不思議なことだ。一時間あまり海岸道路を走ってくる間に見たどんな木にも、こんなに雪が積もってはいなかった。一片の雪がとどまる隙もなく強風が吹きすさんでいたのだから。雪の密度が圧倒的に高いために、風が止んでからわずかの間にこれほど木をおおうまでに積もったのだろうか。

老人の視線が向けられた交差点の方を、私は振り返る。隣に立ってその横顔をうかがうと、その人もゆっくりと私の方へ顔を向ける。無味無臭のまなざしがしばらく私の目と合う。親身でも不愛想でも冷淡でもない、うっすらと温かい方へ傾いているようにも感じられるまなざしだ。何となくインソンのお母さんを思わせるおばあさんだと私は思う。小さな体とこぢんまりした目鼻立ちが、そして何より、無情さと微妙な温かさの調和が似ている。

話しかけてもいいだろうか。

インソンだったら、苦もなく会話を切り出していただろう。一緒に出張に行った最初の年、私たちは名山とそのふもとの村の風景を紹介するコーナーを担当していたが、インソンはどこに行ってもすぐにおばあさんたちと仲よくなった。気安く道を尋ね、快く食べものを分け合い、一晩民泊できる家を聞き出して約束をとりつけた。秘訣を聞くと彼女はこう答えた。

おばあちゃんみたいな母親に育てられたせいかもしれない。

そういえば、彼女が作った映画の多くも、おばあさんと呼ばれる年ごろの女性を撮ったものだった。その人たちへのインタビューがとりわけ親密だったのは、インソンの親和力の影響だったろうと私は想像していた。彼らが言葉を途切らせ、カメラを見つめて沈黙するとき、インソンは涼やかで率直なあの表情で、持てる力のすべてを尽くしてその人たちと見つめ合っていたはずだと。

ベトナムのジャングルの中、人里離れた村に一人で暮らす老人に現地のコーディネーターがインソンの質問を通訳する場面でも、私は、画面には映っていないインソンの顔を思い浮かべていた。

その夜についてあなたがしたい話があるかとこの人が聞いています。

ちょっと固い翻訳調の韓国語の字幕の上で、白髪混じりの短い髪の毛を耳の後ろに撫でつけたおばあさんが、カメラの奥を凝視していた。小さな、やせた顔で、ことのほか目元に賢さの滲み出ている人だった。

それをあなたに聞くためにこの人が韓国から来ました。

ついに老人が唇を開いた。通訳者には一度も目をくれず、驚くべき集中力でただカメラだけを凝視したまま答えた。

いいよ。私が話してやろう。

カメラのレンズを貫き、その後ろに立つインソンの目まで貫通して飛んできたその目の光が、私の目に刺さった。長い間このような邂逅を待ってきた人の答えだと、その瞬間私は思った。その短い承諾の言葉に、この人の人生のすべてが宿っていると。

*

老人の毛糸の帽子にさらに堆《うずたか》く雪が積もっていく。そのまなざしが注がれている交差点は今も静かだ。動くものは、落ちてくるぼたん雪だけだ。

勇気を出して私は呼びかける。

サムチュン。*

この島では目上の人をサムチュンと呼ばなくてはいけないと、インソンが私に教えてくれた。おじさん、おばさん、おばあさん、おじいさんって呼ぶのは島の外の人だけ。とりあえずサムチュンと呼びかければ、たとえ済州島言葉を話せなくても、島に長く住んでいる人だと思って多少は警戒を解いてくれるからね。

ずっとお待ちになってるんですか？

老人が憮然としたまなざしを私に向ける。

バスの時間はもうすぐでしょうか？

両手をきちんと揃えて杖をついていたその人が、片手をゆっくりと上げる。自分の耳を指さしながら、目を光らせる。しきりに身震いしながら頭を振る老人の顔に淡い微笑が漂う。開きそうになかった薄い唇がとうとう開く。

こんなに雪が沢山《はよん》降っては……

しきりに頭を振りながら、私とはもう話さないとはっきり示すかのように老人が顔をそむける。バスが来る方角に向かって、遠くから視線を投げる。

＊

インソンのお母さんと本当によく似ていると、なぜか胸の片すみが落ち着くのを感じながら私はそう思う。

楽しく遊んでいってください。

このおばあさんと似た用心深さで、一つ違うとしたら地方語ではなくはっきりしたソウル言葉で、インソンのお母さんは私にそう言った。いかなる喜びや好意に接しても心をゆるめず、次の瞬間に恐ろしい不運が迫ってきても耐え抜く覚悟が染みついているような、長い苦痛に鍛錬された人々に特有の沈痛な落ち着きぶりで。

あのときインソンのお母さんは私を誰だと思ったのだろう？　自分に娘がいることをよく忘れると、インソンはその夜私に教えてくれた。インソンをお姉さんだと思ってときどき駄々をこねるそうだから、私をお姉さんの友達と思ったのかもしれない。だとしたら、私の話すソウル言葉が混乱させたことだろう。インソンのお母さんは私に向かって微笑を浮かべ、しわの寄ったまぶたはほとんど閉じたままで、瞳の光は曇っていた。お母さんが両手を差し出して私の手を握ろうとし、私も両手を差し出した。四つの手を重ね合わせたまま、私たちは互いに見つめ合った。私が誰なのか知りたがっているような好奇心と疑いの混じった目で、その人は私の顔をまじまじと探り見ていた。とうとう先に手を引っ込めながらまた優しい微笑を浮かべるお母さんに会釈して部屋を出てきたとき、インソンはガスコンロの前に立っていた。

何を作ってるの？

私が聞くと、インソンが答えた。

豆のお粥。

＊　性別によらず年上の人に対する親しみをこめた済州島固有の呼称。

後ろを振り向かずにそう言った。

半々にしたんだ。黒い豆と白い豆と。

インソンが長い杓子で大きな鍋の中をかき混ぜはじめた。私が近づいて横に立つと顔をこちらに向け、初めて私を見た。

たんぱく質を摂らないといけないんだけど、他のものは消化が悪いから、豆のお粥をあげているの。

黒豆？

ううん、たんきり豆。

これで何食分？

ふだんはそのつどちょっとずつ作るんだけど、今日はあなたも来たから、少し多めに炊いた。

嬉しいな、と私は言った。

ちょうど、おなかの調子がよくなくて。

旅疲れのせいか本当に胃が痛かった。そんなときにいつも伴う頭痛の兆候もあった。

えー。

インソンがかすかに眉をしかめた。

無理して来たんだね。

私は頭を振って否定した。

違うよ。

前から来たかったんだよとつけ加えたかったが、何となくぎこちなくて言葉を飲み込んだ。インソンが根気よく杓子で混ぜるに従って徐々にとろみがついていく豆のお粥を、ただ見守っていた。

いい匂い。

味はもっといいよ。

自信ありげな微笑を浮かべて、インソンがガスコンロの火を消した。

これに入れる？

棚の中にある鉢を私が指差すと、彼女がうなずいた。それを木のお盆に載せて彼女の方へ差し出すと、インソンがお粥を取り分けた。こんなふうに並んで流しの前に立っていると、仲のいい姉妹になったようだった。

こんなにいっぱい食べられる？

簡単に食欲が落ちない人は長生きするんだって。母さんは長生きするでしょうね。

インソンが両手でお盆を捧げ持って、お母さんのいる部屋へ歩いていった。私はすぐに彼女の先回りをして部屋の戸を開けた。部屋に入ったインソンが後ろ手で戸を閉めると、私は一人で残された。手持ち無沙汰で歩き回り、きれいに油を含ませた杉材の食卓の上板を拭き、箸とスプーン二組を向かい合わせに置いた。私たちの分の鉢二つに豆のお粥をよそって食卓に載せた。椅子を引いて座り、湯気の上るお粥の鉢をのぞき込んでいた。

湯気がほとんど収まったころ、インソンは空の鉢を載せたお盆を持って出てきた。私と目が合うとにっこりと笑った。

何がおかしいの？

そうやってるのを見たら、思い出して。

何を思い出したの？

お盆を流し台に置いたインソンが、食卓の向かいに座った。

前に私、あなたに話したよね、高校二年のときに家出したこと。

そうだったね。

退院して家に戻ってきたとき、母さんが私の手を握って一晩じゅういろんな話をしたって言ったでしょ。

覚えてるかなあ、と尋ねるように、インソンがしばらく言葉を切って私の方を見た。

もちろん覚えていた。その話を聞いた夜に漠然と想像した彼女のお母さんと、さっき初めて挨拶した小さなおばあさんの姿がうまく結びつかないだけだ。布団の中から出したためか、温かかった手の感触がまだ私の手に残っている。四つの手を互いに取り合っていても、その人は私を信じ切ってはいなかった。安心してもらう方法があったのではないかと、湯気が立ち上るお粥の鉢をのぞき込みながら私は考えていた。陸地の言葉を使う見知らぬ人だが、お姉さんの無害な友達だと信じてもらうための自然な話し方や接し方があったのではないだろうか。

あのとき言わなかったことの中に、ちょっと面白い話があるんだ。

インソンの顔にはまだ微笑が漂っていた。

私が身元不明患者として入院してたとき、母さんがこの家で私を見たんだって。

それどういうこと?

すぐには理解できず、私は尋ねた。

病院から母さんに連絡が行ったのは、私の意識が戻って名前を言った直後のはずでしょ。でも、その前の日に私がここへ来て、帰っていったんだって。

しばらくの沈黙の後に、私は聞いた。

つまり、夢の中で？

吹き出しそうになるのをがまんするときみたいに、インソンの頬がちょっとふくらんだ。

夜中の十二時ぐらいになって、母さんが板の間に出てきて電気をつけたら、私が食卓の前に座ってじっとしてたんだってさ。

きょとんとしながら私は答えた。

すごく現実っぽい夢ってあるもんね。

娘が十日間も行方不明だったから、母さん、一時的なせん妄みたいなものを起こしてたかも。

それで、どうなったの？

お粥を出してやったんだって。

誰が？

母さんが私に。

霊、お粥、食べるんだ？

私たちは同時に吹き出した。

母さんも同じことを思ったんだって。白いお粥を作って私に食べさせたとき、ひとさじだけでも食べてくれって心の中で祈ったんだって。熱いものが食べられるなら死人じゃないはずだから。でも、私は黙ってお粥を見つめているだけだったんだって。ちょうど今のあなたみたいにね。おなかがすきすぎて、スプーンを持つ力もないみたいに。

私は彼女の言葉を否定した。

私、そんなに腹ぺこでも、疲れてるわけでもないよ。

インソンが先にスプーンを持った。私も続いてひとさじすくい、口に運んだ。さっき空腹ではないと言ったが、温かくて香りのいいお粥が口の中に広がった瞬間、猛烈な空腹が感じられた。

おいしい。

思わずつぶやくと、インソンが例の自信ありげな口調で言った。

もっとあげる。たくさん作ったんだ。

無言で半分以上食べて顔を上げると、インソンは、本当に長姉にでもなったような穏やかな顔で私を見ていた。何となく照れくさくなって、私は尋ねた。

それで結局、食べたの？

何を？

インソンはそう聞き返し、私が答える前にすぐ話を思い出して首を横に振った。

食べなかったって。

インソンが椅子を後ろに引いて立ち上がった。冷蔵庫のドアを開け、腰をかがめてキムチの容器を取り出しながら言った。

食べたくて仕方ない子供みたいに、お粥の鉢から目を離すこともできないままだったんだって。ものすごく切実そうだったから、やっぱり幽霊じゃないなと思ったんだってよ。

皿にキムチを取り分けて食卓に乗せるインソンの顔はソウルにいたときより穏やかだと、私はそのとき思った。忍耐とあきらめ、悲しみと不完全な和解、強靱さと寂しさはときに似たものに見える。ある人の顔や身振りからその感情を見分けることは難しい、もしかしたら当事者もそれらを正確には区分できないのかもしれないと思った。

あの冬、母さん、その話をよくしていたなあ。しばらくはほとんど食事のたびに言ってたみたい。こん女子《かしね》はよう。粥食べに、あの晩、母親《おもん》に来たなあ。粥一杯もらえば生き返れる、思うて。

＊

老人が眺めている交差点で、赤やオレンジ色、緑の信号灯が交錯するたび、明かりの前に落ちてきた雪片が違う色に染まる。その間に通り過ぎたバスは、両方向に運行されている海岸一周バス四台だけだ。停車する音は聞こえなかったから、あそこでは誰も降りず、乗りもしなかったのだろう。

どうしてこんなに静かなんだろう。

一時間あまり海岸道路を走ってくるときに見た海は、今にも島を飲み込みそうな巨大な体でのたうち回っていた。白い泡沫を追って四方から前進してきた波が、防波堤にぶつかってそそり立った。あんな風が、こんなふうに止むこともあるのか。

雪は今ではさらにゆっくりと降っていた。そのスピードに反比例するように雪片たちはさらに大きく、稠密になっていた。手袋をはずし、まつ毛に落ちてきた雪を手のひらで拭くたび目もとが濡れる。視野に入るすべてのものがゆらゆらと滲んで見える。腰をかがめてスニーカーの上に積もった雪を払いのけると、丈の短い靴下の中にじっとりと冷たい雪片が入り込んでくる。

あとちょっとでも気温が高かったら豪雨となって降り注いでいただろう、そんな密度の雪だ。十年あまり前にインソンがベトナムの内陸のジャングルで撮ってきた、熱帯の木々を無慈悲にへし折る雨のように。

ベトナムから帰ってきたインソンが終日家にこもって編集作業をしていたその年の八月、ちょっと顔を見に彼女の家を訪ねていってその豪雨の映像を初めて見た。モニターの前にインソンと並んで見ているうちに窓の外でも雷が鳴り、夕立が降ってきたので、どこまでがベトナムのジャングルの雨で、どこからがソウルの路地に降る雨の音なのか区別がつかなかった。異国の見知らぬ花や熱帯の樹木の分厚い葉っぱが揺れて、雨を跳ね返していた。この大雨で新しくできた濁流が川のように村の真ん中を横切っていた。ズボンを太ももまでまくり上げた女性たちが泥水に浸かった庭を横切っていき、鳥小屋の扉を開け、鶏とひよこたちをわらのかごに入れて助け出した。十分以上にも及ぶ長回しで撮ったその映像が終わったとき、圧倒されて言葉を失っている私に、インソンは熱帯の暑さについて話してくれた。

摂氏四〇度が臨界点だったみたい。宿を出て見てみると、何百羽もの蛾が、土壁が真っ黒になるほどいっぱい止まって暑さをよけてることがあるんだけど、そんな日は四〇度を超えてるんだ。そういうときは、見かける昆虫の種類も違うの。大きくて派手で、猛毒があるんだろうなって本能的に感じる知らない虫たちが、熱々に焼けた大地の上を這い回ってるの。そうしていざ雨が降ると、ものすごく大きなバケツの中身をぶちまけたみたいな、果てしない土砂降りなんだよ。これはそのうちでも特別な豪雨だった。二昼夜休まず降ったから。

仮編集を終えたインソンが親しい知人たちを集めてプレ試写をやったとき、その豪雨の場面は「いいよ。私が話してやろう」と答えた老人のシーンの後に配置されていた。老人がお茶を淹れるやかんを洗いに庭に出ていく。ポンプを押してパイプから水が流れるようにした後、二回、三回とやかんの中と外をゆすぐ。その晩、軍人たちが来たんだよ。四度めにやかんを洗いはじめたとき、老人の低い声が字幕とともに画面に重なった。証言が終わる前に豪雨のシーンが始まった。草葺きの屋根の上に雨が降り注ぐ。老人の庭の真鍮のポンプが雨を跳ね返して輝いた。びっしりと生えている野生のジャスミンの垣根が揺れた。鶏とひよこが羽ばたいている鳥小屋の中に泥水が充満していく。びしょ濡れの木綿のズボンをまくり上げた女性たちがわらのかごを頭に乗せ、雨水が波打つ庭を横切っていった。かごに入れられたばかりのひよこたちの頭が、濡れた毛糸玉のように揺れた。

＊

さっき降って溶けた雪片は、手袋をはめた私の手の甲の上でほぼ完全な正六角形を見せていた。続けてその横に舞い降りた雪片は三分の一ほど壊れていたが、残りの部分は四本の繊細な枝を本来の姿のままにとどめていた。そのまばらな枝の部分はいちばん先に消えてしまう。塩の粒ほど小さな白い中心がしばらく残り、やがて水の雫になる。

雪のように軽いと人々は言う。けれども雪にも重さがある。この水滴みたいに。

鳥のように軽いとも言う。だが、彼らにも重さがある。

右肩の上、セーターの編み目のすき間から感じた、かさかさするアマの両足が思い出される。私の左の人差し指を止まり木にしてじっとしていたアミの胸毛は温かく、柔らかかった。不思議だ、生きものと触れ合う感覚というものは。火傷をしたわけでも、傷ができたわけでもないのに、それは肌から消えることがない。それまでに私が触れてきたどんな生命も、彼らほどには軽くなかった。

どうしてこんなに軽いの、と私が聞いたときインソンは、自分もわからないんだと言いたげに首を横に振った。体重を軽くするために鳥の骨にはいくつも穴が開いてるんだよ、臓器の中でいちばん大きいのは風船みたいな気嚢なんだとインソンは言った。

鳥たちが少ししか食べないのは、本当に胃が小さいからなの。血も体液もほんのちょっぴりだから、ちょっと出血したり咽喉が渇くだけでも命が危ないんだって。ガスの火から出るわずかな有害物質でも血液全体が汚染される可能性があるかもっていうから、IHヒーターに変えたんだ。

本当に自分の言葉を鳥たちが聞き取れると思っているみたいに、インソンは声をひそめた。

実は後悔したこともあるよ。猫か犬を飼ってたら、こんな心配しなくてもよかったのにって。

その瞬間、私の肩と指から二羽の鳥が同時に飛び上がった。しばらく空中で羽ばたきをしていたかと思うと、アマはインソンの肩に、アミは庭に面した窓枠の上に止まった。あの子たちが飛び上がる直前に自分の体を押しつけて私の肌に残していったあぶくのような感覚を味わいながら、私は尋ねた。

何グラムくらいかな？

肩に止まった鳥と目を合わせながら、インソンが答えた。

そうねえ、二〇グラムぐらいだと思う。

そのときなぜ、発生初期の胎児のイメージが目の前に浮かんできたのだろう。心臓の鼓動が感知されるころの体重がそれくらいだと、ずっと前に聞いた。その時期の、卵の中にいるような丸くちぢこまった胎児の形は、鳥のひなと見分けがつかないほど似ていた。

翌朝、インソンにトラックで送ってもらって無事に空港に着き、ソウルに戻った後、眠れない夜にときどきインターネットで鳥の資料を探した。鳥は現在まで生きながらえた恐竜であるという科学雑誌の記事も、そのころ読んだ。巨大な小惑星との衝突によって地球の表面が燃え、煮えたぎっていたとき、大気の層をおおいつくし、地上のほぼすべての動物はもちろん植物までも絶滅させた火山灰の中で、何か月も飛びつづけることによって耐えた生命体が翼竜——鳥類だというのだ。現存するほとんどの鳥の写真と学名を整理したサイトも、同時期に見つけた。二度と思い出せないであろう学名を意味もなく声に出して読んでみると、のろのろとではあっても時間は流れ、過ぎていってくれた。そんなある夜に偶然見つけたシンプルな線で描かれた鳥の体の断面図は特に美しかったので、画像を保存しておいた。体の真ん中に本当に風船みたいな気嚢があり、骨には楕円形の穴が笛のように空いていた。だからあんなに軽かったのか。セーターの編み目の間に感じたかさかさする足の感触を思い出しながら、暗闇の中で私はつぶやいた。

＊

ひときわ大きな雪片が私の手の甲に舞い落ちた。雲の中から、一〇〇〇メートル以上の距離を舞い降りてきた雪だ。その間に何度の結束を経て、こんなに大きくなったのか？　それなのにこんなに軽いなんて。二〇グラムの雪片が存在するとしたら、どれほど大きく花開いていることだろう。

石像のように身動きもせず、両手で杖をついている老人の横顔を私は探る。いったい、どれほど長い間こうやって立って待っているのか。素手で杖を持っているけど、手が凍えないだろうか。時間がほとんど流れていないみたいだ。どの店も閉まっているこの寂しい町で、生きて、息をしているのはこのバス停に立っている二人だけのようだった。ふと手を伸ばして、老人の白い眉毛についた雪片を拭いてあげたい衝動を私は押さえる。私の手が触れた瞬間、その顔と体が雪の中に散って消えてしまいそうな、不思議な怖さを感じる。

*

元気そうに見えても油断できないの。どんなに辛くても、鳥は何ともないふりして止まり木に止まっているんだって。捕食者の標的にならないように、本能的にがまんするのね。それで、止まり木から落ちたらもう手遅れなんだって。

心配そうな表情でそう話すインソンの肩にアマが乗っていた。白い鳥の顔は私の方を向いていたが、私を見てはいなかった。片方の目はインソンの目と合わせ、もう一方の目では壁に映った自分の影を見ていたのだろう。肩に鳥を止まらせたインソンの影が実物の二倍近く大きいのが面白くて、私はかばんの中から鉛筆を出して壁に近づいた。

気に入らなかったら、後で消しゴムで消してあげるからね。

影の輪郭線に沿って、白い壁紙の上に、巨人のように大きな彼女の頭と肩、大きな黒い鳥の形を弱い筆圧で描いている間、線が乱れないようにインソンはじっとしていてくれた。窓枠に止まっていたアミがバタバタと音を立てて飛び上がり、ランプシェードの上に止まった。光源が揺れるとそれにつれて影も揺れる。シェードが止まると、影は跡形もとどめず輪郭線の中に戻ってきた。

チガウ、チガウ。

ため息のような小声で、アミがシェードの上からそう言った。飼い主が無意識に何度も言ったことを覚えたらしい。インソンはどんな状況でそんなことを言ったのだろう？

まだ肩に乗っているアマの頭を撫でながらインソンが言った。

もう寝る時間だよ、あんたたちは。

それが合図だったかのようにインソンが歌いはじめた。初めてなのに、どこか聴き覚えのあるようなメロディーの子守唄だった。意味のとれない地方語で歌われる最初の小節が終わる直前にアマが同じところをハミングしはじめ、一拍置いて輪唱になった。驚くほど静かな、それとともに微妙にずれた和音が、途切れそうで途切れずに続いていった。耳を傾けているかのように身動きせずにシェードの上でじっとしているアミの顔は、私の方へ向いていた。一方の目は壁の上で動くインソンとアマの影を、もう一方の目はガラス窓の外の庭で夕方の光を浴びて動く木を見ていたのだろう。そんなふうに二つの視野で生きていくとはどういうものなのか、私は知りたかった。あの、一拍ずれた輪唱のようなもの、夢を見ていると同時に現《うつつ》の世界を生きるようなものだろうか。

眼球の内側から始まり、首筋を通り、こわばった肩と胃腸にまでつながる痛覚の線が作動しはじめる。ガムは甘味が抜け、バスの中でもう口から出してしまった。もう一個噛んでもよくなりそうにない。

＊

私は手袋をはずす。手のひらをこすり合わせて熱を少し発生させてから、閉じたまぶたと眼窩を揉む。膝の屈伸をやってみる。肩と首を回してみる。腰をまっすぐ伸ばして深呼吸をする。前後に三歩ずつ歩いては、老人のそばに近づくことをくり返す。できるだけ早くお湯に浸かることができれば、胃痙攣は避けられるかもしれない。熱いお粥を食べて温かいところで体を伸ばし、弛緩させることができたなら。

インソンが今ソウルの病院ではなく家にいるのだったら、と私は考える。私の電話に驚いてトラックで迎えに来てくれるのだったら。助手席に座って目のまわりをマッサージしている私に、こう言ってくれたなら。前に、豆のお粥食べたら治ったことあったよね。帰って豆のお粥食べよう。そう言って、例の自信ありげな微笑を目元に浮かべてくれるなら。

＊

交差点の信号灯がいっそう明るく見える。その明かりの前を落下する雪片たちに、さらに鮮明な色彩が映る。日が暮れるのだ。

バスはやっぱり来そうにない。

たとえ今来たとしても、インソンの村に到着するころには暗くなっていて、すぐには道がわからないだろう。


海岸一周バスに乗って西帰浦に行き、宿を探していなければならない時間だ。日曜日に開いている薬局があれば、臨時処方でタイレノールを買えるだろう。薬が効かなかったら、明日の午前中に内科の病院に行き、運がよければ唯一効く種類の偏頭痛薬を処方してもらえるかもしれない。

その前に電話しなきゃ。

思わず声に出してつぶやくと、息が雪の中へと広がる。いや、携帯メールを送るべきなんだ。インソンが電話に出るのは大変だろうから。振動が響くその瞬間も、針が患部に刺し込まれているところかもしれないのだから。

眼球の内側に食い込むような痛みがだんだん鋭利になってゆく。無駄と知りつつ、私はポケットからガムを取り出す。正方形のガム二個をシートから押し出して一度に噛み、かえってむかむかしてくるようで吐き出す。ポケットに入っていた、機内で一杯の水と一緒にもらった再生紙のナプキンにそれを包んで握りしめると、べとべとした水分が染み出してくる。

いや、電話をすべきなんだと私は考え直す。メールの入力のために姿勢を整えることの方が、インソンにとってはむしろ辛いだろうから。電話で話すのが難しい状況なら、看病人が携帯電話をインソンの耳に当ててくれるだろう。インソンが声帯を響かせずにささやく言葉も、この静けさの中でなら一言も逃さず聞き取れる。

あきらめると彼女に言わなくてはならない。すごい雪で、私は体調が悪いと言おう。私の偏頭痛が突然やってくることをインソンは知っている。それに続いて起きる胃痙攣が、長ければ何日も日常を麻痺させることも。それに、この島の豪雪と交通状況のことなら私よりよく知っているのだ。

＊

五回めの呼び出し音が鳴りやんだところで私は終了ボタンを押す。一分ほどしてまた通話ボタンを押す。交換の時期を過ぎた古い機器なので、こんなことをしている間にバッテリー残量表示のアイコンがもう一マスに減ってしまった。

やっとつながった。インソン、と呼びかけると同時に私は耳をそば立てる。インソンのささやき声ではなく、緊迫した女性の声が聞こえる。

後でかけ直してください、後で。

あっという間に通話は終わってしまい、私は呆然と液晶画面を見つめる。看病人の声だったと思う。あの病室のものとは思えぬような騒ぎが、切羽詰まった声の後ろに聞こえた。

どういう状況なのか想像がつかない。バッテリーの残量はあと十何パーセントしかない。かけ直してもう一度ちゃんと話したいなら、充電しなくてはならない。西帰浦へ行かなくては。

無意識のうちに思いきり握りしめていた携帯をポケットにしまいながら、私は老人の横顔を見る。バスがもう運行を停止しているのなら、今、ここを離れる前にこのおばあさんにそう伝えるべきではないだろうか？　耳が聞こえず、杖に頼っているこの人には助けが必要なのではないか。

私の視線を察知できないのか、老人はまだ微動もせずに交差点の方をぼんやりと見ている。声をかけるためにはその体に触れなくてはならない。伸ばした手が肩に届きそうになった瞬間、老人の顔に動揺が走る。根気強く交差点を見つめていた目に光がともり、その視線の先では、屋根にどっさり雪を載せた小さな路線バスが嘘のように交差点を曲がってくるところだ。

＊

エンジン音とともにバスが近づいてくる。雪片たちが鈍い残響を吸い込む。チョークの先で黒板を引っかくような音を立ててバスが停車する。その残響も雪の静寂の中に飲み込まれる。

前のドアが開く。ヒーターのきいた車内の湿った空気が押し出されてきて、鼻先に触れる。綿の手袋をはめた手でギアレバーを握った運転手が老人に尋ねる。

長ぁ、待たしかん？

黒縁のめがねをかけ、紺色の制服を着た四十代前半の男性だ。

山ん上んバス二台、雪ん埋もりて来らりずよ。今まで凍えて待たしかん？

私にしてみせたのと同様、返事をせずに自分の耳を指差してうなずいている老人の横顔を、私は見る。杖をついてゆっくりとステップを上がるその人に続いて、何かに取り憑かれたように私もバスに乗る。誰も乗せずにここまで走ってきた、空っぽのバスだ。

細川里《セチョンニ》、行きますか？

交通カードをタッチする前に私は聞く。

はい、行きます。

丁重なソウル言葉に切り替えた運転手の口調には、さっきとは違うよそよそしさが感じられる。

細川里まで来たら教えてもらえますか？

細川里のどこですか？

運転手が聞き返す。

細川里だけで四回止まります。とても大きい村ですから。

インソンの家からいちばん近いバス停の名前が思い出せない。聞き覚えのない済州島言葉だったことだけは覚えている。返事に迷っている間、運転手が私の顔をうかがっている。二本のワイパーがキイイッ、キッ、という音を立ててフロントグラスの雪を押しのけている。

いつもならこの路線は九時まで運行しますが、今日はもう終わりなんです。

私がすぐには何も言えずにいると、運転手がまた説明する。

このバスが、今日、細川まで行って戻る最終です。

私がよその言葉を話すから、身なりや雰囲気が不審だから、こうして教えてくれるのだろう。ありがとうと私は返事する。

バス停の名前は覚えていませんが、そこまで行けばわかると思います。そのときに言いますね。

自分でも信じられないことを言いながら、私は交通カードをタッチする。バスの中を歩いていき、かがめた上半身の重みを短い杖で支えて座っている老人の後ろの席に腰かける。その毛糸の帽子に積もった雪がいつの間にか溶けて、毛玉一個一個の上に凝って珠になっている。

＊

私がバスの運転手に言ったことは完全な嘘ではない。インソンの家からいちばん近いバス停には――といっても徒歩で三〇分以上かかるのだが――樹齢五百年にはなっていそうなエノキの大木が立っている。飲み物やタバコを売る小さな店の位置も覚えている。本当の真っ暗闇でなければ、少しでも薄明かりが残っていれば、あんな巨木に気づかず通り過ぎることはないだろう。

だから、今インソンに何が起きていようとも、私に選択できる最善の方法は彼女の家に行くことだ。そこで携帯電話を充電して彼女に電話するのだ。それは彼女が最も望むことでもあるし。

運がよかったな、と私は思う。飛行機の最後の便で島に入り、インソンの村に連れていってくれる最終バスに今、乗ったのだから。飛行機で聞いた恋人たちの会話を思い出した。えー、何がラッキーなの、こんなお天気なのに。

この幸運に乗じて、どんな危険の中に落ちていこうとしているのか？

鈍いナイフで眼球の内側をえぐるような痛みに耐えながら、私は冷たい車窓に頭をもたせかける。いつものように、痛みは私を孤立させる。誰でもない、自分自身の体が刻一刻と作り出す拷問の瞬間に私は閉じ込められる。痛みが始まる前の時間から、健康な人たちの世界から切り離される。

今、温かい場所で横になれたなら。

去年の秋、インソンが使わせてくれた奥の間のことを私は思い出す。まるで部屋の主《ぬし》がちょっと外出しただけみたいに布団がたたんであった。わざわざ私のために洗濯してくれたらしく柔軟剤の匂いのする、ぱりっと乾いて快適な温かい布団の中で驚くほどぐっすり眠り、夜中の十二時ごろに目が覚めた。ふと確認したくなって敷布団をめくってみると、とても古そうな錆びた糸鋸がまだそこにあるのが見えた。

＊

急速に暗くなっていく。海岸道路で見た灰白色の雪煙と雲のかたまりの中にバスが入ったのだ。いつの間にか道沿いに人家が見当たらなくなっている。雪をかぶった広葉樹が果てしない森を形成している。

徐々にスピードを落としていたバスが停まる。前に座っていた老人が立ち上がる。このおばあさんは口を開けても、行き先を告げてもいないのに、運転手はなぜ目的地を知っていたのか。この路線を毎日走るから住民たちと知り合いなのだろうか。今もまだ体を震わせながら、コツコツと短い杖をついて後ろのドアまで歩いていったおばあさんが私の方を振り返る。微笑しているのか挨拶のつもりか、単に憮然とした表情なのかわからない顔で私を見やってから向き直る。

こんなに人通りのない場所に人を下ろしてもいいのだろうか。だがよく見ると森の間に、黒い石を並べて積み上げた石垣が家を取り巻いているのが見える。雪の積もった石垣と石垣の間に道ができている。あの小道に沿っていくと村があるのだろうか。老人の両足が雪の積もった地面にちゃんと着地するのを待って、運転手が後部ドアを閉める。ぼたん雪をかぶりながら腰を曲げて歩く老人の姿が車窓の向こうへ遠ざかる。それがもう見えなくなるまで、私は首をめぐらせて見守る。理解できない。あの人は私の血族でも知人でもない。しばらく並んで立っていただけの知らない人だ。なのにどうして、あの人に別れを告げたみたいに心が揺れるのだろう？

ゆるい傾斜の上り坂を五分以上徐行していたバスが停まる。エンジンを切ってサイドブレーキをかけながら、運転手が私に大声で言う。

チェーンを巻いてきます。


運転手が開けて降りていった前のドアから風が吹き込んでくる。頭痛がひどくなるにつれて私の心はだんだん麻痺し、あの知らないおばあさんとの別れがいつしか遠ざかる。不安も、助けなくてはならない鳥のことも、インソンへの思いまでもが、疼痛《とうつう》が引いた鋭い線の外側へ追いやられる。

さっきよりも暗くなり、車の中に吹き込む風がだんだん激しくなったことに私は気づく。またもや吹雪が始まるのだ。まるであのおばあさんがＰのバス停に立って静けさを作り出していたのであり、姿を消すときにそれらを全部回収していったとでもいうように。

森が叫びながら揺れている。木々が戴いていた雪が舞う。割れんばかりの額を窓に押し当てて、私は海岸道路で見た吹雪のことを考える。遠い水平線の上に散っていた雲について、何万羽もの鳥の群れのように低く飛んでいた雪片たちについて考える。白い泡沫を駆って、島を飲み込みそうなほど押し寄せていた灰色の海のことを考える。

まだ選択はできる。このバスから降りずにいることはできる。あの運転手と一緒にPまで戻ることができる。そこでバスを乗り換え、西帰浦に行くことができる。

嗚呼《はいご》、天気の悪さや……

＊

頭の雪を振り払いながら、運転手がバスに乗り込んでくる。運転席に座ってシートベルトを締め、エンジンをかける。ヘッドライトをつけ、猛烈な吹雪の中へ匍匐《ほふく》するようにバスを乗り入れていく。鬱蒼たる杉林の間を、一車線道路がうねって進む。薄明かりの中で何千本もの丈高い木々が吹雪の中で揺れ、まるで私の古い夢の中の黒い木々がまだ生きていたころの風景のようだ。

5　残光

雪が落ちてくる。
額と頬に。
上唇に、鼻の下の溝に。
冷たくない。
羽根のような、
細い筆の先がかすめるような重さを感じるだけだ。
肌が凍てついているからか。
死人の顔のように雪におおわれているからか。

けれどもまぶただけは冷えていないようだ。そこに載った雪片だけは冷たい。ひんやりとした水滴になって、溶けて、目元に染み込む。

＊

あごが震える。歯と歯がぶつかり、かちかちという音がする。そこへ舌を入れたら切れてしまいそうだ。濡れたまぶたを押し上げて私は暗闇を見る。目を閉じているときと全く同じ暗闇だ。見えない雪片たちが瞳に落ちて、私は目をしばたたく。

フードをかぶった頭を横にして寝てみる。深く腕組みをして、膝を曲げる。首から足までの関節を少しずつ動かしてみる。骨折したようではない。腰と肩が痛むが、激痛というほどではない。

＊

立ち上がって動かなくては。これ以上体温を失ってはいけない。でも、その気になれない。ここがどこだかわからない。進むべき方向もわからない。

いつ携帯から手を離したのだろう。ブルーグレーの薄明かりがほとんど消えたころに現れた最初の分かれ道で、携帯のライトをつけた。バッテリーが切れかけているので重要な選択の際だけ使おうと思っていたが、その瞬間が来たのだ。道は確かに二つに分かれていたと記憶するが、幅の異なる道が三本、森の中に白っぽく浮かび上がっていたので私は混乱した。ライトで照らせばすぐにわかると思っていたが、青白い光の中に雪をかぶった木々が並んで影を落としており、いっそう見知らぬ場所のように感じられる。けれどもためらっている時間はない。割と狭い上り坂が見えたがあれではあるまい、ゆるい傾斜を下っていったという記憶に頼って、三本の中でいちばん広い道に踏み入った。足のつかない雪のかたまりの中へ滑って転がり込んだのは、その瞬間だった。

本能的に両腕で頭をかばった。そのとき携帯から手を離したのだろう。坂を転げ落ちていくときずっと体が石や岩にぶつかり通しだったが、意識は失わなかった。寝袋のようなダウンコートと雪が衝撃を和らげてくれたのだ。

＊

あんな短時間でこんなに暗くなったのだろうか。

そんなはずはないと思ったが、知らない間に意識を失っていたのか。

震える左手を上げて袖をまくってみる。目の前で腕時計を触ってみるものの、わかっていたことだが、時計の針は夜光仕上げではない。見えるのは暗黒だけだ。

鈍いナイフで目をえぐるような頭痛が消えていることに私は気づく。ショックのために麻酔物質が分泌されたか、心拍数が上がったためかもしれない。だが、痛みよりも怖いのは寒さだ。歯がぶつかるのを止められない。顎関節がはずれそうなほどひりひり痺れる。キルティングされたコートのフードの下で、雪の冷たさがマフラーの間から食い込んでくる。震える膝を両腕で思い切り抱えて私は考える。

私がうっかり入り込み、滑り落ち、今、倒れているこの道は、道ではなく涸《か》れ川なのだろう。ここはぐっと落ち窪んだ地形になっていて、そこに薄氷が張り、その上にさらに雪が積もったのだ。この火山島には川がほとんどないが、豪雨や豪雪のときだけ流れる乾いた水路がときおりある。もともとはこの涸れ川を境界に村が分かれていたと、散歩しているときにインソンが教えてくれた。小川の向こうに四〇戸くらいの家が集まっていたが、一九四八年の疎開令*の際に全部燃やされ、人は皆殺しにされ、廃村になったということだった。

つまり、それまでは一軒家じゃなかったの。川一つ渡れば村があったんだから。

ここがその涸れ川であるなら、少なくとも道を間違えたわけではない。さっきの分かれ道に戻りさえすれば方角はわかる。問題は、私がどれほど滑り落ちたかが不明なことだ。三、四メートルかもしれないし、一〇メートル以上かもしれない。この暗闇さえなければ方向の見当をつけられるのに。ライター一つ、マッチ一本でもポケットに入れていたなら。

＊

あのバスを降りるべきじゃなかった。

私を置いて徐行していったバスはチェーンを巻いたタイヤ痕を雪の上に残したが、吹雪の中でバスのお尻が見えなくなったときにはすでに、ぼたん雪におおわれてそれも見えなかった。

日は暮れたが、若干の灰色の光は空中に残っていた。その光が雪に反射して、まだものを識別することはできた。村唯一の店には明かりがついていなかったが、ドアの下の方から豆電球のようなかすかな光が漏れていた。もしやと思って戸を押してみたが、閉まっている。たたいてみても、人のいる気配はない。住居兼用ではないらしい。

残光を頼りに方向を見定め、私は歩きはじめた。大通りを抜けて、雪の積もった畑の石囲いを通り過ぎた。真っ暗なビニールハウスの前を通り過ぎ、針葉樹の森の中にできた道にさしかかった。小型車一台がやっと通り抜けられるくらいの道幅で、そこから先は膝まで雪が積もっている。雪の中に足を突っ込んでは抜き出しながら歩かねばならず、スピードを出すことは困難だ。スニーカーと靴下がたちまち濡れる。足首とふくらはぎに雪が入ってくる。目印になる建物はなく、木々はますます深い闇に浸り、雪におおわれて樹木の種類は見分けがつかず、もはや信じられるのは上りと下りの感覚、道が狭まったり広がったりする記憶だけだった。

運がよかったのは、森の中を歩いている間は風が静まっていたことだ。休む間もなく顔に吹きつけ、まともに目も開けていられなかったあの吹雪が徐々におとなしくなったと思うと、ほとんど静まり返った。私が雪の中へ足を踏み入れては抜き出す音だけが、夕暮れの静寂を破って一緒に進んでいった。一人なのが怖かったが、その瞬間、何かが出現したらもっと怖いだろうという気がした。それが獣であれ人であれ。

＊　一九四八年十月十七日、武装隊の孤立化を目的として中山間地域の住民を海岸地区に強制移住させるために出された布告。住居を焼き払い住民を虐殺する凶暴な作戦であった。訳者あとがきの三〇九頁も参照。

木の高さや輪郭から見て、杉林を通過しているところらしい。去年の秋、作業をしているインソンを置いてバス停まで散歩に出て戻るときには、丈高い木々が風に揺れ、布が擦れるような音を立てていた。私の感じでは、この島の風はまるで倍音のような、常にそこに響いている何物かだった。激しく吹き荒れているときも、穏やかに木を撫でて吹き過ぎるときも、稀に沈黙しているときですら、その存在が感じられる。特に、針葉樹と亜熱帯の広葉樹が混じって繁茂する区域では、木の種類によって異なる速度とリズムで枝と葉の間を通過しながら、形容しがたい和音を作り出していた。つやつやと光る椿の葉っぱが時々刻々と角度を変えながら日光を反射する。杉の木の幹に巻きついてはるかな高さまで上っているカエデのつるが、ぶらんこの綱のように揺れていた。どこに潜んでいるのかもわからないメジロたちが、信号を送り合うかのように代わる代わる鳴いていた。

刻一刻とさらに重たい闇に沈んでいく雪道で、私はその風について考えていた。静寂の裏に墨の跡のように染み込んだ、いつでも形をとって鮮明に浮かび上がってきそうな影のようなそれを、一歩踏み出すたびに感じた。薄明かりの中でぼたん雪は休みなく降りしきり、ついに分かれ道に出たときには本当に暗くなっていた。よく見きわめるために携帯のライトをつけると、雪におおわれた木々がぎょっとするほど白い光を放っていた。とめどなく降る雪の中に、闇に浸った三本の分かれ道が伸びている。後ろを振り向くと、雪の上に深々と打ち込まれた私の足跡もそのままに、一本道が静寂に沈んでいた。

鳥はどうなったかしら。

今日じゅうに水を飲ませなければ助けられないとインソンは言った。

でも、鳥にとって今日とはいつまでだろう。

＊

何だか、電気が切れたみたいに寝るんだよ、この子たち。

去年の秋の夕べ、一時間ほど鳥たちを放して自由に飛ばせた後で順に鳥かごに入れながら、インソンは私にそう言った。黒い遮光布をかけてやる前に、しばらく鳥たちの目を見つめていた。

こんなふうに目をまん丸に開けて鳴いているけど、光がなくなるとたちまち眠っちゃうんだ。何かの電極にでもつながってるみたいにね。夜中でも、この布を取ってやったらすぐに目を覚まして、鳴いて、お話するよ。

＊

ダウンコートの外に出ているふくらはぎと足はもう冷たくない。毛糸の手袋をはめた手を伸ばして、無感覚になった足首に触れてみる。両膝をさらに体の方に引き上げる。ボールのように丸めた体全体をコートが包んでくれるように、風が胸とおなかに入らないように、もっとしっかり体を丸めてみる。

だが、足までコートでくるむことは不可能だ。

感覚がなくなっているなら、足の指を動かすべきかもしれない。もう凍傷が進行しはじめているかもしれないから。インソンが「三面画」と名づけたシリーズの二番めの短編映画の主人公だった、十六歳のときに五か月かけて満洲の原野を横切り、独立軍のキャンプに復帰したという老人は、その途上で凍傷を負い、足の指四本を失ったという。空は青く、強風が吹き、粉雪が吹雪となって原野の上を舞い散っている、インソンが額に小さなカメラを固定して歩いて撮ったその場面の後に、インタビューは収録されていた。

本当にわからないんですよ。そんな雪の中で、どうして生き延びることができたのか。

認知症になった老人の代わりにインタビューに応じた末娘の声が、風の音と雪を踏む音の上に重なる。

雪の中の方が温かかったと、いつも母さんは言っていました。雪に穴を掘り、その中で朝を待ったそうです。眠ったら凍え死ぬから、体をつねって耐えたと。

隣で交わされる会話を理解しているのかどうか定かではない老人の視線を、カメラがとらえる。貝ボタンのついた生成りのカーディガンを羽織ったその人は、車椅子に座って窓の外の日差しをじっと見ていた。

平壌《ピョンヤン》で紡績工場に勤めていたんですが、慕っていた夜学の先生たちが独立軍に参加したのを後で知って、追いかけていったというんです。こんな子供がなぜここまで来たのかと、若すぎる教え子を見て驚いた先生たちがそう尋ねたとか。母さんはたぶん、その先生の中の一人が好きだったか、憧れていたのでしょうね。その方と同じ運送担当のグループに入り、武器弾薬をこっそり運ぶ仕事をしたそうです。包みに隠して汽車で運ぶこともあれば、穀物袋に入れてトラックでも運んだそうですよ。ある日四人で川沿いの宿に泊まっていると、諜報があったのか、日本軍が押し入ってきたそうです。一部屋ずつ戸を開けて捜索に押し入ってくる物音を聞いて、いちばん奥の部屋に泊まっていたメンバーと一緒に窓から抜け出したのですって。みんなで一緒に走っていって真っ暗な川に飛び込んだのに、水中に撃ち込まれた銃弾が自分一人を避けていったのが理解できないと母さんは言っていました。泳いで川を渡りきったら、こちらの岸にいたのは自分だけだったというんです。一人だけ生き残った理由を知りたいと思えば思うほど、炎みたいなものがめらめら燃えさかってきて、それで凍え死ななかったようだって母さんは言っていました。濡れた靴下がとうとう乾かず、凍傷で足の指四本が落ちてしまったが、後でそれを知っても惜しくも悲しくもなかったと。

＊

足以外の全身をダウンコートの中に押し込み、フードの奥まで頭と頬を埋めたが、鼻の右側とまぶたに降ってくる雪だけは遮ることができない。手を上げて拭き取ったらボールのように丸めた体がほどけてしまうし、何より、体を丸めて作り出したぬくもりが散ってしまうので、雪が積もっても放っておく。休む間もなく歯がかちかちぶつかり、あごがはずれそうなほど痛く、雪をかぶって固くこわばった袖を噛みしめて耐えながらふと思う。水はいつまでも消えることなく循環するじゃないか。だったら、成長期のインソンに降りかかったその雪片が、今、私の顔に落ちてくる雪片と同じものでないはずはない。続けて、インソンのお母さんが見たという学校のグラウンドにいた人々のことが思い出されて、膝を抱えていた腕を私はほどく。感覚の鈍った鼻とまぶたから雪を拭き取る。彼らの顔に積もっていた雪と、今私の手に落ちてきた雪が、同じものでないはずはない。

*

何を考えたら耐えられるだろう。

胸にめらめらと燃えさかる火がなかったら。

何としてでも帰りつき、抱きしめるべきあなたがいなかったら。

*

そうめんあげようか、とインソンが尋ねると、彼女の肩にとまっていた鳥がはっきり答えたのを思い出す。

ウン。

インソンが冷蔵庫まで歩いていって、そうめんの袋をドアポケットから取り出した。テーブルの上にいたアマがハタハタッと飛んできて、インソンのもう一方の肩に乗った。インソンがそうめんを一本抜いて半分にパキンと折り、二羽の鳥に同時にやった。カリ、カリと乾麺を嚙み砕く鳥たちと、公平に、順に、目を合わせた。

あなたもやってみる?

インソンが差し出したそうめんの袋を私がつい受け取ると、鳥たちが私の肩に移ってきた。インソンがやっていたように乾麺を一本折って二羽に同時に差し出したが、どっちと先に目を合わせるべきかわからず、私はとまどった。鳥がくちばしで乾麺を折るたびに、シャープペンシルの芯が折れるようなかぼそい衝撃が私の指先に走った。

＊

わからない。鳥たちがどうやって眠り、死ぬのかが。

残された光が消えるとき、命も一緒に絶えるのか。

生命は電流のように残り、夜が明けても流れていたりするのか。

＊

明るくなるまで待つとしたら、あとどれくらいあるだろう。

耐えがたいほど私を身震いさせていた寒気が徐々に和らいでいる。気温が上がるわけはないのだが、暖かい空気のかたまりがコートを包んでくれているようで、眠気が押し寄せてくる。まぶたに落ちる雪片の感覚がいつの間にか鈍っている。ほとんど冷たさが感じられない。

ふと眠ってしまって膝を抱える手がほどけるたびに、指を組み直す。雪片が顔に落ちてくるという感覚がない。細い筆の先のような感触も、目元を濡らす水気も、もう感じられない。

波紋のように明るく体全体に広がってゆくぬくもりの中で、夢の中のような状態でまたも考える。水だけでなく、風や海流も循環しているのではないか。この島だけでなく、ずっと前に遠いところで降った雪片たちも、あの雲の中で再び凝結することがあるのではないか。五歳の私がK市で初雪に向かって手を差し伸べ、三十歳の私がソウルの川沿いを自転車で走りながらにわか雨に濡れていたとき、七十年前にこの島の学校のグラウンドで何百人もの子供たち、女たち、老人たちの顔が雪におおわれて見分けがつかなくなっていたとき、めんどりやひよこが翼を広げて羽ばたく鳥小屋に泥水が激しく押し寄せ、きらきら光る真鍮のポンプに雨粒が跳ね返ったとき、それらの水滴と砕け散る雪の結晶と血の滲んだ氷とが同じものでなかったはずが、今、私の体に降りかかっている雪がそれらでないと、いえるはずがない。

＊

三万人でした。

日差しの入る白壁に寄りかかって、インソンは膝を立てて座っていた。カメラは彼女の顔ではなく一方の肩と膝をとらえており、画面のほとんどは白壁が占めていた。その壁の上では、正体のわからない影が揺らめいていた。生い茂った草がインソンの綿麻のシャツをかすめて揺れていた。

台湾でも三万人、沖縄では一二万人が殺害されたそうです。

インソンの声はいつものように落ち着いていた。

それらの数字について考えることがあります。そこがすべて、孤立した島だったということについても。

白壁の上でちらつく光が拡大されて、画面はもう何も映っていない、発光するだけの平面になった。

＊

温かい光に吸い込まれるように眠りに落ちるたび、まぶたを押し上げる。目が開かないのは眠気のせいか、まつ毛と目頭の間に張った薄氷のせいなのか、はっきりしない。

朦朧としてゆく意識の中に顔また顔が浮かび上がる。見知らぬ死者たちではなく、遠い陸地で今、生きている人たちだ。それは恍惚であり、また鮮明でもある。生々しい記憶が同時に再生される。順序もなく文脈もない。一斉に舞台になだれ込み、てんでに違う動作をする大勢の踊り手のようだ。体を伸ばした瞬間にそのまま凍りついた瞬間たちが、結晶のように輝く。

わからない、これが死の直前に起きることなのかどうか。私が経験したことのすべてが結晶になる。もう何も痛くない。精巧な形に花開いた雪片のような、何百、何千もの瞬間が同時に輝く。なぜこんなことがありうるのかしら。すべての苦痛と喜び、骨身に染みた悲しみと愛が、混じり合うことなくそのままに、巨大な星雲のように同時に一つのかたまりとして光っている。

＊

眠りたい。

この恍惚の中で眠りたい。

本当に眠れそうだ。

*

でも、鳥がいる。


指先をつつく感覚がある。

かぼそい脈拍のように、鼓動するものがある。

途切れそうで途切れない、指先に流れ込んでくる電流がある。

*

いつからまた風が吹きはじめたのだろう。

体はもうボールのように丸まっていない。指先はもうほどけている。重い手を持ち上げて目頭の氷を拭き取る。森を揺るがす激しい風の音が聞こえる。あの音のせいで目が覚めたのだろうか。まぶたを押し上げた瞬間、私は驚く。かすかな光がある。ようやく闇と見分けがつくほどのダークブルーの光が、私の顔の横に積もった雪の山に宿っている。

もう夜が明けたのかな。

いや、夢を見ているんだろうか。

夢ではない。意識が戻るのを待っていたように、恐ろしい寒さが襲いかかってくる。激しく震える体をまっすぐに横たえたまま、私は宙を見上げる。信じられない。闇はもう、真っ暗なだけではない。もう雪も降っていない。今舞い散っているのは、前から積もっていた雪だ。この粉雪が見えるのは月明かりのおかげだ。風が雪雲を追い払ってしまったのだ。青ざめた半月が森の上に浮かんでいる。巨大な黒雲が強風に乗って前進している。

*

森の中から巨大な白い蛇のように伸びている涸れ川、そこから青白い光が漏れてくる。後ろに転ばないよう、腰をぐっとかがめて私は一歩ずつ進んでいく。猛烈な勢いで黒雲は前進し、月はその間から出たり消えたりをくり返す。蒼白なその光を浴びたすべての木の梢が、まるでもう二度と暗くならないかのようにダークブルーの光を放ってゆらめいている。だが、木々の根元の方は何も識別できないほどの闇だ。遠くの洞窟のように口を開けたその暗黒の中に何が入っているのか、私は知らない。何千本もの木の暗い根元だけか。声を立てない鳥やノロジカの群れだろうか。

ついに分かれ道が目に入る。私の体がはまり込んだ場所も、滑って転がり落ちた跡も残っていない。後から降った雪がすべてをおおいつくしたのだ。四つ足の動物のように両手を雪につけて、私は分かれ道を上っていく。とりわけ深く凹んでいたその穴がどこだったのかはわからない。くまなく手探りすれば放電した携帯電話を見つけられるかもしれないが、時間がない。いつまた天気が変わるか知れないのに。

もう失敗しない。ゆるい傾斜をしばらく下りてから、平らになった道に沿って、誰にも踏まれていない雪が反射する月光を頼りに私は歩いていく。ごく近くで揺れている森の音、膝の上まで積もった雪に私の両足がすぽっとはまる音と、私が吸い込み、吐き出す激しい息とが混じり合う。

*

弱々しい脈拍のような感覚が、指先から徐々にはっきりしてくる。

手のひらに残る感覚を忘れていたが、新たに血が通ったようにそれが生き生きと蘇る。

私の肩に乗っていたアマの白い首筋を何気なく撫でてみたとき、鳥はもっと頭を下げて、何かを待つようにじっとしていた。

もっと撫でてって言ってるよ。

インソンの言う通り、私はその温かい首筋をまた撫でおろした。まるでおじぎをするように鳥がいっそう深く首を下げると、インソンが笑った。

もっと、ずーっと撫でてって。

*

再び分かれ道が現れる。木々の間に伸びた白っぽい小道に足を踏み入れた瞬間、やぶが顔を引っかく。肌が凍えているせいかほとんど痛くないが、目に刺さるところだった。

また道を間違えたんだろうか。ここから先は道ではなく、やぶなのか。

手袋をはめた手で私は目を拭く。奇妙にちらつく光を感じたせいだ。手袋をはずして素手でもう一度こすってみると、目の下に溢れ出した血が手につく。だが、血は問題ではない。また見間違えたわけでもない。揺れる木の枝とやぶが粉雪を散らしたところに、ぼんやりと明るい部分がある。片手でやぶをかき分け、もう一方の手で顔をかばいながら、私はさらに前へと進む。

向こうに何かある。光を放つ何かが。

雑木林を横切って進むと、長くカーブした青黒い雪道が続いている。森をはさんでカーブしたその道はだんだん明るくなり、角の突きあたりで鮮やかな銀色の光を放っている。私は必死にスピードを上げる。太ももの高さまで積もった雪をかき分けながら、息を切らして進んでいく。角まで来るとまた目のまわりを拭く。目をしっかり開いて、遠くの明かりを見る。


インソンの工房だ。

金属のドアが開け放たれていて、まるで光の島のように見えるそこから明かりが溢れ出している。

誰が先にあそこに来たんだろうと身震いしながら考えて、すぐに気づく。

あの日以来、誰も来ていないのだ。

工房に電気はついてるのに返事がないから、変だと思って入ってみると、私が気絶してたんだって。

血を流して倒れている患者を急いでトラックの荷台に乗せ、誰も電気を消さなかったのだ。ドアを閉める暇さえなかったのだ。

まるで誰かを待っているように大きく開いたドアの中へ風が吹きつけている。まぶしい光を放つ粉雪が、それと一緒に工房の中へ吸い込まれていく。

6　木

工房に入った瞬間目に入ってきたのは、壁の四方に立てかけられた三〇本ほどの丸木だった。等身大ではない。だいたいは二メートルを軽く越えているが、私と背格好の似た何本かは、バランスからいって十二歳前後の子供のように見える。

床にも重ねて寝かせてある丸木の間を歩いて入っていく。吹き込んだ雪がコンクリートの床に薄く積もっている。四方に飛び散った血痕がその下に透けて見える。インソンが倒れていた作業台の周辺や、溢れた血が凍りついたところも雪でおおわれている。切断作業の途中だった丸木と、コードが引き抜かれた電動グラインダー、ヘッドホンに似た形の防音器、大小の木片が、どす黒い血がこびりついたまま作業台の上に散らばっている。

いつも米松と杉とくるみの木の原木がきちんと積んであったところだ。作業台のまわりの床にはカステラの粉のようなきれいなおがくずが散っており、何十種類もの木工具は壁と棚の所定の位置にきちんとかけたり置いたりしてあった。インソンは、作業空間を清潔に保つことを大事にしていた。一日の仕事が終わる午後六時には、エアコンプレッサーにつないだエアガンで髪の毛に入り込んだおがくずを丹念に吹き飛ばし、工房の前のドアを開け、大型のサーキュレーターを回して作業場の埃を森の方へ追い出した。木片はほうきで掃き集めて麻袋に入れ、風で吹き飛ばせない重いおがくずは集塵機で吸い込んだ。

ここでどんな仕事をするときも、インソンは焦らなかった。湿度の高い日には、木の種類ごとに違う匂いが濃厚に混じり合って空間いっぱいに広がるが、それを合図にやかんでたっぷりのお湯を沸かしてお茶を淹れ、頻繁に飲むのだそうだ。いつもより木が重くなり、繊維組織が稠密になるので、作業ペースを落とさないと事故が起きてしまう。そうやって緩急を調整しながら、インソンはほとんどすべての仕事を一人でやりとげた。たんすなどの大きな家具を七回もひっくり返して乾かしながらオイルを塗る作業も、十分に時間をかけて要領をつかめば、誰の手助けも要らないという。けれども、これほどの規模の作業は一人では手に余ったのだろう。私が夢で見た黒い木は人と同じぐらいの大きさだったとインソンに言ってあった。なのになぜ、比率を変えたのか?

*

入り口に戻って私はドアを閉める。また風で開かないよう、鍵もかける。

インソンの血が飛び散っていない、丸木も置いていない場所を選んで踏みながら、私は作業場を横切る。中庭に通じる裏口にさしかかり、その脇に立てかけられた木の何本かが黒く塗ってあるのを目にする。仕上がりを見るために前もって顔料を塗ってみたらしい。濃度を少しずつ変えて顔料を塗ったそれらの黒い木々は何か言っているみたいだと私は感じる。墨を塗るのはぐっすり眠らせるためと私は考えていたが、むしろ悪夢に耐えている人々のように感じられるのはなぜだろう？　墨を塗っていない生木は無表情な揺るぎない静寂に浸っているが、これらの黒い木は戦慄を押し殺しているかのようだ。

なぜか目を離せないそれらの木の前で、私はしばらくためらいながら立っている。だが、こうしてはいられない。ドアノブをひねって裏口を押してみるが、開かない。引っ張るドアかと思って逆方向に力を入れてみる。やはりびくともしない。ドアに体をくっつけて体重を乗せ、押してみる。上の方にすき間が開いたのを見て、さらに下方へ思いきり体重をかける。雪の圧力を押しのけたドアが一〇センチ内外開いたところで止まる。ドアの外へ腕を伸ばして雪を払いのける。体を横にして出られるくらい、すき間を広げる。

母屋までの道を照らすためには、ドアを閉めてはいけない。太ももの高さまで積もった雪をかき分けながら何歩か歩き出した私は、身震いして立ち止まる。庭の真ん中で、長い、黒い腕を揺らしているものが見えたからだ。それが木であることにはすぐ気づいたが、冷たい衝撃が残る。

去年の秋にも私をびっくりさせた、柳と同じように枝が垂れ下がる背の低いシュロの木だ。

人かと思った。

母屋の板の間から正面に見える木を指して私が不平を言ったとき、インソンは笑った。

真夜中はもっとすごいよ。わかっててもびっくりするから。こんな時間に誰が来たんだろ、って。

夜中ではなく、宵闇迫るころだった。薄明かりを包み込んで吹く柔らかな風の中で、人より少し体の大きいあの木は、幅の広い袖を前後に振りながらこちらへ向かって歩いてくるかのようだった。

今、強い風の中でその袖はさらに激しくはためいている。今にも雪の中から身を起こして近づいてきそうで、私は顔をそらす。膝で雪を押しながら、真っ暗な母屋に向かって進む。

＊

こんな闇の中なら、アマは眠っているだろう。私が電気をつけたら、ピイ、と鳴いて目を覚ますだろう。毎朝、インソンが遮光布をはずすときのように。

インコはもともとこんなふうに鳴くものなのかと私が聞くと、インソンは答えた。

そうね、初めからそう鳴いてた。

メジロみたいな声だね、と私が言うと、インソンは笑い出した。

どうだろ、外で鳴いてる鳥に習ったのかも。

いたずらっぽい声で彼女がつけ加えた。

カラスの真似しなくて、本当によかったよ。

＊

鍵のかかっていない玄関の中に私は入る。閉まっている中扉の前で毛糸の手袋をはずし、ダウンコートのポケットに入れる。感覚がなくなった足からスニーカーを脱がせる。引き戸になった中扉を開けて板の間に入り、真っ暗な壁を指先で探る。ようやく触れた電気のスイッチを入れる。

垂木と木の建具のすき間からかぼそい悲鳴のような風の音が絶え間なく入り込み、室内の静けさがかえってはっきりと感じられる。

暗い庭に面した大きな窓が鏡のように私の全身を反射している。ダウンコートのフードを脱ぐと、血だらけの顔と乱れた髪の毛が現れる。

板の間の裏の窓の前に、インソンが作った杉材のテーブルがある。鳥かごはその上に置いてある。テーブルの側面には金属の輪がついていて、黒い遮光布と掃除道具が並べてかけてある。金網の中には、竹を削ってサンドペーパーをかけて作った止まり木とブランコ形の止まり木が二組、二羽の間に序列がつかないよう、同じ高さに設置されている。

すさまじい轟音にも似た室内の静寂をかき分けて、私はその空っぽの止まり木に向かって歩み寄る。鳥かごの中の水入れは空だ。インソンがドライフルーツを入れておいた木の器も、ペレットを入れてやった四角いシリコンの容器も空いている。穀物をついばんだ後の殻が何十個か、丸い磁器のお皿に散らばっている。アマがその横にいる。

＊

アマ。

ひび割れた私の声が静寂の中に響く。

助けに来たよ。

人差し指を曲げて鳥かごの扉のかんぬきを持ち上げる。アマの頭に向かって手を伸ばす。

動いてごらん。

助けに来たんだよ。

＊

柔らかいものが指先に触れる。

もう温かくないものが。

死んでいるものが。

何の音もしない。

私の息、震えるダウンコートの袖が金網に触れる音だけだ。

＊

後ずさりして私は台所へ行く。流しまわりの棚を下から順に開けてみる。爪先立ちして、いちばん上の棚からアルミ製のビスケットの缶を取り出す。ビスケットの代わりにそこに入っていたティーバッグ類を棚に戻す。空いた缶を持ってインソンの部屋のドアを開けて入る。

電気をつけると、シングルマットレスと三尺のたんす、五段の整理だんす、机の上の白い布をかけた編集用モニター、米松で作った本棚が一目で見える。ドアの横のスチール製本棚の最上段には色とりどりの小さな付箋が貼られた資料集が立ててあり、下の四つの段には大小さまざまの紙箱が何十個も、ぎっしりと並んでいる。箱の正面に貼った正方形の付箋にインソンが油性ペンで書き込んだ日付とタイトルの前を通って、私は入っていく。洋服だんすの扉を開けると、見覚えのある冬服が五、六着こぢんまりとかかっているだけで、カメラをはじめとする撮影機材がスペースの大半を占めている。クローゼットの扉を閉め、横に置かれた整理だんすの引き出しを上から順に開けてみる。最初の引き出しには下着と靴下が、二番めのには夏と秋冬の服が入っている。三番めの引き出しを開けると、スカーフやハンカチが整理されたかごがある。白地で、角に小さなすみれの花を刺繍した、ほとんど使っていない新品のようなハンカチを取り出す。

＊

鳥かごの前に戻って立つ。

ついさっきまで温かい血が通っていたような、生々しい寂しさに包まれたちっちゃな体を見つめていると、断ち切られたその生命が私の胸をくちばしでつついてこじ開け、入ってこようとしているように感じる。心臓の中まで食い込み、それが鼓動している限り、そこで生きていこうとして。

ハンカチで鳥をくるんで持ち上げると、薄い布の下に冷たく軽い体のすべてが感じられる。半分くらい開いた翼のつけ根を寄せ直してもう一度ハンカチを巻き、ビスケットの缶の真ん中に置く。何度整え直しても上の方が広がって顔が出てしまう。

缶を鳥かごの横に置いてもう一度インソンの部屋に行く。整理だんすの下の段を全部開けてみるが、針箱が見当たらない。インソンのお母さんが使っていた奥の部屋に入って電気をつける。ずっと暖房が入っていなかったので、部屋には冷気がしみついている。前に私が来たときと同じく、たんすの前に敷布団が敷いてある。角を合わせてたたんだ掛布団がその上に置いてある。

敷布団を踏んでたんすに近づきながら考える。今も糸鋸が下にあるだろうか。刃物が悪夢を追い払うのか、その鋭さを、夢があらかじめ避けて通るのか。

らでんの装飾のところどころが剝げた古い扉を私は引っ張って開ける。古い布類とかすかな防虫剤の匂いが混じったたんすの奥に、針箱らしきものがある。綿入れにした赤い絹の布をブリキの箱にかぶせて作った、何千回も手が触れて表地に穴があき、黒ずんでいる丸い箱だ。暗闇を抱いてぶら下がっている古いカーディガンやブラウス類の下へ、私は上半身を突っ込む。箱を取り出してふたを開けてみる。白や黒の糸が穴に通ったままの針や素朴な形の指ぬき、何種類ものボタンや錆びた裁ちばさみ、段ボールを細長く折りたたんだ芯の上に白い木綿糸をふっくらと巻いた糸巻きが入っている。

＊

死んでいる鳥の顔をもう一度布で包み、整える。さっきみたいにハンカチが開いてしまわないよう、白い木綿糸を巻いて裁ちばさみで切る。結び目を作ろうとするが、よく見えないので手の甲で目をこすり、そのとき初めて目から粘っこい汁のようなものが出ていることを知る。やぶでつつかれたときに出た血と混じったそれを、ダウンコートの前の裾で何度も拭う。酸っぱいようなねばつく涙がまた出てきて傷口にからむ。なぜ涙が出るのか理解できない。アマは私の鳥ではない。こんな苦痛を感じるほど愛したこともない。

幅一〇センチあまりの小さな缶だが、鳥の体がひどく小さいので、擦れたりぶつかったりしないようにするにはもっと包むものが必要だ。巻いていたマフラーをほどいて、箱の内側にぐるりと回す。幅が狭くて長さも足りないので、まともな風よけにはなってくれなかったマフラーだが、あつらえたようにこの箱のすき間を埋めてくれる。

その上にアルミのふたをしながら考える。ネズミや虫に食われないようにするには、箱を外からも包まなくてはならない。浴室の入り口に置いてある竹のかごから清潔そうな白いタオルを持ってきて箱を包む。木綿糸を長く切り、二回、十字に回して結ぶ。

＊

何十袋もの砂糖をぶちまけたような雪が、母屋から入ってくる明かりを反射する。軒下に立てかけてある、半分くらい雪をかぶった萩ほうきを私は持つ。鳥の入った箱を片腕に抱えて雪をほうきで掃き出すと、濡れたスコップが倒れたままで姿を現す。

どこに埋めたらいいだろう。

軒下に箱を置き、スコップを持って私は考える。

インソンだったらどこに埋めるだろう。

マフラーをはずした首から風が入り込む。フードをかぶって私は腰をかがめる。黒い袖のような枝をまだ振り回している木の方に向かって、スコップで雪を掘りながら進む。途中で止まって腰を伸ばして振り向くと、箱が置かれた軒下まで、狭い穴があいているように見える。

とうとう木の下にたどり着く。木の根元に積もった雪をスコップで取りのける。息が切れるほどになると寒さが和らぐ。箱を取りに母屋の前まで歩いていく間、異常なほど激しく心臓が搏《う》っていることを感じる。

木の横に箱を下ろす。雪の下から現れた土にスコップを突き入れる。右足で体重を乗せ、スコップを打ち込む。びくともしない。スコップに乗ったり降りたりしながらしばらくバランスをとっていると、スコップの先が少し地面に食い込む。そうやって乗ったり降りたりをくり返す。体重を乗せたスコップの先が、凍った地面を少しずつこじ開けて入っていくのが感じられる。腕と足が震える。わかっている。熱いお粥を食べるべきだ。熱いお湯でシャワーを浴びて、横にならなければ。けれども鳥を埋めるまではそれができない。

スコップを通して、凍っていない奥の方の土の感触が伝わってくる。スコップを突き立てたまま降りて、息を整えながら空を見る。月が消えている。月光を浴びて進んでいた黒雲も見えない。もっと大雪になるのだろうか。

その前に急がないと。

箱が入る幅の小さな穴を掘っていくと、突然ぬるりと冷たいものが頬に触れて私はぎょっとする。長い袖のように垂れ下がった木の枝が触れたのだ。梢を見上げると、小さな雪片が眉間に落ちてくる。明かりの消えた母屋の前にも雪がまばらに舞っている。

こんな雪が今ソウルにも降っているのかな、と私は考える。ずっと前、インソンと一緒にうどんのお店の窓から見たのと同じような、米粉のように粒子の細かい雪が舞っているだろうか。遅い時刻に地下鉄の駅を出て、フードをかぶり、雪の中を歩いていく人波を私は思い浮かべる。準備してきた傘を開くわずかな人たち、果てしなく並ぶ赤いテールライトを灯して信号待ちをする車たち、雪をかぶってその間を走り抜けていくバイクを思い浮かべる。私のいないそこにインソンがいて、ここに私がいるのは不思議なことだ。

インソンの指が切断されていない並行世界が存在するなら、私は今、ソウル近郊のマンションのベッドで体を丸めて寝ているか、デスクの前に座っているはずだ。インソンはシングルマットレスで眠っているか、母屋の台所で動き回っているはずだ。遮光布におおわれた鳥かごの中では、アマが止まり木に足をかけているだろう。眠りに包まれたその体は、闇の中にあって温かいだろう。胸の羽毛の下では、心臓が規則正しく動いているだろう。

それが止まったのはいつだったのだろう、と私は考える。私が涸れ川で滑らなかったら、その前に水を飲ませることができただろうか。あの瞬間に道の選択を誤らずそのまま歩いてきていたら、いや、その前にターミナルでもっと待って山を抜けるバスに乗っていたなら。

＊

またもや箱の上に積もった雪を手のひらでかき落とし、穴の中に入れてみる。穴の底が平らではないのでまっすぐに置くことができない。真っ暗な穴の底を両手で引っかいてならし、その間に箱の上に積もった細かい雪を払う。誰も出してくれない次のサインを待つかのようにしばらくしゃがみ込んでいた後で、穴の底に箱をおろす。箱の表の白っぽさがもう見えなくなるまで、両手で土をすくって入れる。さっき掘り出した土をスコップでその上に盛り上げ、手のひらで力いっぱい押し固めて小さな土まんじゅうを作る。黒い土の表面がたちまち雪におおわれていくのを見守る。

＊

もうやるべきことはない。

何時間かしたら、アマは凍りつくだろう。二月が来るまで腐らないだろう。それから猛烈に腐りはじめる。一つかみの羽毛と穴のあいた骨だけになるまで。

＊

工房の電気を消し、裏口を閉めるためにスコップで道を作りながら進んでいくと、工房の壁の前に何かが大型の防水布に包んで置いてあるのが見つかる。防水布の角を持ち上げてみると、丸木が何十本も積んである。倒れないように何度も縛って固定したゴムベルトの間から、生《き》のままの荒々しい樹皮が見えている。

中にあるのと合わせたら、一〇〇本は越えるだろうな。

山積みになった木の上方の壁に影がちらちらしている。母屋から漏れてくる明かりを浴びて映し出された、さっきその根元にアマを埋めてきた木の影だ。何人もの人の腕のように静かに揺れていたその形を見ていると、インソンが最後の映画でセルフインタビューしたときの背景はここだったとにわかに気づく。日の当たる白壁の前でゆらめいていた影の動きがよく似ていた。

インソンがあの映画を撮ったのはここへ戻って暮らしはじめる前だから、当時、この建物はまだ倉庫だったはず。インソンの肩と膝、白っぽい首筋の曲線は、まるで間違って映り込んだ被写体のように画面の端にあり、画面の大部分を占めた白壁の上でその影がずっとちらちらしていた。緊張を感じさせる動きだった。インタビューされている人が手を大きく振って前の発言を打ち消すときのような、力いっぱい突き出しては急に引っ込める手つきのような揺らめきが、意図的で持続的な不協和音をインタビューの流れにはさみ込んでいた。

*

後になってその洞窟を探しに行きましたが、見つかりませんでした。何度も記憶をたどって行ってみたのですが、失敗しました。

いいえ。夢ではありませんでした。

九歳の冬に行ったのが最後でした。

インタビューはそのようにして、出し抜けに始まった。質問は編集でカットされたか、そもそも存在していなかった。

この島の洞窟は入り口が小さいのです。人一人がやっと入れるくらいなので、石でふさげば何もないみたいに見えますが、奥に入るにつれて驚くほど広くなります。一九四八年の冬には、一つの村の人全員が避難したこともあります。

額に装着したカメラで撮影したと思われる森が、突然画面に現れた。カメラアイの届く全域で、巨大な広葉樹が風に揺れては突き上がっていた。その梢に日光を遮られて森の下の方には草が生えず、夕方のように薄暗かった。枝についたまま落ちた大きな葉、巨人の関節のようにゴツゴツと突き出た根、木漏れ日が地面に描いた静かな模様の中を、歩くたびに土が崩れる音とともに画面が移動した。

父さんと私がよく行っていた洞窟はそれほど大きくありませんでした。多くて一〇人程度が避難できるくらいで。

白壁が画面に戻ってきた。インソンは日差しを浴びた膝の上で両手を組んでいた。しばらく風がすっかり止み、揺れているときには袖のようだった一本の枝の影が、巨大なシダの葉のような形が、白壁の上にくっきりと刻まれた。

いつも空気が湿っていたことを覚えています。洞窟に入る直前には必ず雨か雪が降ったことも。晴れていた記憶がないところを見ると、父さんは低気圧に反応していたようです。雪や雨が降ると関節や筋肉が痛む人たちのように。

彼女はささやくように声をひそめる。

息止《そくそ》みりよ。

洞窟で父さんがいちばんたくさん言った言葉です。

シダの葉っぱのような影法師が壁の上を滑っていき、音もなく突き上がった。

息を殺せという意味です。動くなというのです。一切の声を出すなということですね。

彼女は指を互い違いに組んだ両手をほどき、また組み直した。

洞窟の入り口をふさいだ石のすき間から光が入ってきたことを覚えています。父さんが厚いジャンパーを脱いで着せてくれたことも。熱もないのに私の額に手を当てて、父さんは声を低くして言いました。

風邪ひいたらいけんぞ。気を確かに持ちば病気にはならんよ。銘肝《めんしむ》しいよ。

家に帰ろうと私がささやくと、父さんは小声で、でも断固として答えました。

あん家、いたら、いけんぞ。

こんなに寒いところでどうやって寝るのかと私が聞くと、父さんは理解できないことを言いました。

昼も夜も無ぁ。軍事作戦らに。

母《おもん》さん待ちやすのに。

私が母さんという言葉を口にした瞬間、父さんの全身がびくっと震えるのを、電流が伝わるように感じることができました。

だから、ついて来いと言うたによう。
石のすき間から入ってきていた光がぼやけ、真っ暗になる直前に見た父さんの顔を覚えています。そこを見上げていた父さんの目が、鈍い灰色の髪の毛についた雨雪が、ガラス玉のようにきらきら光っていました。
どうしろと言うんな。無理ん引き立ちていく道理のあるか。子は死なすなよう。この子に何ん罪《むし》があるか。

そのときその頭の中をよぎっていた想像の中身はわかりませんでしたが、絶望的な結論に達するたびに私の手を握るんだということはわかりました。その体から滲み出る静かな戦慄が、洗濯物を絞ればほとばしる水のように、私の手を濡らすのを感じました。

東西に長い楕円形の島の地図が画面に映し出された。「一九四八年米軍記録」という字幕が出ており、地図の上にはぐるりと、海岸線から五キロ地点を示す境界線が目立つ太さで引かれていた。漢拏山を含め、その境界線より内陸側の地域は疎開させるものとし、そこを通行する者は暴徒と見なし、理由は問わず射殺するという内容の布告が字幕に現れた。驚くほどノイズがなく鮮明なモノクロの無声映像がそれに続いた。茅葺き屋根がいくつも燃えていた。黒い煙が炎とともに空に突き上がった。剣を装着した小銃を構え、薄い色の制服を着た兵士たちが、玄武岩でできた畑の囲いを飛び越えた。

闇です。

闇が記憶のほぼすべてです。

ふと眠って目を覚ますたび、混乱しました。ここは家ではなく洞窟で、顔も体も見えないけれど父さんがまだ私の手を握っていると気づく瞬間が、しばらくしてやってきました。その手がなかったら私は叫び出していたでしょう。母さんを探したり、泣き出していたかもしれません。それを知っていたから父さんは私の手を握っていたのだと思います。暗闇の中で、もう一方の手で私の口をふさぐ準備をしていたかもしれません。夢うつつの中で私が声を出したりしないように。いつその洞窟の前を通り過ぎるかもわからない存在に気づかれないように。

枯れたススキにおおわれたオルム*の前の道をトラックに乗せられて移動する民間人らの資料映像が、続けて映し出された。後続車両から撮影したものらしい。銃を持った憲兵二人が荷台の前後に立ち、赤ん坊を抱いた女たちや老人を含む何十人もの人が肩や背中を寄せ合って座っていた。五歳くらいに見えるおかっぱの女の子が母親らしい若い女のわき腹にぴったりと体をくっつけて座り、アングルの外へ消える瞬間までカメラの方を凝視していた。

洞窟へ行く途中で雪が降り出すと、父さんが笹を折りました。

再び森の木陰の中で、インソンのカメラがゆっくりと移動した。

私には先に行けと言い、父さんはカニのように横歩きをして私の後を追ってきました。二人の足跡を笹の葉で掃いて消しながら。

此処《いぢ》からどう行くの、父さん《あばん》よう。

私が立ち止まって聞くたびに、父さんは落ち着いた声で方向を教えてくれました。山中でもう道のないところにさしかかると、私に向かって背中を突き出し、おんぶしてやると言い、それからは自分の足跡だけを掃いて消しながら坂を登りました。私はおぶわれたまま、足跡が消えていくのをじっと見守っていました。魔法のようでしたよ。一瞬一瞬、空から人が降り立っては足跡も残さず去っていくみたいに、私たちは足跡一つ残さず歩いたのです。

モノクロ写真三枚が順に、画面いっぱいに映し出されては消えた。

海松の森の中に、白い服を着た男が四人立っていた。ヘルメットをかぶった四人の軍人が、的を描いたチョッキを彼らに着せていた。四組の姿が側面からクローズアップされ、気をつけの姿勢で立つ青年たちの鼻孔、鼻の下の溝、あごと首を結ぶ子供っぽい線がはっきりと見えた。カメラにいちばん近いために顔が大きく見える青年の唇は緊張した様子で固く結ばれ、唾を飲み込んだばかりであるかのように、薄い皮膚の下で喉仏が飛び出していた。

次の写真で青年たちは的のついた服を着たまま、一人ずつ松の木に縛りつけられていた。写真の画

＊　漢拏山の噴火によってできた小高い丘のような寄生火山で、済州島に三六〇か所あるといわれる。

角がさっきより広くなり、五メートル足らずの距離から伏せの姿勢で的を狙う兵士らが画面に入ってきた。
最後の写真で、青年たちの体はのたうち、ねじれていた。腰の位置を縄で木に括りつけられ、上半身が前に飛び出し、あごは上がり、頭は反り返っていた。膝がよじれていた。口が開いていた。

声の小さい人でしたよ、父さんは。

白壁の前に座ったインソンの両手が膝の上でゆっくりと動いた。考え込んでいるときにいつもするように、甲の側を見せて手を揃える独特の動作だ。重なって一つのように見えていた枝の影が風に揺れて二つになり、続いて三つになった。白壁を探る手のようにちらちら動きながら、一瞬一瞬、向きと形を変えた。

いつだったか母さんが言ったことがあります。
お前の父《あばん》さんが男《そない》らしかったらば、私はたぶん、好かざったね。初めて会ったとき、男《そない》の顔が何でこれほどきれいかと。十五年も日光に当たらぬせいだったかよ。肌がキノコんごと白かったざ。そんな人を、皆が避けていたのもおかしなことよな。死人が帰ってきたごとして。一度目が合っても、幽霊を連れてくる人んごとして。

声だけを残して、インソンの膝と手が画面から消えた。白壁の上の影法師たちの動きが、鞭のように激しくなった。インソンの声はさらに、ささやくように小さくなった。

父さんがいつもと違って壁にもたれてぼんやりと座っている日には、母さんが私を呼びました。手近にあった生のサツマイモやキュウリを二、三切れ、みかんを一、二ふさ私の手に載せてこう言いました。

父《あば》さんに持っていき。受け取らざったら、口に入れちゃり。

父さんがそれを食べているうちにすっと幻想から抜け出せるようにと、母さんは願っていたのでしょう。その方法が本当に通じる日もあったのです。私の手からみかんを受け取るとき、父さんは半分笑っていました。まるで二つの世界で生きている人のようでした。一方の目では私を見ていましたが、もう一方の目は私の体を通り越して別の光を見ているようで、部屋は暗いのにまぶしそうに目を細めて、私を見上げていました。

＊

工房の電気を消してドアを閉めた後、防水布がたわむたびに荒々しい切断面を見せる木たちを背にして私は歩いていく。スコップを脇に抱え、さっき母屋に行ったときの足跡をたどって踏みながら進んでゆく。母屋の玄関に入り、雪を払ってドアを閉め、施錠する。この雪と夜を突き破って入ってこようとする者がいるかのように。

靴を脱ぐために中扉の敷居に腰かけたが、めまいがしてそのまま後ろに倒れて横たわる。濡れたスニーカーの上に素足を乗せて目をつぶる。一日じゅうずっと、数えきれないほどさまざまの角度で舞い落ちてきた雪片の描く白い線が、まなうらで幻覚のように再生される。

うめくような風がドアのすき間から分け入ってくる。誰かが揺さぶっているように、足元でドアがガタガタと鳴っている。舌の根に酸っぱい唾液が溜まる。注意深く横になったまま、息を整える。今動かずにいれば、吐かないですむかもしれない。今、もう少し深く、もう少しゆっくり呼吸できれば。

けれども、床に手をついて体を起こす。流しに走っていき、排水口に吐く。何も食べていないので胃液だけが出る。薬が欲しい。今、私の手元にはない、十分に調剤してもらってソウルの家の机の引き出しに入れてあるあの薬袋の中の一包みが。長期服用時には心臓に害を及ぼすという警告を医師から受けている、しかし唯一効く薬だ。

*

震える手でＩＨヒーターにやかんを載せる。部屋の電気を消して照度の低い食卓灯だけを残すと、やっと窓の外の雪の降り具合が見えてくる。室内と外の風景がガラスの上で重なり、一つに見える。工房の外壁ではためく防水布と黒い腕を揺らす木の上に、杉材のテーブルと空の鳥かごが重なる。

お湯が沸く前にマグカップに注いで一口、またもう一口と飲む。その温かいものが食道を伝って降りていくのを感じながら、流しの前に横になる。背中をまっすぐ伸ばして深呼吸する。吐き気がぶり返さないよう、横向きに寝る。

息を深く吐き出すたびに痛みが和らぐ。息を吸うとまた前進してきて、眼球の内側をえぐるのだ。

つい眠り込んで痛みとともに目を覚ますたび、白っぽい骨の形象が割り込んでくる。インソンの最後の映画のラスト直前、何百体もの遺骨が埋められた穴が脈絡も説明もなく一分近くクローズアップされたシーンだ。膝を曲げて持ち上げた遺骨、朽ちた布の切れ端が腰のあたりに残っている遺骨、小さな足にゴム靴をはいたままの遺骨などが、畑の畝《うね》のような穴の中で重なっていた。

＊

熱が出ている。ますます体が震える。肌に触れるすべてのものが冷たい。ダウンコートの袖の表地が手首に触れるたび、氷の刃で切られるようだ。コートを脱ぐ。時計もはずして壁の前に置く。浴室の洗面台に行ってさらに胃液を吐く。口をゆすぎ、石鹼で手を洗う。鳥の体を整えて包み込んでいた手、土を掘って穴の底をならした手、土まんじゅうを押し固めた手を洗う。顔にもお湯をかけると、開いた傷口からまた血が流れ出る。洗面台で上半身を支えながら、鏡の中の血だらけの顔を見つめる。

冷たかったね。

ううん、柔らかかったよ。

私は言い直す。

石みたいに固かったね。

唇を開くたびに、血に濡れた顔が音もなく口を開く。

ううん、綿みたいに軽かったよ。

＊

誰かがノックしているみたいにガタガタと玄関のドアが鳴る。裏庭に面した窓も揺れている。窓ガラスに映った室内の家具の上に雪が目まぐるしく舞い散る。丸木を固定したロープの間から、防水布が気球のようにふくらむ。

食卓灯がちかちかしてから消える。墨汁のような暗闇が室内と窓の外の風景を同時に消す。両腕を伸ばして宙を手探りしながら、私は板の間を横切る。思った以上に壁が遠い。板の間の電気のスイッチを探す。スイッチを見つけて押す。電気が入らない。

停電だな。

豪雪で電気や水道が止まることがあるとインソンは言っていた。復旧車両が入ってくるまで何日も待たなくてはならない、ここみたいに人里離れた家は復旧がいちばん遅いと言っていた。

断水まで始まる前に水を確保しておくべきだろう。再び両腕で闇をかき分けながら私は台所へ行く。流しの下の棚を開け、さっき見た記憶と指先の感覚に頼って鍋を二つ探し出す。流し台と調理台にそれらを乗せた瞬間、何かが床に落ちて割れる。さっき水を飲んだマグカップらしい。

鍋に水道水を入れながら考える。

ボイラーが消えたら暖房も切れるんだな。

濡れた手で熱い上まぶたをおおって、私は呼吸を整える。しゃがんで吐き気が収まるのを待ち、割れた陶器のかけらを手のひらで集めて片づけ、インソンの部屋まで這っていく。

*

整理だんすのいちばん下の引き出しからインソンのセーターを見つける。色も、正確な形もわからないそれを自分のセーターの上に重ねて着る。洋服だんすを開け、手が触れたコートも引っ張り出す。毛羽立った生地と細長いボタンの形から推して、古いダッフルコートのようだ。首までボタンをとめてインソンのマットレスに横たわる。布団をかぶって悪寒に耐えながら、ドアと窓がガタガタ鳴るたび、暗闇に向かって目を開けたまま考える。本当に誰か来ているなら、また違う音がするはずだ。しっかりノックして家の主を呼ぶはずだ。あんなふうに、ドアの枠が壊れそうなほど力まかせに揺さぶるはずはない。

*

意識が遠のくたびに鋭利な夢が割り込んでくる。薄氷の張った鳥の体を両手で支えて洗面台へ行く。水道の蛇口から流れる熱いお湯で瞬時にその顔を溶かす。目が開き、輝くのを待つ。くちばしが開くのを待つ。また息をするよね、アマ。その心臓はまた動くよね。ね、このお湯を飲むよね。

一つの夢が消えるとすぐに別の夢が錐《きり》のように突き刺さってくる。巨大な氷の球体となった地球が轟音を立てて自転している。煮えたぎる溶岩におおわれた大陸がそのまま凍りついたのだ。永遠に降りられなくなった地面の上を、何万羽もの鳥が飛んでいる。滑空しながら眠っている。はっと目を覚ますたびに翼をはためかす。ぎらりと閃くスケートの刃のように、虚空を切り裂きながら滑っていく。

＊

歌おうか、アマ？

私がそう問いかける前に鳥がハミングを始める。アマが肩の上で歌っている間、私は膝をついて土を掘る。スコップも鍬《くわ》もない。凍った土を指で引っかく。爪が割れて血が流れ出すまで続ける。ハミングの音が急に止んで、私は頭を上げる。涸れ川で意識が戻ったときのように、漆黒の闇の中に濡れた雪片が落ちている。額に。鼻の下の溝に。唇に。

歯と歯がぶつかってはっと気を取り直し、ここは涸れ川でも庭でもなくインソンの部屋だと気づく。あの糸鋸が必要だと、夢と現実のはざまで考える。これらすべてを退けることができるように。これらすべてが私を避けて通るように。

楽しく遊んで行ってください。

インソンのお母さんが私の耳にささやく。私の両手が握ったその手は、死んだ鳥のように小さく冷たい。

＊

鳥って、信じられないくらい、元気なふりをするのよ、キョンハ。

最後まで顔を上げて止まり木に止まっていて、落ちたらもう死んでるの。

ドアと窓が壊れんばかりにガタガタと鳴る。風ではないのかもしれない。本当に誰かが来ているのかもしれない。家にいる者を引きずり出そうとして。突き刺して、焼いてしまおうとして。的のついた服を着せて木に縛りつけようとして。のこぎりの刃のような袖を振り回しているあの黒い木に。

＊

死にに来たんだな、と熱にうかされて私は思う。死ぬためにここへ来たんだ。

切りつけられ、穴を開けられ、首を絞め上げられ、焼き尽くされるためにここへ来た。炎を吐いて崩れ落ちるこの家に。ばらばらになった巨人の体のように、幾重にも重なって横たわる木々のかたわらに。

第Ⅱ部

夜

1　別れを告げない

海が抜け出していく。

絶壁のようにそそり立った波は、海岸に押し寄せる代わりに後方へと激しく引いていた。水平線に向かって玄武岩の砂漠が広がった。巨大な墓のような海中の丘が黒々と濡れて輝いた。引き潮についていけずに残された何万匹もの魚が、うろこを光らせて跳ねる。サメや鯨のものらしき白い骨たち、いくつもの壊れた船体、黒光りする鉄筋の山、ぼろぼろの帆が巻きついた板が黒い岩盤の上に散らばっていた。

海はもう見えなかった。もはや島ではないんだな。黒い砂漠の地平線を見ながら私はそう思った。私は後ろを振り向いた。雪におおわれた山頂へと続く斜面が視野いっぱいに、扇状に広がっていた。すべての木が、火をかけられた後のように黒ずんでいた。葉も枝も残っておらず、灰の杜のように黙々と立って黒い砂漠を見下ろしている。

どうしたんだろう。

なぜか開かない口の中に圧力を感じながら私は思った。

どうして枝がないの、葉もないの。

恐ろしい答えが咽喉の奥に潜んでいた。

死んだから。

その言葉を飲み込むために歯を食いしばった。咽喉の中で鳥が羽ばたき、咽喉をこじ開けて上ってこようとする痛みに耐えた。

みんな死んだのだもの。

くちばしを開き、爪を立てたその言葉が口の中いっぱいに満ちた。うごめく綿毛のようなものを吐き出さずに、私は首を振った。

＊

来る。

落ちてくる。

飛ぶ。

まきちらす。

降る。

降り注ぐ。

吹きつける。

積もっていく。

おおいつくす。

すべてを消し去る。

どのようにして悪夢が私から去っていったのかはわからない。彼らと戦って勝ったのか、彼らが私を完全に打ち砕いて去ったのか、はっきりしなかった。いつからかまぶたの内側に雪が降っていただけだ。乱舞し、降り積もり、凍りついただけだ。

まぶたに染み込んでくるブルーグレーの光の中に私は寝ていた。目を開けると西側の窓が見えた。はっきりした陰影のできない曇り日の光が、静かに部屋を照らしていた。壁にかかったインソンの黒いロングコートが、思いに沈む人のように肩をすぼめていた。

熱が下がっていた。頭痛も吐き気も消えていた。まるで痙攣を抑える注射を打たれたように、すべての筋肉が弛緩していた。枝につつかれた目の下も、もうずきずきしなかった。

マットレスの外へ腕を伸ばして床を触ってみた。氷のように冷たい。息を吐くと白いものが出た。床に手をついて私は立ち上がった。整理だんすから毛糸の靴下を出してはき、壁にかけてあるインソンのずっしり重いダッフルコートを上に着た。裏地の上に古いカーディガンを重ねて手縫いで綴じつけた、ソウルでもよく着ていたコートだ。両袖に水の雫のような黒い毛玉ができている。まだ乾ききっていないみかんの皮が右のポケットから出てきた。重ね着したコートのボタンを首までとめると、息を吸うたびにかすかな松やにの匂いがした。

昨夜ちゃんと閉めなかったので半分くらい開いている引き戸の敷居をまたぎ、板の間に歩いていった。ブルーグレーの窓ガラスの向こうに雪が降っているのが見えた。音も立てずに落下してくる無数の白い鳥たちのような、ぼたん雪だった。

＊

冷蔵庫の上の壁かけ時計の針が、四時を指していた。午前四時がこんなに明るいはずはないから、午後四時なのだろう。

咽喉が渇いた。

流しの蛇口をひねってみたが、想像した通り水は出なかった。停電後すぐに鍋に汲んでおいた水は幸い、きれいなままだ。唇の先で一口、また二口と飲んだ。冷たい水が体の中に広がっていくのを感じながらしばらく立っていて、腰をかがめて割れたマグカップのかけらを集めた。

遠くまで飛び散ったかけらを集めるには、ほうきとちりとりが必要だ。インソンがそれを玄関に置いていたことを思い出し、板の間を横切って歩いていった。中扉の向こうの靴箱の上に懐中電灯があるのがまず目についた。かなり重たい懐中電灯のスイッチを押すと明かりがついた。まだあたりが明るいせいか、十分な光量があるようには見えない。乾電池が切れたのかな、と思いながら薄暗い板の間を光の柱で照らしたとき、息が止まった。

鳥の鳴き声が聞こえたからだ。

青白い光の柱が貫通する鳥かごの中で、止まり木に足をかけた鳥がもう一度、ピイ、と鳴いた。

アマ。

やっとの思いで出てきた私の声が静寂の中に散った。

あなたは死んだでしょ。

昨夜、鳥を出した後でかごを閉めなかったので半分ぐらい開いている扉に向かって、私は近づいていった。昨日と変わらず穀物の殻が散らばっていた。水の容器もすっかり乾いたままだ。アマの頭頂部と胸に生えた短い白い羽毛が、綿のように柔らかそうに見える。真っ白な長い羽毛に潤いがある。頭をひねって私のことを探り見ている二つの目は、濡れた黒豆のようにつやつやしていた。

私があなたを埋めたのに、昨日の晩。

夢だろうか、と疑いながら私は言った。その瞬間を待っていたように目の下の傷がずきんとした。毛糸の靴下ごしに染みてくる床の冷気は氷のようだった。生々しい冷気の中で呼吸するたびに息が広がった。窓の外、ぼたん雪の降る庭を私は見回した。夜中に積もった雪をかぶって鎧のようになった、本来の形がわからなくなったあの木の下に、私はあなたを埋めたんだよ。

鳥が戻ってくることは不可能だった。私がしっかりとくるんでおいたハンカチを開き、ぐるぐる巻いて結んだ糸をほどき、角を合わせてきっちり閉めたアルミ缶を開け、タオルで包んだ上に十字にかけた糸を切ることは。凍りついた土まんじゅうとその上に積もった雪を突き破って飛び出し、鍵のかかったドアを開けて家に入り、金網の中の止まり木に止まることは。

ピイイー、とアマがまた鳴いた。まだ頭をかしげたまま、濡れた黒豆のような目で私を見上げた。

アマに水をやって。

聞こえないはずのインソンの声に従うように、私は流しへ歩いていった。大鍋の水を平鉢に汲み、一歩ごとに溢れる水をこぼしながら鳥かごの前に戻った。器に水を入れている間、アマはぴくりとも動かずに待っていた。まだ水が残っている平鉢を持って私が一歩後ずさりしたとき、ようやく羽ばたきをして飛び上がり、水入れの前の補助止まり木に移ってきた。

＊

咽喉が渇いたの？

水を一口くちばしに含み、空中を見上げて飲み込む動作をくり返すアマを見ながら私は尋ねた。鳥が動作を止め、頭をひねってこちらを見た。

死んでもおなかがすくものなの？

つやつやしたその黒い目の表情が決して読み取れないと感じたとき、アマがまた頭を下げた。くちばしを開けて水を一口ついばむと、頭を上げて飲み込んだ。

＊

薄暗い冷蔵庫の中を調べるために、私は懐中電灯をつけた。ふやかした餅米と水に浸けた豆腐半丁、いくらかの野菜がインソンのための食材のすべてだった。鳥のためのものははるかに多様で、丁寧にストックされていた。大小さまざまの密閉できるガラス瓶、透明なおかず入れ、ジップ式の袋などに、色とりどりのペレットや粟、レーズンやドライクランベリー、くるみやスライスアーモンドが入っていた。おやつとして与えることもあるそうめんはドアポケットにあった。開封済みの一袋には麵が半分くらい入っており、未開封のものも二袋あった。

どれが鳥の主食なのだろう？　食事のたびにこれらを全部食べさせるのか、二、三種類を組み合わせて食事とし、あるものは別におやつとして与えるのかがわからない。粟とドライクランベリーとくるみを選んで取り出したとき、鳥かごの方で音がした。半分くらい開いていた鳥かごの扉をアマがくちばしで押して出てきた。ばさばさと音を立て、ほとんど天井にぶつかりそうなほど飛び上がり、空中に大きな輪を描いてから食卓に降り立った。

鳥におやつではなく食事をやるときは必ず鳥かごで食べさせなくてはいけないと、インソンは言っていた。そうでないと鳥かごに入ろうとしなくなり、決まった時間に寝かせることができなくなり、結局、すべてのルールが破られてしまうというのだ。だが、死んだ鳥もルールを守るべきだろうか？

私は陶器の平皿を流しの上の棚から出して粟を一つかみ入れた。クランベリーははさみで小さく切ってその横に散らした。くるみを細かく刻んで皿の真ん中に集め、しょうゆ皿に水を入れて大皿の端に置いた。

お食べ、アマ。

皿を食卓に載せながら私は言った。何かがおかしいと言いたげに、アマが、ピイ、と鳴いた。

大丈夫。

私は言った。

こっち来て食べなさい。

鳥が食卓の上を歩いて皿に近寄ってきた。真っ先に粟をついばみ、水を飲んだ。粟一粒に水一口、粟二粒にまた一口、クランベリー一かけに水を二口飲んだ。

おなかがすいてたんだね。

その言葉を口にした瞬間、耐えがたいほどの空腹が襲ってきた。ジップ式の袋からドライフルーツを一つかみ出して口に入れて噛みしめると、驚くような甘さが広がった。停電でなければＩＨヒーターで温かいものを作って食べるのに、と私は思った。お粥を作れるのに。鉢の中の水に浸けてある豆腐を取り出して、こんがりと焼けるのに。

＊

自分のために生のままの豆腐とくるみを小皿に入れて鳥の向かいに置き、ガラスのコップに水を注ぎ、アマと向き合って座った。にがりがきいて少し塩気のある豆腐を一口飲み込んだ後、鳥に尋ねた。

いつまで雪が降るのかな？

しょうゆ皿に入れた水を飲むために体をかがめているアマの頭は、栗粒のように小さくて丸かった。首筋を触ったら温かいだろう。いずれにせよ、死んでいるようには見えない。

夢じゃないよね、アマ？

窓の外で徐々に暗くなっていく虚空をぎっしり埋めて垂直に落ちる雪片たちを、私は見ていた。その根元に鳥を埋めた木は、雪におおわれてみじんの揺らぎもなかった。

これは夢なの？

もう食べないアマに向かって私は手を差し伸べた。何気ない足取りで鳥が私の手のひらに上がってきた。かさかさした足が肌に触れた瞬間、心臓と瞳に同時に火が燃え移ったように寒さが消えた。

*

アマの首すじを撫でた。もっと撫でておくれと頭を下げるたびに、さらに深々と撫でてやった。もっと、もっと撫でてとアマがいっそう頭を深く下げる。アマがもう頭を下げなくなるまで撫でてやった。

やがてアマは飽きてしまったように飛び上がって窓枠の上に止まり、かさかさした足がさっき私の手のひらを押して残していったわずかの重みや力を反芻しながら、私は鳥を見やった。

そこは寒いんだろうに、アマ。

私は言った。

風がいっぱい入ってくるのに。

死んだ後でも寒いのかな、と次の瞬間私は思った。おなかがすくのなら寒さも感じるだろう。工房の薪ストーブのことを思い出したのはそのときだった。あれに火をくべれば、ここよりは温かいだろう。鍋を持ってきてお粥を作ることもできる。

待ってて、アマ。

食卓に手をついて立ちながら私は言った。

火を焚いてくるからね。

アマが窓枠から飛び立った。食卓の上の電気の笠に飛び移って、ピイイー、と長く鳴いた。垂れ下がった電線が揺れるように、ランプシェードをぶらんこのようにして遊ぶアマに向かって私は笑いかけた。

すぐに迎えに来るからね。

＊

昨夜、工房と母屋を行き来して私がつけた足跡はもう跡形もなかった。雪をかき分けて行くには、また一から道をつけなくてはならない。雪に埋もれて柄の先だけが見えているスコップを掘り出して雪を払うと、私は立ち止まった。これまでの人生で見た中でいちばん大きな雪片が手の甲に落ちてきたからだ。

落ちてきた瞬間の雪片は冷たくない。ほとんど肌に触れもしなかった。結晶の細部がほどけて氷になったとき初めて、かすかな圧力と柔らかさが感じられた。氷のかさが徐々に減っていった。白い光が消え、水になり、肌の上に宿った。まるでその白さは私の皮膚が吸い込み、水の粒子だけが残ったみたいに。

何物にも似ていないな、と私は思った。こんなに繊細な組織を持ったものはどこにもない。こんなに冷たくて軽いものは。溶けて自分自身を失う瞬間まで柔らかいものは。

奇妙な情熱にとらえられて、私は雪を一つかみ握ってから手を開いた。手のひらの上の雪は鳥の羽毛のように軽かった。手のひらがうっすら桃色になり、腫れてくる間、私の熱を吸い取った雪は世界でいちばん柔らかい氷になった。

忘れないだろうと私は思った。この柔らかさを忘れずにいよう。

けれどもすぐに耐えられないほど冷たくなって、私は手を振り払った。びっしょり濡れた手のひらをコートの前の裾にこすりつけて拭いた。あっという間に固くなった手をもう一方の手でこすった。熱は伝わってこない。体の中のぬくもりのすべてが手から抜け出していったように、胸が震えていた。

＊

それまでに工房の裏口の前にまた積もった雪をどかし、ドアノブをひねって引くと、暗闇に浸っていた室内に庭の光が長い帯となって差し込んできた。光を背にして私は中へ入り、懐中電灯をつけた。私の腕の動きに合わせて揺れる光がストーブまで行く道を作り出し、それに沿って、床の血を踏まないように気をつけながら歩いていった。コードが抜かれた電動グラインダーの影が広がる作業台に近づいたとき、黒っぽい人の形のようなものが見え、私は凍りつき、立ち止まった。

黒く丸みを帯びたその形が揺れながら長く伸びた。縮こめていた体が伸びたのだ。膝が伸び、両足が床につく。腕に埋めていた顔が私の方を向いた。

……キョンハね。

眠りから覚めたばかりのような声が、静寂に触れて擦過《さっか》音を立てた。

思わず懐中電灯を消して背後に隠した。とっさに、床の血痕を見せてはいけないと思ったからだ。裏口から射し込む灰青色の光がインソンの顔をぼんやりと照らし、懐中電灯がなくても表情は読み取れた。

いつ来たの？

病室で見たときほどではないが、青白くやつれた顔だった。目をこする彼女の右手が傷一つなく、きれいなままなのを私は見た。

どうして来たの、連絡もしないで？

暗さのせいでさらに大きく見えるインソンの二つの目が、私の顔を穴があくほど見つめていた。

その、顔のけがはどうしたの？

木で引っかいたの。

あーあ、と彼女はため息をつき、その目は陰りを帯びた。

何で電気が消えてるの？

小声でインソンが尋ねた。そして独り言のように曖昧につぶやきを追加した。私、消さなかったのになった。

彼女の眉間に深く刻まれたしわを見ながら私は言った。

停電だよ。

何で知ってるの？

答えを聞きたいわけでもなさそうな様子で、彼女の視線は私の顔を避けて裏口の方へ向かった。

いつこんなに雪が降ったんだろ？

私ではなく自分に尋ねているような声だった。……夢なのかな。

徐々に重さを増しながら落ちてくる白い鳥の群のような雪片たちを見ながら、彼女は身じろぎもせずに立っていた。ついに目をそらして私の方に向いたとき、彼女の顔が微妙に変わっていることに気づいた。この二十年間、私のためにとっておいてくれた温かい気持ちが一挙に流れ出したような、静かに水気を含んで輝く目だった。

ここで寝ることはめったにないんだけど、何であんなに急に眠くなったのかなあ。

優しく愚痴をこぼすように彼女が言った。寒いらしく、両腕を自分の肩に回して抱きながら私に尋ねた。

寒くない？

見慣れた微笑みを浮かべる彼女の目尻に、小さなしわができていた。

火を焚こうか？

薪ストーブの下の方の小さな扉を開けて木片を入れていくインソンの姿を、私は黙って見守った。

作業用の古いジーンズに作業靴をはき、首までおおう灰色のセーターの上に、しっかりした生地の紺のエプロンをつけていた。見慣れた黒い綿のパーカーをその上に羽織ってボタンはとめず、作業に邪魔なのか袖を二重に折り返しているため、細い手首が見えている。切断も縫合もされていない、出血もしていない右手で、インソンはバケツからおがくずを二つかみ取り分けて木片の上にまいた。平たい八角柱形のマッチ箱の側面でマッチの頭を擦りながら言った。

こんなマッチ、ソウルじゃもう探しても見つからないよ。

おがくずの火が木片に移るのを待っているインソンの横顔は落ち着いていて、寂しげだった。

バス停の前の売店で買ったの。何十年も前のものだろうけど、ちゃんと火はつくよ。

すぐに立ち上った炎が、彼女のまぶたと鼻を照らし出した。

＊

ここに座ってね。

一個しかない三脚の椅子をストーブの横に置いてインソンが言った。

あなたはどこに座るの？

返事をする代わりにインソンは作業台の上に座った。電動グラインダーに自分の血がこびりついていることなど知らない様子で、床につくかつかないかのところで子供のように足をゆっくり揺らしていた。

私は後ろに手を組んで歩いていき、椅子に腰かけた。インソンのまなざしがストーブに注がれている間に、今まで背中に隠していた懐中電灯を椅子の下にそっと置いた。長々と横たえられた丸木の断面が爪先に触れた。そのそばの血痕の上で、吹き込んできた雪が溶けて黒いしみになっている。ストーブの側面に瞳のようにあいた二つの風穴を私は見た。炎がその中でゆらめいている。木片に火がつき、樹皮がひび割れる音がした。

あなたのことといっぱい考えた。

インソンの声で私は目を上げた。彼女も、その風穴の中を見ていた。

すごく考えたから、本当に一緒にいるような気がする日もあったよ。

彼女の瞳に映った炎が音もなく揺れた。それ以上は何も尋ねず、彼女の態度はいつものように静かで確かで、たった今浮かんだ私の想像の方が彼女の本当の気持ちなのかもとさえ思われた。つまり、インソンはいつものようにここで木工の作業をしていただけで、私がソウルで受け取ったメールやこの島で経験したことのすべては亡者の幻想にすぎないと。

ちょうど、あなたに見せたいものがあったんだ。

壁に立てかけた木を指さしながらインソンが尋ねた。

どう思う?

正直に、私は答えた。

私は人の身長ぐらいだと思ってた。

最初はそれもやってみたの。

比率を変えた理由を続けて教えてくれるのかと思ったが、彼女は言葉を控えた。作業台の天板をつかんで床へ降りながら、彼女は軽く尋ねた。

お茶飲む?

すたすたと作業場を横切り、森に面したドアの方へ歩いていくインソンの後ろ姿を私は眺めやった。

停電のときは母屋で固形燃料を使うこともあるんだけど……どうもアマの体に悪いらしいから、ここで飲んでいこう。

遠くへ行った分だけインソンの声が大きくなる。彼女がドアを開けると室内がいっそう明るくなった。その光に頼ってドアの横の小型冷蔵庫を開け、明かりの消えた冷凍庫の中を探しながら、インソンは聞いたことのない歌の一節をハミングした。またあの、酸っぱくて薄い桑の実のお茶を淹れてくれるのだろうか。

タイトルは何？

密閉容器に入ったものを木のスプーンですくい、やかんに入れる手を止めて、インソンが尋ねた。

私たちのプロジェクトの。

微笑を浮かべて私を振り返りながら、彼女はやかんにミネラルウォーターを注いだ。

考えてみたら私、タイトル聞いてなかったよ。

私は答えた。

別れを告げない。

やかんとマグカップ二個を両手に持ってこちらへ歩きながら、インソンがくり返した。別れを告げない。

＊

両側のドアが開いているので風の通り道ができ、ストーブの風穴の中で激しく突き上がる炎が見えた。赤黒く燃えているストーブの上にインソンがやかんを乗せた。やかんから落ちる水滴があっという間に蒸気になり、砂粒が擦れるような音を立てた。

話もせず、顔を見合わせもせずに私たちは座っていた。やかんの底からお湯が沸く音が聞こえてきたとき、インソンが沈黙を破ってようやく尋ねた。

別れの挨拶をしないだけ？　本当に別れないという意味？

まだやかんの注ぎ口から湯気が上がってはいなかった。沸騰させるには、もう少し待たなくてはならない。

完成しないということなのかな、別れが？

白い糸のような蒸気がやかんの注ぎ口から漏れ出してきた。ぴったり噛み合っていたふたがカタカタと音を立て、半分くらい開いては閉まることをくり返した。

先送りにするということ？　別れを？　無期限に？

前のドアからは森が見えており、森の下の方はほとんど黒だった。木々の根元は雪におおわれてしっとりと丸みを帯びて、薄明の中でかすかに光っていた。

あの闇を突き抜けていくことができるだろうか、と私は思った。昨日の夜とは違って、今、私には懐中電灯がある。でも、雪はその後さらに積もっている。無事にバス停まで行けたとしても、P行きのバスは走っていないだろう。インソンの病院に電話するには、電気のついていない家々のドアをたたいて電話を使わせてくれと頼まなくてはならないだろう。縫合した神経が切れたのだろうかと私は思った。肩を切開するというその手術を受けたのか。麻酔がうまくいかなかったのか。もっと別の医療事故があったのか。

私の返事を聞くことをあきらめたみたいに、インソンが右手に軍手をはめた。怒ったようにカタカタするやかんの柄をつかみ、作業台に並べて置かれたマグカップ二個にお茶を注いだ。

心配してたの覚えてる?

先に注いだカップを私に差し出しながらインソンが尋ねた。桑の実のお茶ではなかった。薄緑色を帯びた透明なそのお茶からは、草の匂いがした。

済州島《チェジュド》にも十分に雪は降るのかって、あなた心配してたじゃない。

自分のカップを持って作業台にもたれかかり、インソンがにっこり笑った。その微笑が消えないうちに唇がカップに触れるのを私は見た。私は思った。あんなに熱いものを、霊魂が飲めるだろうか。

何のお茶?

私は尋ねた。

笹の葉。

私もカップに唇を当てた。一口のお茶が食道を伝って降りていった瞬間、自分がどれほどそれを待っていたか私は悟った。舌の先が焼けるほど熱いものを飲むこと。その熱気が食道と胃を濡らすことを。

子供のころ、家族みんなで水代わりにこれを飲んでた。

インソンがそう言った。

山で笹を刈ってくるお手伝いもいっぱいしたよ。ノイローゼに効くって言われて。

カップから唇を離したインソンと目が合ったとき、私は思った。彼女のおなかの中にもこのお茶が広がっているのだろうか。インソンが霊魂となって会いに来たのだったら私は生きているはずだし、インソンが生きているのなら、私が霊魂になって会いに来たのだろうに。この熱さが私たち二人の体に同時に広がることがありうるだろうか。

*

ふっと私は森の方を振り向いた。木の枝が折れる音が聞こえたためだ。

風が吹かないからだよ、とインソンがなだめるように言った。

雪が飛ばずにそのまま残るでしょ、枝がその重さに勝てないの。

ブルーグレーの薄明かりが木々の梢を照らしていた。かすかな光を抱いたぼたん雪がその上に降りつづけていた。

私はもう一口お茶を飲んだ。胃が温かく満たされるにつれて縮こまっていた肩が伸び、腰が伸びた。

半分くらいお茶が残ったカップを持って姿勢を正しながら、私は言った。

……私も聞きたいことがあったんだ。

インソンが肩を前に傾けた。私の言葉に集中しようとしているのだ。

どうやって、暮らしてこられたの？

インソンの体がさらに少し前に傾いた。

ここで、一人で。

微笑を浮かべて彼女が聞き返した。

ここがどうだから?

だって街灯もないし、お隣もないのに。雪が降ったら孤立して、電気も水も途絶えてしまうような家で。夜中じゅうずっと木が腕を振り回して襲いかかってきそうな場所で、川一つ越えたら、人が皆殺しにされて焼き払われた村があるようなところで。

私はその思いを口にはしなかったので、その前の言葉に静かに反論するようにインソンが言った。

一人じゃないよ、私。

静かな愛情の光が彼女の顔に滲むのを私は見た。

アマがいるし。

光は消えかけたかと見えて、また残り火のように寂しげに蘇った。

アミは死んだの、何か月も前に。アマは三日間、水しか口にしなかった。あんなに好きだった桑の実も食べなかった。

インソンがしばらく黙った。

朝までは確かに元気だったのに、夕方に母屋に戻ってきたらもうだめで、アミの目が濁っていたの。すぐに病院に連れていったけど、一日もたなかった。

森から入ってくる薄明かりがどんどん黒っぽくなっていった。暗くなるにつれて、ストーブにあいた二個の風穴が鮮やかに赤くなる。

何で私にまで平気なふりをしてみせるのかな？　病気なのがばれたとしても、私は天敵じゃないのに。

二つの赤い穴を凝視しながら彼女は話しつづけた。瞳のようなその穴を見守っていれば、溶けた鉄のように熱い言葉が流れ出てくるとでもいうように。

私たちは会話ができたの、あなたも見たでしょ。

作業台から降りながらインソンが尋ねた。

本当は言葉のやりとりなんてなかったのかな？　鳥は鳥、私は人間って、それだけのことだったのかな？

慣れた動作で彼女はまた軍手をはめ、熱されたストーブの扉を開けた。火かき棒で木片をひっくり返すと火の粉が飛び散った。炎の熱気が私の顔にまで伝わってきた。

だけど、すべてが終わったわけじゃない。

インソンの声がその熱気の中に広がった。

本当の別れじゃないもの。まだ。

＊

どう慰めるべきかわからず、私は小声で尋ねた。

どこに埋めたの？

真っ赤に燃えたストーブの扉を閉めながらインソンが答えた。

庭に。

庭のどこ?

木の下。

目を上げて、窓のない庭に向かった壁を見ながら彼女が言った。

あなたが人間みたいって言っていた、あの木の下にね。

雪の中のお墓を自分の手で掘り返したのかもしれないことに、私は気づいた。その腐った骨を、私がスコップで破壊し、手を突っ込んでかき散らしたのかもしれない。

＊

インソンが手を差し出したとき私はしばらく、握手を求めているのだと勘違いした。だがそれは、空になったカップをくれという意味だった。私から受け取ったカップと自分が飲んでいたカップを重ねて作業台に置きながら、彼女は言った。

ここに置いておこう。

私たちが今日はまだ体を触れ合っていないことに、そのとき私は気づいた。久しぶりに会えばいつも肩を抱き合ったものだ。久しぶりだねえ、元気だった? と挨拶する間も手を取り合っていた。今日、私たちは知らず知らずの間に距離を置いていたのだろうか。体が触れ合った瞬間、相手の死に感染するかのように。

豆のお粥、食べる?

前のドアまで歩いていったインソンが、青色を帯びてきた外の景色を背にして尋ねた。

あなた、あれ好きでしょ。

インソンが後ろ手でドアを閉めたので、彼女の表情が読み取れないほどあたりが暗くなった。

前もって豆をふやかしておかないといけないんじゃない?

ふやかして冷凍しといたのがある。停電でミキサーが使えないから豆の粒が残るけど、それもおいしいよ。

インソンがすたすたと歩き出したのを追って、私は後ろのドアに向かった。彼女が足をつけたところだけを踏んで歩いていくと、不思議なことに木には全然ぶつからず、血も踏まずにすんだ。彼女を追ってドアから出る前に私はストーブの方を見た。熱く焼けたストーブの前面の二つの赤い穴が、まだ瞳のように燃えていた。

薄暗いドアの外でインソンは雪をかぶって私を待っていた。雪片たちが羽毛のようにゆっくりと落ち、消えかけた薄明かりの中でも結晶の形が見えた。

2　影たち

玄関のドアを注意深く開けながらインソンが私の方を振り向いた。人差し指を唇に当てて言った。

アマは寝てるはず。起こさないでおこう。

開いたドアから入ってくる薄明かりに頼って靴箱を開け、中の棚を手探りしているインソンの横顔を私はドアの外で見守った。

ランタンはどこ行ったかな？

がっかりした子供のように独り言を言っていた彼女が、低い声で歓声を上げた。

あ！　ろうそくがあった。

点火できるものがないかと、インソンが私の方を振り向いた。どこかの景品としてもらったような小さなマッチ箱からマッチ棒を取り出した。摩擦音とともに火花が散る。新しいろうそくの芯に火をつけるとインソンはマッチ棒を振って火を消した。

入って。

作業靴を脱いで板の間に上がりながら彼女がささやいた。

玄関のドアを閉め、彼女を追って板の間に上がった。光とは呼べないが、まだ完全な闇ともいえない陰影が窓ガラスから差し込んでいた。何千もの雪片たちがその影を含んだままで降っていた。

アマが止まってぶらんこみたいに揺らしていた食卓の上のランプシェードを私は見上げた。鳥かごに戻ったのだろうか。インソンの言う通り、寝ているのか。死んだ後もまだ眠れるのだろうか。

インソンは腰をかがめて、台所の食卓の上にろうを落とすことに没頭していた。ろうが十分に集まるとその上にろうそくを押しつけて立て、ろうが乳白色に固まるまで押さえていた。

ねえキョンハ。

顔を上げずに彼女が低い声で私を呼んだ。

鳥かごに布、かけてくれる？

爪先立ちをして私は鳥かごに近づいた。アマがくちばしで開けて出てきたときのまま、扉は開いていた。散らばった穀物の殻と半分くらい空いた水入れ以外には何もなかった。テーブルの隅にかかっていた遮光布を広げて何も入っていない鳥かごの金網をおおったとき、インソンが聞いた。

よく眠ってるでしょう？

＊

私は台所に歩いて行った。何ごともなかったかのように食卓の椅子に腰かけた。ある晩偶然、友達の家に寄っただけみたいに。インソンも、何ごともなかったかのように真っ暗な冷凍庫の中を探していた。突然やってきた友達にどんな夕食を振る舞うかが唯一の関心事であるみたいに。溢れそうなろうを芯で飲み込みながら燃え上がる炎を私は見ていた。工房のストーブの激しい炎とは比較にならないほど小さく、静かだった。ゆらめく炎の奥で、青白い芯が揺れていた。脈打つ種子のようだった。その鼓動が、ちらちらするオレンジ色の縁まで広がっていくかのようだった。

炎の中に手を入れた記憶が蘇ってきたのはそのときだ。ずっと忘れていた。小学校六年生の秋、火に注意するようにと言い置いてクラブ活動の先生がちょっと理科室を離れたときに、子供たちの中の誰かが言った。アルコールランプの炎に指を一瞬でサッと通したら、熱くもないし痛くもないと。勇気があることを証明したい子供たちが行列し、怖さを抑えて、ときには抑えきれないまま、火の中に指先を入れては素早く通過させた。とうとう私の番になり、人差し指を炎にくぐらせたとき、その内部には信じられないほど柔らかい感触と突き上がるような圧力があった。味わっていることが許されない一瞬の感覚だから、記憶しておくためには何度も、さらに素早く反復しなければならなかった。角質と表皮を越えて、鋭利な火の気が真皮に浸透する直前まで。

そのときに戻ったように、私は手を伸ばした。地上のものとは思えない柔らかさがその瞬間に肌を包んだ。さっき炎の中心を通ってきた指をもう一度炎にくぐらせようとしたとき、板の間の方で何かが視野をかすめてちらつくものがあり、私は顔を上げた。

＊

白壁の上を、鳥の影が音も立てずに飛んでいた。七歳ぐらいの子供の身幅ほどある影だった。ちらちらとうごめく翼の筋肉と半透明な羽根の細部が、拡大鏡で見るように鮮やかだった。

この家に存在する光源は私の前にあるろうそくだけだ。あの影ができるためには、ろうそくと壁の間を鳥が飛んでいるのでなくてはいけない。

大丈夫。

インソンの明瞭な声の方へ私は頭を向けた。

アミが来てるんだよ。

流しにもたれて立つ彼女の姿勢が、突然、倒れそうに疲れて見えた。

いつも来るわけじゃないんだけど、今日は来たねえ。

ろうそくの光はインソンの顔にほとんど当たっていなかった。目鼻の輪郭が闇に重なって、まるで知らない人のように白っぽく無表情な顔に見えた。

何秒かいて行っちゃうこともあるし、夜明けまでいることもある。

説明はそれで十分、と言いたげに、インソンが背中を向けた。水道の蛇口の取っ手を動かして、聞こえるか聞こえないかの声で文句を言った。

……水も出ないな。

窓の外の薄明かりは完全に消えていた。青みがかった灰色を帯びて落下していた雪片たちはもう見えない。昨夜私がアマを埋め、インソンが何か月か前にアミを埋めた木も、漆黒の闇の中にかき消されていた。

音が聞こえたのはそのときだった。

布が擦れ合うような、濡れた土のかたまりが指の間で崩れるような音がどこからか漏れてきた。インソンの声に似ていた。今、私のそばにいる彼女ではなく、ソウルの病室に寝ていたインソンが、手ではなく声帯を負傷した人みたいに、咽喉に響かせないように出していた無声音とどこか似ていた。

椅子を後ろに引いて私は立ち上がった。舞い上がろうとしているのか降りようとしているのかわからない、垂木と板の間の間に永遠に閉じ込められたように羽ばたく影に向かって私は足を踏み出した。ろうそくの火と影の間、鳥の肉体があるべき空中に向かって手を伸ばした。

チガウ。

無声音が重なって、一つの言葉のように聞こえた。

……チガウ、チガウ。

幻聴だろうか、と疑わしく思ったその刹那、言葉が砕け散った。布が擦れ合う音が残響を曳いて消えた。

*

いつの間にかインソンが食卓の前に座っていた。近くなったろうそくの光を瞳に受けているせいか、その顔に急に生気が溢れた。さっきまで疲れたように流しにもたれていた人とは見えない。

去年の秋、私が来たとき……

私が話を切り出した瞬間、その生気が彼女の顔から消えた。

あのときもアミが、チガウって言ってた。

インソンは寒そうに両手でろうそくを包み込んだ。明かりが透き通って手が赤く染まった。光が遮られた分、あたりは暗くなった。

あなたに習った言葉なの？

火のまわりを囲っていた指をインソンが広げると、血のように明るい光が関節を照らし、指の間から溢れてきた。

たぶんそうじゃないかな？

インソンがそう言ってろうそくから手を引くと、光がぱっと広がって彼女の顔を照らした。

ずっと一人でいると、独り言言うようになるじゃない？

同意を求めるようにうなずきながら、インソンが話を続けた。

何かつぶやいた後で、それを打ち消すために、もうちょっと大きな声で「違う、違う」って言う癖がついたんだよね。

私が問い詰めたわけでも、強制したわけでもないのに、正確に答えるという義務を負わされたみたいに、彼女は慎重に次の言葉を選んだ。

霊魂に聞かせちゃいけない言葉とか、本当に霊魂が聞いてくれるかもしれない願いごととか……そういうのを口にした後で、紙に書いて破り捨てるみたいに。

鉛筆を強く押しつけて書いた文字の跡のように、インソンの声がはっきり聞こえた。

つまりアミは、後の方の言葉だけちゃんと聞き取ったんだね。私がそういう鳴き声を出す動物だと思って、真似したのかもしれない。

その願いごととは何か、私は聞かなかった。自分も知っていることのような気がしたから。私が戦っているもの。毎日書いては破り捨てていること。矢じりのように、胸のくぼみに刺さっているもの。

*

鉛筆ある?

私が聞くと、インソンがエプロンのポケットからシャープペンシルを出して渡してくれた。それを受け取り、背後のろうそくの火と一緒にちらちら揺れる自分の影の後に続いて、板の間を歩いていった。壁に近づくほどに鳥と私の影の間が狭くなる。触れ合ったかと思うと、斜めに重なる。

シャープペンシルを握った手を自分の影の外に伸ばす。鳥が顔の角度をどんどん変えていき、その輪郭に沿って私は壁に線を引いた。鳥は両目でものを見ないので、顔をしきりに動かして全体像を見るのだという。何を見ようとしているんだろう。影だけになった今も、見たいものがあるのかしら。

強く引いたわけでもないのに、すぐに芯が折れる。影におおわれてひんやりする壁に手をついて横へ歩き、シャープペンシルを何度もノックして新しい芯を出しながら、私はどんどん線を引いていった。鳥の頭のてっぺんを描くためには爪先立ちをして、思いきり腕を伸ばさなくてはならない。そうするうちに、私が描いている輪郭線の外に別の線があるのを見つけた。去年の秋に私が引いた鉛筆の線だった。はっきりわからないが、アマの頭の部分らしい。長いゆるやかなインソンの肩の輪郭に沿って描いた線は、新しい影に隠れて見えなかった。夜が明けた後でこの壁を見たら、線が交差したり重なったりしていて何も見分けがつかないだろうと、そのとき初めて思った。

もうシャープペンシルの芯が出てこない。怖いと感じながら私は台所の方を見た。インソンがいるはずの椅子が、布をかけられた鳥かごのように静かだったからだ。

けれども、暗闇に沈んだインソンの肩が見えた。規則的な小さな息づかいが、ろうそくの後ろの静けさの中から漏れてきた。冷たい空席は、むしろ私が座っていた椅子の方だった。

壁の方を振り向くと、さっき私が描いた線から身をよじって抜け出そうとするように鳥の影がゆらめいていた。黒い輪郭が天井までそそり立った。滑空しようとする瞬間のように翼が広がった。ピイー、というかすかな鳴き声が空中に響いて消えた。アマが帰ってきたのだろうか。

布におおわれた鳥かごを見ながら私は思った。

アマ、どこにいるの。

＊

戻ってきて座ると、食卓の上のろうそくがわずかに短くなっていた。ろうの流れが三、四筋、ろうそくの柱の上に落ちて固まっていた。

……他に誰かがいるような気がすることがある。

小さな突起のようなそのろうの雫から目を上げて、インソンが言った。

何かが残ってるんだよね、こんなふうにアミがいて、帰った後も。

彼女の問いかけが静けさの中を通ってやってきた。

あなたもそんなときがある？

インソンが肩を前に傾けると、天井にかかっていた彼女の影が一緒にゆらゆらした。彼女の呼吸に合わせてふくらんだり静まったりする動きを意識しながら、私は返事をする代わりにこう尋ねた。

いつからそうだったの？

集中しているときの癖で、インソンの額の真ん中にしわができた。月数を数えているのか、それとも年だろうか？　ゆらめきながら炎の下に溜まっていた透明なろうがそのとき溢れ出した。それは一瞬で白く濁り、そこから芽生えた突起のようにろうそくの柱に凝《こご》った。

＊

骨を見てから。

インソンが言った。

……満洲から帰ってくる飛行機の中でね。

予想もつかない答えだった。アマが死んだ後か、お母さんが亡くなった後だろうと想像していた。満洲での撮影といえばもう十年前、インソンが厚岩洞《ファアム》に住んでいたときのことだ。その秋に遺骨が発掘されたんだよ。

どこで？

私は聞いた。

済州空港、と答えながらインソンが声をひそめた。

滑走路の下から。

あなたも覚えているかな、と尋ねるような彼女の目を私は黙って見つめた。正確な年は忘れたが、その記事は読んでいた。立ち入り禁止のテープがめぐらされた穴の写真も覚えている。

飛行機のドアのところに置いてある新聞を取って席についたら、一面の下の方に現場の写真が載ってたの。

＊

いつの間にか風が吹きはじめたことを、音よりも先にろうそくの動きで私は知った。

板の間を振り返ると鳥の影はもうなかった。動いていく鳥の顔に沿って私が輪郭線を引いたあの壁は、距離や暗さのせいだろうがもう消えていて、その場所は空っぽのように見えた。

インソンの視線もその壁に向けられているのを私は見た。彼女が急に立ち上がり、すたすたと板の間を歩いていきそうだと感じた。鳥かごにかけた布をはずして、私に尋ねるために。アマはどこにいるのかと。なぜ助けられなかったのかと。

だが、インソンは立ち上がる代わりに自分の目の前に両手を上げた。見落とした傷口や傷跡がないかどうか調べているように、裏返してゆっくりと見ていた。

3 颪

穴の縁の方にあった遺骨が一体、不思議と目に入ってきたの。

他の遺骨はたいてい頭蓋骨が下向きで、足が開いてて、うつ伏せなのに、その遺骨だけは穴の側面を向いて横に寝て、膝をぐっと曲げていたんだよ。眠れないときや病気のとき、心配ごとがあるときに私たちがそうするみたいに。

穴に向かって一〇人ずつ立たされたのだろうという推定が記事に載ってたの。背後から銃撃して穴に落とし、次の番の人たちをまた並ばせて撃ち、それをくり返したのだろうと。

その遺骨だけ姿勢が違うのは、土がかぶさったときにまだ息があったからだろうなと、そのとき思ったんだ。その遺骨の足の骨だけがゴム靴をちゃんとはいているのもそのためだろうって。靴も骨格全体も大きくないところを見ると、女性か、十代半ばの男性のような気がした。

自分でも気づかないうちにその新聞を折りたたんでリュックに入れていたんだよ。家に帰って荷物をほどいたとき、写真だけ切り取って机の前の引き出しに入れた。夜に見るには残酷な写真だから、それを見るのは午後の明るいときだけと決めて、引き出しを開けてのぞき見ては閉めていたの。冬になってからは、真似をするみたいに、机の下に横向きに寝て膝を曲げてみたりしたこともある。

不思議だったのはね、そうやっているとある瞬間に部屋の温度が変わるような感じがしたんだよ。冬の日差しが深々と入ってきたり、オンドルの床があったまったときのぬくもりとは違うの。温かい気体のかたまりみたいなものが部屋いっぱいになるのが感じられて。綿とか羽毛とか赤ちゃんの肌を触った後って、柔らかさが手に残るじゃない。そんな感覚を圧搾して蒸留したら漂ってきそうな……

その人の話で次の映画を作ろうと思ったのは、そうやって年が明けたときだったの。名前はもちろん、性別も、当時の年齢もわからない人。ちょっと細めの骨格で、小さいサイズのゴム靴をはいた、戦争勃発直後に済州島で予備検束*されて銃殺された、千人あまりのうちの一人。

その人がもしも十代だったら、母さんとほぼ同い年でしょ。二人のその後を映画にしたらいいと思って、計画を立てたんだ。一人は毎日何十回も飛行機が離着陸する滑走路の下で震え、もう一人はぽつんと離れたこの家で布団の下に糸鋸を敷いて暮らした、そういう六十年について。

その人について調べる過程を丸ごと、あの骨もろとも、映画の土台にすることにしたの。まず、あ

＊ 犯罪防止の名目で、犯罪を犯す可能性があるとされる者をあらかじめ検束拘禁すること。訳者あとがきの三一一頁も参照。

の写真を発掘チームに見せて、遺骨とゴム靴の保管場所を聞くことから始めるつもりだった。百何体かの遺骨のうち、五〇体近くはＤＮＡ鑑定で親族が確認されたという後続のニュースを読んだところだったから、そのうちの一人が彼である可能性も念頭に置いてたんだよ。そうだったら、次はその遺族にインタビューすることもできると思って。

その前にまず、母さんに簡単なインタビューをしようと思って、機材を持って帰省したの。冬の収穫の進み具合はどうですか、前よりはよく眠れますか、みたいなちょっとした会話を映画のイントロにするつもりでね。母さんを露出させたくはなかった。誰だかわからないように、耳の下の髪の毛と首筋と、両手だけ見えるようにするつもりだった。全編を通して母さんの全身は一度だけ、錆びた糸鋸を隠した布団に横向きに寝た後ろ姿だけで十分だと思ってた。


朝、飛行機から降りてバスに乗って家に着いたら、まだ正午になってなくてね。村まで降りて晩柑の収穫作業をやっている母さんは夕方に帰ってくるから、翌日のインタビューの準備を先に一人でやっておこうと思ったの。ちょうどいい場所を探して、倉庫の白壁の前に椅子を置いてみた。カメラとマイクを設置して、テストとしてそこに座って話しはじめたんだ。

洞窟や父さんのことは考えてなかったんだよ。ふだん思い出すこともなかったし。何であのことを話しはじめたのか、自分でもわからないんだよ。でも話し出したら止まらなくて、といって水が流れるみたいに話しつづけることもできなかった。あの壁の下で、あの装備で一度に撮れるだけの時間を手探りで何とか撮って、それをもう一回、もう一回ってくり返していったの。

計画とは違ってきているなって、その夜寝るときに気づいた。インタビューのことは母さんに伏せたままで、翌日の夜明けに額にカメラを装着してあの村に行った。前にあなたに話したよね。廃村になった、小川の向こうの村。

ごく近くで育ったし、涸れ川のほとりまでは何度も行ったことがあるけど、川を渡ったのはその日が初めてだった。想像とは違って、村に石垣は残っていなかった。でも、石垣がなくても家と道の区画は見分けがついたの。道と家のあったところには木が生えないからね。狭い小道をはさんで、どの家の跡も居心地がよさそうに見えた。裏庭の竹林の梢が天を指してどこまでも伸びている、当時としてはかなり大きな家があっただろうと思える跡地もいくつか見えた。

そこで父さんの家の跡を見つけるのは不可能だった。

住所も地籍図もなかったから。

村のどのへんにあったか、どのくらいの大きさだったかも聞いたことがなかったから。

＊

庭で何かが風で倒れて鈍い金属音を立てる。工房の裏口の横に私が立てておいたスコップらしい。その振動に反応するかのように、大きな珠のようなろうがろうそくを伝って流れ落ちる。

風の音が強まるにつれて、ろうそくの動きは激烈になる。見えない物体が炎と天井の間にあるかのように、ついにそれに触れて焼き払おうとするかのように、垂直に伸び上がる。あれほど長い炎なら、指一本ではなく手のひら全体を炎の真ん中に通すこともできそうだ。

家じゅうの窓のすべてが窓枠とぶつかってガタガタと鳴る音を聞きながら、私は考える。庭の真ん中で木にかぶさっていた雪は吹き飛ばされただろうな。大きなシダの葉のような枝は蘇り、はためいているだろう。工房の前のドアの外に広がる森の大木たちも、粉雪を振り落としながら揺れているだろう。

＊

その年、父さんは十九歳だった。

十二歳から乳飲み子まで妹が三人、弟が一人いたけど、父さんがいちばん可愛がっていたのはその年の初めに生まれた末の妹だった。恩英《ウンヨン》という名前も父さんがつけたんだって。学英《ハクヨン》、淑英《スクヨン》、真英《チンヨン》、喜英《ヒヨン》に続いて順英《スンヨン》と名づけようとしていたおじいさんを説得してね。ただでさえおとなしい子なのに、「順」なんていう字を使ったせいで弱い子になったらどうするんだと。

裾にゴム編みのついたジャンパーを、冬の制服の上に着るようにとおばあさんが買ってあげたんだけど、春に同盟休校[＊1]が行われたとき、町に下宿して学校に通っていた父さんは、下宿代がもったいないから荷物をまとめて帰省して、それ以降、そのジャンパーに赤ちゃんを入れて連れ歩いてたんだって。友達に会ったらジッパーの上の方を開けて、羽毛みたいにふわふわの髪の毛を見せてあげようとして。赤ちゃんが小さな手を伸ばしてシャツの襟をつかみ、それを見て女の子たちが歓声を上げるのを聞こうとして。落っことしたらどうするのさとおばあさんがたしなめると、しっかり抱っこしているから心配しないでと言ったんだって。転ぶときはちゃんと後ろに倒れるから、赤ちゃんは大丈夫だと。

若い男性ならみんな、山上に立てこもった三〇〇人もの武装隊と内通しているのではないかと疑われた時期でしょ。この家でそれにあたるのは父さんだけだったから、おじいさんとおばあさんはこの長男一人を心配していたの。北の言葉を使う警官[*2]がどの村にも押し寄せていて、若い男を捕まえては手柄にしているという噂が広まっていたから。日帝時代に特高刑事だった裏切り者がそのまま居残って解放前と同じような拷問をやっている、そのために町の警察署で死んだ高校生がいるという話をおじいさんが聞いてきてからというもの、父さんは一人で洞窟に隠れて暮らすことになったのね。父さんは洞窟で、昼はランプを灯して本を読み、勉強して――この非常事態が終わったらソウルの大学の試験を受けたいと思ってたんだって――日が暮れると、光が漏れないように灯りを消してじっとしていたそうよ。夜中の十二時ごろにやっと家に寄って冷めたごはんを食べ、仮眠を取り、蒸したじゃがいもを何個かと塩を一さじ分持って、夜が明ける前に洞窟に戻ったんだって。

その十一月の夜も、父さんはいつものように洞窟を出て家に帰る途中だったの。涸れ川を渡るとき

＊1　一九四八年春、南だけの単独選挙に対して全島に反対運動が起こると、学校でもそれに呼応して同盟休校が実施された。

＊2　当時、北朝鮮の体制を嫌って南へ逃げてきた若者たちを中心とする反共団体「西北《ソブク》青年会」（西青《ソチョン》）を指す。訳者あとがきの三〇七頁も参照。

にホイッスルの音が聞こえて、いきなり四方が明るくなったんだって。家々に火がつけられたんだね。動いちゃいけないってことを、父さんは本能的に知っていたの。涸れ川のほとりの竹林に身を潜めていたら、村の空き地の方で銃声が七発、鳴り響いたって。続いて、軍人たちがホイッスルを吹きながら人々を移動させているのを、父さんは林の中で見守っていて。距離はあったけど、自分の小さいきょうだいが二人、手をつないで歩いていくところをはっきり見たんだって。もっと小さい子供たちを連れていたり、荷物をかついだ女たち、腰の曲がった老人たちが転んだり早く歩けなかったりして、人の列はしょっちゅう止まり、そのたびに軍人がホイッスルを鳴らしながら銃の台尻を振り回したんだって。

人が見えなくなるとすぐに父さんは村に走っていったの。振り返って見ると、山裾の方の、世帯数のもっと多い村でも火の手が上がっているのが見えたそうよ。その炎の大きさ、明るさといったら、煙が立ち上っていく先の雲の白さまで見えたというんだから。

家や畑の石囲い、そして石造りの家の基礎部分だけを残して、何もかも焼けていたって。父さんが家に入ると、庭いっぱいに赤いものが散らばっていてびっくりしたそうだけど、熱されたコチュジャンのかめが破裂していたんだよね。家に誰もいないことを確認して、銃声が聞こえたエノキの木の方へ走っていくと、根元で人が七人死んでいたんだって。その一人がおじいさんだったんだ。軍人が一軒ずつ住民名簿を照らし合わせて、家にいなかった男は武装隊に入ったものと見なして残りの家族を代殺*したの。

家まで遺体を背負ってきて庭の真ん中に寝かせて、父さんは手当たり次第に竹の葉っぱを一抱え刈ってきたんだって。布の代わりにそれを顔や体にかけて、まだ残り火が燃えている倉庫の跡から、柄が焼けてしまったスコップを取り出したんだって。焼けた鉄が冷めるのを待って、竹の葉の上に土をかぶせたんだって。

＊

勢いよく立ち上るオレンジ色の炎がしなやかに体を振りながら揺れている。その動きから目を離さずに、インソンが言う。

このことは、映画には入れなかったの。

私はうなずく。そうだった。あの白壁の前で彼女は、洞窟で見た暗闇、雪の上に刻まれたかと思うとすぐに消えた足跡について語っただけだった。

認知状態が悪くなる直前に母さんがしてくれた話だから、あのころはまだ知らなくて。

風の速さが頬と鼻に感じられる。食卓の上の消えた電気の笠がゆっくり揺れる。ぴんと突き立っていたろうそくの炎が消えそうなほど身を縮める。何かが外側から家を抱きかかえているようだ。巨大で冷たいその息遣いが、垂木や建具のすき間から分け入ってくるようだ。

たった一週間で捕まったんだよ、父さんは。

ろうそくから目を上げてインソンが言った。

＊　本来は殺人を犯した者を死刑に処することを指すが、当時はこのように不在だった者の身代わりに人を殺すことを「代殺」と呼んだ。

洞窟の天井から落ちてくる水だけではがまんできなくて、燃え残りの穀物を探しに来て、警察と鉢合わせしてしまったんだって。遺体を埋葬しに来る人たちを捕まえようとして、待ち伏せしていたんだよね。

じゃあ、家族には会えたの？

私の問いに、インソンは首を横に振った。

だめだったの。軍と警察では指揮系統が違うから。父さんは済州の港にある酒精工場に半月ぐらい閉じ込められて、それから木浦港《モッポ》に移送されたんだって。船着き場で待っていた本土の警察がその場で略式に、収監地と量刑を告げて。

揺れるろうそくの陰影のせいで、インソンの表情が刻々と変わっているのか、光と影が動いているだけなのか、判別できない。

じゃあ、軍が連れていった人たちは？

Pにある国民学校に一か月間収容されて、今は海水浴場になっている白砂の浜で、十二月に全員銃殺されたの。

全員？

軍や警察関係者の直系の家族は除いて、その他の全員。

＊

乳飲み子も？

絶滅が目的だったから。

何を絶滅するの？

アカを。

＊

誰かが激しくノックしているように、玄関のドアがガタガタと鳴る。芯の下方へすぼまっていたろうそくの火が突然ふくらむ。インソンは依然として動揺を見せず、食卓の上に手の甲を乗せる。十本のきれいな指がきちんと伸びている。その指先に力をこめて立ち上がりながら、彼女が言う。

見せたいものがある。

＊

ドアの開いた自分の暗い部屋に向かうインソンの後ろ姿を、私は見守る。またもや庭で何かが倒れる音、防水布がはためく音、甲高い口笛のような風の音の中へと、彼女は一歩一歩前へ進んでいく。目ではなく、体のどこかにある触手を使っているような、遅く、静かな身動きだ。

間もなくインソンが持って出てきたのは、スチールの本棚に差し込んであった箱の一つだ。暗くて何も見えないだろうに、位置を覚えていたのだろうか。ろうそくの横に箱を置き、インソンが両手でふたを開ける。日付けとタイトルが書かれた黄色い真四角の付箋、薄緑色と濃い緑色の小さい付箋がついた冊子を順に取り出して食卓の上に重ねる。インソンが取り出さなかった、箱の底に残ったままの手のひらほどの額の中のモノクロ写真を私は見る。スーツとワンピース姿の、写真館で撮った若い男女の写真だ。

スツールに座った女性はインソンのお母さんだと、私はすぐに気づく。少女のまま老いてしまった人のように思っていたが、一瞬ちらっと思い浮かべた弱々しい表情とは異なり、温かく力強い生気を小さな体全体から放っている若い女性だ。弱く見えるのはむしろ、彼女の肩に片手を乗せて立つほっそりした男性の方だ。白磁のように清らかな面立ちを、一重まぶたの大きな目がつややかに潤っているのを私は見る。インソンは目と体型がお父さんに、あとは若いときのお母さんに似ていると思う。

＊

低い塔のように積まれた本の背表紙を指先でたどっていってインソンが取り出した、『細川里《セチョンニ》編』という副題の横に連番の12がついた資料集に見覚えがあった。国立図書館の開架閲覧室の書架にあったこのシリーズは、二〇一二年の冬に初めて見た。K市に関する本を書くために国内外の関連事例を調べていたとき、この島での虐殺に関する口述証言が村別に収録されたこの資料集を、私は思い切ってスルーした。六〇〇ページに及ぶ真相調査報告書と総論、そして付録として載っていた三〇人あまりの証言だけで圧倒されたためだ。

薄緑色の付箋がついたページをインソンが開く。私が見やすいように向きを変えて差し出してくれた本を、私は受け取る。

うちから一等よく見えたろう。彼処《ちょぢ》、見やよ。此処《いぢ》ん床に座りながらに、海《ぱだん》な砂浜《もさるわ》な、ありあり見えとろう。あの日も部屋で見ておったざ。恐ろしくて戸も開きらりず、障子紙に指で穴開けて。

部屋が暗い上に本文の活字が小さいので、ろうそくのごく近くに本を置いて顔を寄せないと読むことができない。何年となく雨季には水気を吸い込み、また乾き、それをくり返して染みついた古本の匂いがする。

暮れ方にトラック二台、人々《さるむ》を一杯に乗してなあ。少なに見て、一〇〇名はおったろう。軍人らが、あの砂浜《もさるわ》に銃剣で四角に線引きして、人々《さるむ》に、その中へ立っておれと。まっすぐ立て、座るな、列を揃えれと大声上ぎて脅しておるらしかったが、風《ぼるむ》が海《ぱだん》の方へ吹いて聞き取らりずよ。ホイスルの音がずっと聞こえていたが、人々《さるむ》がじっと並んで線の中におったらもう吹かざった。

上官らしい軍人が何《むし》んか命令を下すと、線の中にいた人々《さるむ》が一〇名、前ん出て、海《ぱだん》を向いてまっすぐ立ったじな。何《むし》ん罰くらったかとじっと見ておったら、背中から銃に撃たりて、全員《もんたっく》、前に倒りてよ。次ん一〇名にも前に出れと命令したが、出ようとせんで、列は乱れて。軍人らが銃身振り回して、まっすぐ立てと怒鳴っていたが、後ろにおった一〇名あまりが線の外へ飛び出して、うちの方へだだだと駆けてくるやぃが。

　私が二十二歳、長男が生後百日のときよ。軍人がうちの方へ銃を撃ちまけて、赤ん坊を抱きしみて布団かぶりてよ。赤ん坊の父親《あばん》はそのとき民保団の仕事[*1]で毎日警察へ引っ張って行かれて夜も遅うまで家に帰らりずよ。嗚呼《はいご》、赤ん坊と私の二人しかおらんによう……銃声をあれほど沢山《はよん》聞いたはあれが最初で最後よな。しばらくして静かになって、ぶるぶる震いて、戸の穴から見てみりば、あれほど大勢《はよん》おった人々《さるむ》が、砂浜《もさるわ》に倒りておって。軍人らが二人組して一人ずつん海《ばだん》へ投ぎ込んでいたんが、まるで着物が水にふから、ふからと浮いておるごと見えたじな。

＊

　この本には写真がないけど、こっちには載ってる。

『リーダーズダイジェスト』に判型が似ている薄い冊子の中の、真四角の付箋を貼ったページを開きながらインソンが言った。大きな黄色い付箋にインソンが黒のサインペンで書き込んだ日付を、私は読む。十五年前の秋だ。

　スチールグレーの短い縮れ髪で堂々たる風采の老人が、白黒写真の中で板の間に腰かけて網を繕っている。無愛想な横顔だけを撮っているところから見て、正面からの撮影には許可が下りなかったようだ。口述録音ではなく取材記事なので、写真の下に抜粋された証言が標準語に直してある。

　私は海の魚を食べません。あの時局《しじく》[*2]の年は凶作もあり、乳飲み子までいて、私が食べなければ乳が出ないし子供も死んでしまうから、仕方なく何でも食べましたよ。でも、生活が成り立つようになってからは、今まで一きれも口にしていません。魚たちがあの人たちの体にかみついて、食ってしまったんですからね。

薄い光沢紙がろうそくの光を反射して明るく見える上に、さっきの本より文字が大きくて読みやすい。本文中の引用符に入っている部分だけを選んで私は読む。内容はさっきの証言とほぼ重なるが、追加されたところもある。

部屋に銃弾が入ってくるかと怖くて布団をかぶって銃声を聞いていると、子供たちがいたことがしきりに思い出されて、胸が震えました。うちの息子ぐらいの赤ん坊を抱いた女の人たちもいたし、臨月なのか、おなかが大きくて腰を手で支えた女の人もいたのです。薄暗くなってきて、銃声が止まり、戸の穴から見てみたら、血まみれで砂浜にうつ伏せに倒れた人たちを軍人が海に投げていました。初めは、服が海に浮かんでいると思ったのですが、それがみんな死人だったのです。次の日の夜明けに私は赤ん坊をおぶい、子供の父親には黙って海に行ってみました。きっと、打ち上げられた乳飲み子がいるはずだと思って、くまなく探してみたのですが、見つかりませんでした。あんなに大勢の人がいたのに、服一着、靴一足もありませんでしたよ。銃殺した場所は夜の間に引き潮に洗われて、血痕

＊1　一九四八年に創設された、軍隊・警察の補助をする民間組織。
＊2　四三事件をこのように呼んだ。

一つなくきれいでした。だから砂浜で殺したんだな、と思いましたよ。

＊

食卓の上に出ている冊子のうち、いちばん厚い単行本をインソンが手に取る。比較的装丁が洗練されているところを見ると、この十年の間に発行された本らしい。

これが、この方の最後の証言だよ。

明るいオレンジ色の付箋のついたページをインソンが開くと、鳥の白い羽根のように髪が完全に白くなったその人のカラー写真が現れる。肉づきも筋肉も衰え、胴回りが子供のそれのように小さくなって、ほとんど別人のように見える。同じ家の板の間の柱にもたれて膝を立てて座ったその人の中で、生気を感じるのは、カメラに向かって見開かれた二つの目だけだ。

＊

もうここへ訪ねて来るな。話せることはもう全部話したに、何故《むさ》、また来るんな？

今まで、話さざったこと？

……話さざったことなど、あるか。

どこかの研究所の人々《さるむ》が来たのが始まりであったさ。直接見た人が何人もおらん、死ぬる前に話してくれねば誰も知らんままになると頼まりて、それは間違いでないと思うたから、初めて話したさ。一度話したら、よそからも来て。話をさせた人らが帰っていけば何日も心わさわさぁするとわかっていたが、話せることは話したさ。

うちの人が生きておりば嫌がったはずなが、早死にして、私のやることを止めらりもせずさ。あの世から追いかけてきて止めることもできんものな。幽霊なら夢に出てきて止めるだろうが、まだそんなこともないね。

時局のとき、うちの人は被害にあっておらんざ。六・二五《ユギオ》*1参戦勇士らに、後で戦争行って、死にかけたというだけ。そのころ済州島の者は大勢《はよん》海軍に行ったじな。島におっても、軍や警察に捕まって死ぬか、民保団や軍警に呼ばりて怖いもの見るか、二つに一つでないか？　島さえ出りば一日でも足伸び伸びして寝らりると、済州島から真っ先に志願入隊したさ。生きたか死んだか、三年知らせもなくて、帰ってきたんはこちらの運のよさだが、済州島の者は大勢《はよん》戦死してなあ。あん島の者は皆《むる》アカだとひそひそ言わいて、身がもたんで。

戦争前、うちの人が軍警ん命令で何《むし》役割したか、私には言わざったで、どうしてわかろうか？　あん人も、望んでついていったのではあらざった。築城*2に出かけて人々《さるむ》と働いておったところへ警察

＊1　朝鮮戦争を指す。六月二十五日に起きたことからこのように呼ぶ。

＊2　村の外部に石を積んで大きな壁を築き、武装勢力との連絡を遮断しようとしたもの。村人が総出でこの作業に携わった。

が来て、何名か選んで行くがして。今のような世の中《しさん》ではないからな。やれと言わいたらやらんとならぬ時代であったよ。

西青——西北青年会のむごいことはよ。ずっと一緒であった民保団員も、思い通りにならねば殺すと噂が立って、私は心配したことよ。派出所の庭に山の人《さんさるむ》*1の奥さんを銃剣で刺して転がして、民保団の人らにも、一ぺんずつ、竹槍で突けと言った話を聞いて、誰からも恨みを買ってはいけんよと私が言うてやったら、うちの人がいつも答えて、自分は通訳しとるだけと。西青は済州言葉を知らず、済州の者は西青の言葉がわからんから。ソカイ——疎開で中山間《チュンサンガン》の火つけに行ったときも、うちの人は戸をたたいて、出て来らしよ、今、火がついたから、早く《ほんじょ》出て来らしよと触れて歩いただけと言うたじが、そいでも不思議なんは、それから入隊するまで、あの人が赤ん坊を抱かざったことよな。自分《いにょく》が触りば子に不浄が移る、目が合ってもいけんと言うて、本当に目もくれずよ。

うちの人は死ぬまで、軍警を悪くは言わざったね。良いも悪いも、初めから口にせんかった。その代わり、アカと言ったらもう嫌い抜いておって。武装隊が何したか。警官を何名も殺して、罪のない家族に復讐して山に逃げたら次はそん村が仕返しで二〇〇名、三〇〇名皆殺しにされてよう。地上の楽園作ると言うて、作ったのは地獄よ、何が楽園かと。

だから私は、あの日にあったことはうちの人にも話さざったの。夜中に足音も立てずに帰って来て、背中を向けて、奥で縮こまって寝ている人に何が言えような。

一度きりよ、研究所が来るより前に、誰ぞにその話を聞かしたんは。時局のときに乳飲んでおった息子が中学上がったときだから、十五年ばかり過ぎたとき。

朝夕に涼しい風《ぼるむ》は吹くが、日差しの温かい時分であったじな。門の前で紅唐辛子を広げて干しておったら、知らぬ男が訪ねて来て。聞きたいことがあると言うて、丁重に切り出したさ。戦争前からこの家に住んでおらしたかと。

その時分は軍事革命の世[*2]であったから、時局のころの話は、誰も、口にもできずよ。よそから引っ越してきたと言いば良い答えであったろうけど、私が生来、要領の悪くして、嘘言《くじんまる》を言われん人さ。その人は役人のようでもなし、目を見ても声を聞いても虫けら《ばれぎ》一匹殺せんように見えたから、まずはお入りと言うてやったさ。石段に座らして、礼儀上、門を開けておいて、誰にも聞かれんごと、そうっと尋ねたよ、何の気がかりがあって来たかと。その人はもじもじしてから謝ったじな、いきなりやってきてすまざった、迷惑かけるつもりはなかったと。嗚呼《はいご》、私はじれったいことにがまんのならん性質で、大丈夫、早ぁ聞いて帰りんさいと催促したよ。したらその人が口を開いて言うには、あの日、浜で、子供らを見らしたか、と。

その言葉を聞いたりば、胸といわず、目鼻といわず、鉄の火のしを乗っけたごと、息ができんようになってよう。私に何ん《むし》罪もないのに、何故《むさ》目は霞み、口は渇くかわからずよ。知らぬと言って帰せばよかったものを、不思議と答えてやりたくなったのよ。まるで私がその人を、ずーっと待ってお っ

＊1　漢拏山に立てこもっている武装隊をこう呼んだ。
＊2　四・一九革命の翌年一九六一年に朴正熙《パクチョンヒ》が起こした軍事クーデター。

たごと。誰《ぬげ》か私にあのことを尋ねてくれるのを待って、この十五年、生きてきたごと。

そうさな、ありのままに答えたさ。子供ら、いたことはいたと。心臓が割れんごと打ち、言葉は澱んだよ。その人は胸が騒いだかして、しばらく黙って立っていてから、また尋ねたじな。もしや生まれたばかりの赤ん坊が泣くのを、聞かざったかと。

初めて会うた人でしょう。うちの人が知りば大変でしょう。だのに私は魂が抜けたごとなって、また、答えてしまったよ。泣き声は聞いておらんが、赤ん坊を抱いて立っておった女たちは見たと。私は真実、見たからね。砂上に引いた線のきわに女が三人、赤ん坊を抱きしみて、ひっついて立っておって。四歳、七歳、行っても十歳ばかりの子供七人、八人、其処《くぢ》に集まり、女たちの方へ口を開くが、何《むし》ん話をしておるか、泣いておるんか、風《ぼるむ》が海《ばだん》の方へ吹きつけて、聞こえざったと。

そん人はぴくりとも動かずに座っておって、もう聞きたいこともないのかと思ったときに、また尋ねて言うには、もしや、海岸《ばだんか》に打ち上ぎらりた赤ん坊がおったかと。そん日でなく、翌日でも、翌月でも。


私はもう、話す力の尽きてよう……何故《むさ》、十何年も経ってから会いん来て、こんなことを私に聞くかと、尋ねてもみたかったが、言葉は口から出らんして。誰も打ち上ぎらりてはおらざったと、ようよう言ったが、その人のシャツの襟も、背中も、汗で全部《もんたっく》濡れているんが、そのとき初めて目に入ってきたのよ。

台所に入って、水を一杯汲んできたら、それは受け取らざった。震える両手を膝の上に据えておったが、ようよう受け取っても飲む前にこぼしたろうさ。それを自分でも知っておるから受け取らないと私も気づいたが、水を取り上げるほど冷たくもできず、そのまましばらく立っておったさね。

子供らがもうすぐ学校から帰ってくるから、早ぁ帰ってくれんかと、うちの人が知りば騒ぎになるからどうかその前にと。そう言うて台所に戻り、器を置いて、顔を何度もさすって出て来たら、その人はもう見えざった。何の跡も残っておらぬ石段に私は座って、真っ青な海《ぱだん》を見おろしていたことよう。きっとまたあの人の足音が聞こえてきそうな気のして、それを自分が待っているのか恐れているのか、私にはもう、わからんざったのよ。

4
静寂

目を開けた瞬間、私を驚かせたのは暗闇だ。本に顔を埋めて読んでいるうちに、ここがどこなのか忘れていたのだ。その間に風が止んだことにも気づかなかった。壊れんばかりにガタガタ鳴っていたのはいつのことかと思うほど静まり返った黒い窓ガラスを、私はぼんやりと見上げる。夢の中で、いきなり別の夢のドアを開けて入ってしまったような静寂だ。

もうろうそくも揺れていない。青っぽい種子のような炎の芯が、私の目を凝視している。ろうそくは指一節分近く溶け落ちている。いく筋もの珠の帯のような形のろうが食卓に流れて固まっている。

この家に私も行ったことがある。

背中を丸めて向かいに座っていたインソンが言う。

いつ?

おととし。息子さん夫婦だけで住んでた。

一言ずつ、舌の先から静寂を押し出すように、彼女が答える。

このインタビューを受けた年の冬にこの方は亡くなったの。

溜まっていた透明なろうの雫が新しい珠の帯を作って流れ落ちる。

一つだけ、この方が誤解していたことがあって。

インソンが振り向いて見ている奥の間の方を私も振り返る。半分くらい開いた引き戸ごしに見えるのは、暗闇だけだ。

父さんの手が水を受け取れないほど震えていたのは、そのときの感情のせいじゃなかったんだ。

心臓の位置にこぶしを乗せて、インソンが言う。

これよりちょっと大きい石を温めて、ここに乗せて、奥の部屋の壁にもたれて座っていたりしたんだよ。横になるよりその姿勢の方が息が楽だからって。

黒いパーカーの上に載せられたインソンの青白いこぶしに、青っぽい静脈が浮き出ているのを私は見る。石よりも心臓に似たこぶしだ。

石が冷めると父さんが私を呼ぶの。ぬるくなった石を持って私が台所に行くと、母さんが受け取って鍋に入れて煮るのね。黒い石で、ぼこぼこ穴が開いてて、その穴から泡が出てくるまで見守っていた覚えがある。母さんがお湯をこぼして石を布巾で包むと、私はそれを受け取って父さんのところに持ってった。

インソンが胸からこぶしを離した。心臓をそこに下ろすかのように、食卓の上にそうっと乗せる。

心臓が悪かったの？

狭心症の薬を飲んでいたんだ。結局、心筋梗塞になって。

淡々と、彼女が答えた。

手が震えていたのも、拷問の後遺症だった。

*

インソンがこぶしを開き、その手をゆっくりと冊子に載せていくのを見ていて、私はふと思った。いつからこういう資料を集めていたんだろう。

海に近いあの家を訪ねていったのがおとといだというなら、それより前に始めていたはずだ。道立図書館か四・三研究所で閲覧するか、借りることはできただろうが、自分の蔵書として所有するにはまた別の努力が必要だったはずだ。デジタル化されていない雑誌を手に入れるには、古本屋を片っ端から探したり、ソウルの雑誌社に連絡してバックナンバーを購入しなくてはならない。そういった仕事はインソンにとって困難でも不慣れでもなかっただろう。最低限の予算で映画を作っていたこの十年間、資料調査も交渉ごともすべて自分でこなしていたのだから。

映画を準備しているのだろうか、と次の瞬間私は思う。最後の映画を撮り直すか、補完するための下準備だろうか。

*

だが、私が尋ねる前にインソンの顔がかすかにこわばった。

そんなの、考えたこともないよ。

食卓に両肘をついて、手の指を組み、あごと下唇をそこに当てている彼女の動作はさっき見た写真の中の老人とどことなく似ていると私は思う。眉間に深いしわが刻まれた額、頑固そうな表情は、最後の上映後トークのときの様子と酷似している。あまり好評を得られなかったインソンの最後の映画は、映画祭の企画者による「父の歴史に捧げる映像詩」という好意的な寸評をサブタイトル的に付して上映されたのだが、インソンは今のように眉間にしわを寄せてその言葉に反論した。父のための映画じゃありません。歴史に関する映画でもないし、映像詩でもありません。司会者はびっくりした様子で、笑いながらさらっと尋ねた。じゃあ、何に関する映画なんでしょうか？　その質問に彼女がどう答えたかは記憶にない。ただ、彼女が映画をやめた理由を想像するたびにその日のことが思い出される。当惑と好奇心と冷淡さが混じった司会者の態度と客席のめんくらったような沈黙、真実以外言ってはいけないという呪縛がかかっているかのように、ゆっくりと言葉を発していたインソンの顔が。

*

私たちのプロジェクト以外に考えたことはないんだ、この四年間はね。

組んでいた指をほどき、それを下唇から離しながらインソンが言う。さらに話しつづけようとするインソンを、こんどは私が制止する。

あれはやらないことにしたでしょ、インソン。

去年の夏、私が電話でそう言ったときに浮かべていたであろう、納得できないという表情が彼女の顔に漂う。

あのとき言ったでしょ、最初から私が間違っていたって。単純に考えすぎていたって。

すぐに反論はせず、考えを整理しようとするかのようにインソンが目をつぶる。やがて目を開け、落ち着いて尋ねる。

じゃあ、今はどうして考えが変わったの？

その瞬間、スイッチが入ったように夢の中の感覚が蘇って私は息をこらえる。雪におおわれた地面から湧き出す水がひたひたとスニーカーの底に感じられた。あっという間に膝まで溢れて、黒い木々や墳丘をおおった。

夢は、怖いね。

声をひそめて私は言う。

ううん、恥ずかしいものなのね。自分でも気づいていないのに、すべてを暴露するんだから。

不思議な夜だと私は思う。誰にも言わなかったことを告白している。

毎晩、悪夢が私の生命を盗掘していることをね。生きている人はもう誰も、私のそばに残っていないってことを。

違うよ、とインソンが私の言葉を遮って入ってくる。

誰も残ってないわけではないよ、今、あなたのところに。

彼女の口調は断固として、まるで怒っているみたいだったが、潤いをたたえた目が突然輝いて、私の目を貫く。

……私がいるじゃない。

＊

こんどは私が目をつぶる。今やインソンまでも失うのかと思った瞬間、静かな苦痛に襲われて。

二十四歳の同い年で初めて出会ったとき、当時二年制だった大学の写真科を卒業して二年早く社会人生活を始めたインソンは、ほとんどすべての面で私より成熟して、有能だった。打ち明ける機会はなかったが、彼女がお姉さんみたいに感じられたこともあった。名山とそのふもとの村の取材をしていたとき、目玉記事として三番めに月出山《ウォルチュル》*を訪れたのだが、登山の前に私が胃痙攣を起こしたとき初めてそう感じた。霊岩《ヨンアム》に一か所しかない薬局で鎮痛剤と胃薬を買ってきてくれたインソンは、プレーンヨーグルトにプラスチックのスプーンを載せて一緒に差し出しながらこう言った。

薬剤師は二日酔い止めの薬をくれたんだけど、それを飲んだら何だかもっと吐きそうな気がして、これを買ってみたんです。

それを飲んでも一晩苦しみ、結局、翌日のスケジュールをキャンセルしなくてはならなかったとき、彼女は淡々とこう言った。

とりあえず帰って、土曜日に出直すっていうのはどうですか？　もう一回分の出張費は追加請求しませんから。今回は、病気の友達と旅行に来たと思えばいいし。

＊　全羅南道《チョルラナムド》に位置する山で、奇岩絶壁の眺めが有名。

そして巡ってきた土曜日の早朝、駅で、インソンは本当に友達のように気がねなく私に手を振った。霊岩の宿に荷物を置いて登山を開始したが、パラム峠にさしかかるとインソンは四方へ風が吹き抜ける道の景色が見える場所に三脚を据えた後、家でさっと巻いてきたという海苔巻きを取り出した。その後たびたび食べることになったインソンの料理がどれもそうだったように、あっさりと薄味な、具材は千切りのきゅうりとにんじんとごぼうだけという海苔巻きだった。

キョンハさんなら、どうします？

海苔巻きを食べ終えて立ち上がる前にインソンがそう尋ねたとき、私は質問の意味がとっさに理解できなかった。

キョンハさんがその女の人だったら。

今まで私たちが一緒に行った三つの山のどれにも偶然、伝説の岩があるという話をした後だった。物語のパターンはほぼ同じだ。大きな山のふもとの村で、あらゆる家の戸をたたいて食べ物を乞うたが断られた物乞いが、唯一、ある家の女から飯を一杯もらう。感謝の印に彼が言う。明日、日が昇る前に誰にも内緒で山に登れと。山を越えるまで振り向いてはいけないと。言われた通りに女が山の中腹まで来たとき、津波や嵐が村を襲う。例外なく彼女は振り返る。そこで石になる。

すっかり日が長くなった五月の下旬だった。綿麻のシャツの袖を肘までまくり上げたインソンは、大きめの石に腰かけ、タバコを歯の間にくわえて火をつけようとしてはまた箱に入れる動作をくり返していた——二十代の彼女はチェーンスモーカーで、三十歳でやめた——乾燥注意報が出ていたので、山火事に注意していたのだ。

そのとき振り向きさえしなければ自由だったのにねえ……そのまま山を越えてさえいれば。

おどけた様子でぶつぶつ言うインソンの声を聞きながら私は、先々月と先月の出張でも見た岩のことを思い出していた。連れ子とか、嫁とか奴婢とか、ふもとの村々でいちばん苦労していた女たちが後ろを振り向いてそうなったという、ほっそりした石像のような岩だった。

いつ石になったんでしょうね？

返事をする代わりに、私は聞き返した。

振り向いてすぐ？　または、ちょっと時間が経ってからでしょうか？

会話はそのあたりで止まっていたのだが、日が暮れる前に山から下りてきて三階建ての宿の窓を開け、外の空気を吸い込むと、私はそのことをまた思い出した。夕日を背にして山の中腹に立つ女の黒い輪郭が、窓の向こうに見えたからだ。

石になった両足を見て驚き、後ろを振り向く女の姿がそのとき目の前に浮かんだ。そうなったとしてもまた向きを変え、山を上りつづければよかったのだ、足がこわばっただけなのだから。石になった足を引きずって何歩か上る、しかしまた何度か振り向く、今度はふくらはぎまで石になる。重い両足を引きずって女はさらに坂を上る。峠を越えたら生き残れる。そこで振り向きさえしなければ。けれども必ず顔をめぐらすのだ。膝の上まで石になったらもう、なすすべはない。すべての家とすべての木の上に満ちた水が引くまでそこに立っている。骨盤と心臓と肩が石になるまで。見開いた目も石の一部となって、もう血走ることがなくなるまで。日と月が何千回、何万回と過ぎていく間、雨雪を浴びつづける。何を見たから？　そこに何があったから、何度も振り向いたのだろう。

石になっただけで、死んだわけじゃないんですよね？

機材のバッテリーを充電し、旅装を解いていたインソンが窓ぎわに近づいてきてそう問いかけた。

タバコの火をつけ、青い煙を吸い込んでから窓の外に長々と吐き出した。

そのとき、まだ死んでなかったかもしれないでしょ。だからあれはつまり……石でできた抜け殻みたいなものですね。

彼女の目が、いたずらっぽく輝いた。

あ、言ってみると本当にそんな気がしてくる。

ジョークではないと言いたげに、インソンはわざと真面目な表情を作ってみせて、それから急に言葉遣いを変えた。

殻を脱ぎ捨てて、女は去ったんだ！

子供みたいに、万歳と叫ぶときのように両手を上げたインソンに向かって、私も笑いながら気楽な言葉遣いに切り変えた。

どこへ行ったのかな？

それはまあ、その人次第だよね。山を越えて新しい人生を生きたのか、逆に、水に飛び込むとか
……

その瞬間以後、私たちは二度とお互いに丁寧語を使わなかった。

水の中に？

うん、潜水するの。

何で？

助け出したい人がいたから、かな。それで振り向いたんじゃない？

その夜からインソンと友達になった。彼女が島に帰るまで、人生における基点のすべてを共有した。雑誌社を辞めて間もなく、私が両親をなくして空っぽのマンションに引きこもっていたとき、彼女は突然のメールとともに訪ねてきたのだった。あなたがやることは一つだけ。ドアを開けて。言われた通りに玄関のドアを開けると、寒風とタバコの匂いをまとった腕が私の肩を抱きしめた。

＊

目を開けると、変わらぬ静寂と闇が待っている。

見えない雪片が私たちの間に浮かんでいるようだ。結束してできた雪片の枝の間に、私たちが飲み込んだ言葉たちが密封されているようだ。

＊

燃え上がるろうそくの芯の先から、黒い糸のような煙が一すじ立ち上っている。一本の糸のようなそれがほぐれて虚空に染み込むまで見守った後、私は問いかける。たいまつを持った腕を伸ばし、石造りの家々の軒に火をつけていく軍人たちの姿が、目の前をよぎったからだ。

この家もそのとき燃えたの？

川の向こうが燃やされた夜、この家にも彼らが来たのだろうか、と私は考える。今、火がついたから、早く出て来らしよ《ほんじょ》。庭を横切ってきた彼らが、ホイッスルを吹きながら戸をたたいたのか。

そのとき誰が住んでたの、この家に？

あの引き戸に銃剣を突き入れ、こじ開けて入ってきたのだろうか。誰が中にいたのだろうか。

この家は、母さんの母方のおばあちゃんちだったの。

インソンが答える。

その、私にとってはひいおばあさんが長男夫婦と一緒にここに住んでいたんだけど、疎開令が下りるとすぐに海沿いの父方の親戚の家に避難したから、その夜も無事だったんだ。世話になれるところがあって、運がよかったわけよね。

インソンがつけ加える。

もちろんこの家もそのとき焼かれたの。石垣だけ残っていたのを、建て直したんだよ。

＊

炎が広がっていた場所に座っているんだな、と私は思う。

梁が崩れ落ち、灰が巻き上がった場所に座っている。

＊

インソンが体を起こすと彼女の影が天井まで伸びる。彼女が本を箱にしまってふたを閉める動作に合わせて、影がさらにふくらみ、しぼむことをくり返す。

一緒に部屋に行く？

私は答えなかったが、私が一緒に行くと信じて疑わない様子で彼女が独り言を言う。ろうそく、どうしようか。

インソンは流しの方に歩いていき、片手に紙コップを、もう一方の手にはさみを持って帰ってくる。紙コップの底を十字に切ってすき間を作る。ろうで固定していたろうそくをはずしてそこにはめ込むと、白い紙を透過して光が穏やかになる。

一緒に行こう。

私は立ち上がらない。

一緒に見たいものがある。

人間の二倍近く大きいインソンの影が、天井の白い壁紙の上をゆらめきながら近づいてくる。私が椅子を後ろに引いて立ち上がったのは、その影に止まってほしいと思ったからだ。それがこぼした墨のように広がってきて、私の影を飲み込むことを望まなかったからだ。

私は両手を箱の底面に伸ばして差し入れる。かなりずっしりとしたその重い箱を、胸にくっつけて持ち上げる。ろうそくを持ったインソンが先に立って行く。私たちは指一本触れ合っていないが、肩でつながった一組の巨人のような影が、天井と壁にちらちら映って一緒に進む。

「亞」の字の形の桟《さん》にすりガラスをはめ込んだ引き戸の敷居をまたいで、彼女が部屋へ入っていく。続いてそこへ入る前に私は後ろを振り向く。ろうそくの明かりが消えた板の間と台所の暗さは、黒い水の中にいるようだ。ろうそくの陰影が広がる部屋に足を踏み入れると、難破船の底の空気が残った船室に入ったようだ。押し寄せてくる波を遮るように、私は肩でドアを押して閉める。

＊

インソンが立って見ているスチールの本棚を目指して、私は後を追う。

箱ごとに貼られた真四角の付箋の黒い文字が、ろうそくの明かりを浴びて少しずつ動いているように見える。インソンの字は速書きで達筆だ。勢いよく字画を崩して書いているが、形は乱れていない。光を浴びれば声のように立ち上り、ろうそくが通り過ぎるとたちまち静まるそれらの文字を私は読む。ほとんどが地名と年度だ。証言者のものと思われる名前、出生年度と推定される数字も見える。

ここに入れてね、とインソンが指差した空いた空間に、抱えてきた箱を私は押し込む。次の瞬間、腰をかがめたインソンの腕とともに目まぐるしく弧を描いてろうそくの火が本棚の下方へ下り、船が揺れて箱が崩れ落ちそうなめまいを私は感じる。

持っててくれる？

私がろうそくを受け取り、インソンがさらにぐっと腰をかがめる。瓦礫の中を手探りするように、いちばん下の段のさまざまな大きさの箱を指先で確かめていく。何度となく反復してきたとおぼしきその慣れた動作は、工房のストーブの前で私が投げた質問への答えだと私は気づく。なぜ彼女がここで一人で過ごせたのか。何年もの間、何をしてきたのか。

＊

インソンがいちばん下の段から箱を一つ、半分くらい引っ張り出し、ふたを開けて地図を取り出す。三つ折りにした大縮尺地図を床に広げて、片膝をついて座りながら言う。

ここが母さんが通っていた学校だよ、ハンジネというところにあるの。

インソンの人差し指が押さえている米粒ほどの丸の上をろうそくで照らしながら、私も片膝を立てて座る。今も同じところに学校があるのか、学校を表す地図記号が円の中に印刷されている。

この家はどこにあるの？

ここ。

インソンの指先が示す場所は、私が想像したよりも上の、間隔の詰まった茶色い等高線の中にある。

当時、母さんが住んでた家はこっち。

最初に指した学校の位置とほぼ重なっている黒いサインペンの点をインソンが示す。

学校が遠かったらたぶん通えなかっただろうって、母さんが言ったことがある。男の子は下宿までさせて町の中学校に行かせても、女の子は無学のままで放っておいた時代だから。

隣接する二つの点に人差し指と中指を載せながら、インソンが言う。

娘を三人も学校に行かせてどうするんだって近所の人たちにけちをつけられると、おばあさんが笑いながら答えたんですって。世《し》の中《さん》が変わると言うにように。子供たちが宿題をやってる間はできるだけお手伝いをさせなかったから、母さんと下の叔母さんはいつも、わざと時間をかけて宿題をやったんだって。

きっちりと爪を切り揃えたインソンの指先が、長いゆるやかな曲線を描いて村の上の方へ動く。

疎開令は海岸から五キロ以上離れた地域に下りたから、この線のすぐ外側にあるハンジネは該当しなかったのね。急に親戚の家で居候暮らしになったひいおばあさんたちが、食べもののことで気を遣っているだろうって心配したおばあさんが、伯母さんと母さんの二人をお使いに出して、海のそばのその家まで米とじゃがいもを持っていかせたのよ。

その家を示すと思われる、海に近いところに書き込まれた黒い点にインソンの指先が届く。

そことは十里*も離れていたから、二十歳だったおじさんが荷物を持って一緒に行ってやりたいと言ったけど、若い男は危険だから家にいろと、おじいさんが止めたんだって。八歳だった末の叔母さんも一緒に行きたくて、一人で顔を洗って着替えていたんだけど、おばあさんがだめって言ったそうよ。絶対、五里も歩けなくて、お姉ちゃんたちがあんたをおんぶしてよろよろ歩くことになるんだからね、って。

*

前にこの話したこと、覚えてる？

インソンがそう尋ねた瞬間、あの夜のすべてが生々しく蘇った。誰にも踏まれていない雪が車道と歩道をおおっている。立て看板とエアコンの室外機、古い窓枠の上にも美しい層をなして雪が積もっていた。スニーカーの中に入ってくる雪は尖った冷たさで、と同時に雪を踏む感覚は信じがたいほど柔らかく、足を踏み出した瞬間に感じられるのが苦痛なのか快楽なのか、区別がつかなかった。

あの話には抜けていたことがいろいろあるの。私が勘違いしてたことも。

自分がサインペンで書き込んだその一点が井戸であり、その黒い水面に何かが映っているみたいに、インソンはじっとそこを見つめる。

二人が村に帰ってきたとき、遺体は国民学校のグラウンドじゃなくて、校門の向こうの麦畑で雪をかぶっていたんだ。どの村もほぼ同じパターンらしいの。学校のグラウンドに集めた後、近くの畑か、水辺で殺すんだよね。

地図の上の点がちらっと揺れたように感じたのは、私の錯覚だっただろう。視線をそらせばすぐに動き出す、死んだふりをしている昆虫のように。

一人一人の顔に積もった雪を拭き取っていって、ついに両親を見つけたけど、一緒にいるはずの兄さんと末の妹が見当たらなかったんだって。軍人が村に入ってきたとき若い男性たちは先に逃げたのだろうから、兄さんについては希望も持てたけど——運動会でリレーのアンカーだったそうだしね——妹がいないのはおかしいから、二人は焦ったの。大麦畑で死んでいる百何十人もの人たちの下に妹が下敷きになってないかどうか、もう一度探したんだって。もしやと思って家の焼け跡に行ってみ

＊　韓国の一里は約四〇〇メートルなので四キロに当たる。

たのは、もうたそがれどきで。

*

そこにいたのよ、妹は。

母さんは最初、赤いぼろ布のかたまりが落ちていると思ったんだって。血みどろの上衣の中を伯母さんが手探りしたら、おなかに銃弾の穴があいてるのがわかって。血が固まってごわごわになった髪が顔に貼りついていたのを母さんが剝がすと、あごの下の方にも穴があったんだって。銃弾があごの骨の一部を砕いて貫通したんだね。固まった髪の毛が止血になっていたのか、そのときまた鮮血が吹き出したんだって。

伯母さんが上着を脱いで両方の袖を歯で引き裂いて、二か所の傷を止血したの。意識のない妹を二人の姉が交代でおんぶして、ひいおばあさんが世話になっていた親戚の家まで歩いて行ったの。三姉妹があずきのお粥に浸けられたみたいに血みどろの一かたまりになって家に入っていったとき、大人たちは驚いて口を開くこともできなかったんだって。

通行禁止令が出ていたから、病院に行くことも、医者を呼ぶこともできず、真っ暗な玄関わきの部屋で一晩過ごしたそうよ。その家で服を貸してくれたので妹を着替えさせて。妹がうめき声も立てず、息をしているだけだったから、母さんは自分の指を嚙んで血を出したんだって。血をどっさり失ってしまったけど、それを飲んだら妹が助かるんじゃないかと思って。ちょっと前に前歯が抜けて新しい歯が生えてきたところに、ちょうどぴったり人差し指が入ったんですって。そこから血が入っていくのが嬉しかったんだって。妹が一瞬、赤ちゃんみたいに指を吸ったのが、息も止まるほど嬉しかったんだって。

＊

インソンの瞳の中で炎と煤が一緒に燃えている。それを押さえて消そうとするかのように、彼女が目を閉じる。再び彼女が目を開けたとき、もうその火は燃えていない。

認知状態が揺らぎだして以来、母さんがいちばんしょっちゅう話したのはその夜のことなの。

私が持っているろうそくの光がインソンの顔を下から照らし、彼女の鼻筋とまぶたの上に真っ黒な陰影が広がっている。

その時期の母さんは、働き盛りの男性みたいに力が強かったの。この話をしている間も、話した後も、私の手を握りしめていて。手首がしびれて、痛くて、振り払いたくなるくらいに。包丁仕事で指に怪我して血が出るたびに思い出したって、母さんは言ってた。爪を深く切りすぎて傷ができるたび、まだ治っていない傷口にうっかり塩が触れるたび思い出したんだって、暗闇の中でちゅうちゅうと自分の指を吸っていた口のことを。

＊

それから、母さんは私に聞いたの。

あの小さ子が、家まで這ってくるとき何を思っていたか？　息の絶えた母《おもん》さん父《あばん》さんの横に寝ていたあの子が、真っ暗な麦畑を抜けて家まで来るときよ。お使いに行った姉さんたちが帰ってくると、思ったのでないか？　姉さんたちが助けてくれると、思ったのでないか？

＊

インソンが話を止める。

部屋の外で音がしたからだ。

息を殺さなければ聞こえないほど小さな音だ。水の中で砂を掃くような、誰かが指先で米粒をかき混ぜるような音が、わずかに大きくなってまた静まる。

ここにいよう。

私は出ようと言っていないのに、静かに引き留めるようにインソンが言う。

私たちはいなくてもいいの。

彼女が続けてささやく。

私たちに会いに来たんじゃないから。

米粒が飛び散り、砂が掃かれるような音が少しずつ大きくなる。羽毛が擦れる音、羽ばたく音、ピイイッという低い鳴き声が、鳥かごのある方と、食卓と流しの方からほぼ同時に聞こえてくる。鳥たちが帰ってきたのかな、と私は思う。影ではなく翼の筋肉を動かして滑空する、食卓の上の電気の笠でぶらんこに乗っている鳥たちが。

音が止むまで私たちは口を開かない。水の流れが静まるように音がかすかになる。次第に音量が落ち、揮発してゆく音楽の終止符のように、ささやきながらふと眠りについた人の顔のように、すべてのものが静かになる。

5　落下

暗闇に沈んだガラス窓を見上げながら私は思う。水中にいるときの寂寥感に似ている。窓を開けたら黒い波が押し寄せてきてさらわれそうだ。

無人潜水艇に設置されたカメラが深海に降りていくときに撮った映像を見たことがある。水面から屈折して入ってきた暗緑色の光が薄れ、すぐに真っ暗になった。暗黒の画面の上で、幽霊のような光の点々が周期的にちかちかしてから消えた。遠いところにいる生命が発する光だ。ときおりカメラが発光している生物の完全な姿をとらえるが、それはまたたく間に姿を消す。光がかすかに見える垂直の領域がどんどん短くなっていく。それと交差して、暗黒の領域が際限なく長くなる。この先もずっと真っ暗なのだろうかと思ったとき、深海クラゲの放つ半透明の光とともに、巨大な雪嵐のような風景をカメラが捉えた。あらゆる海底生物の死体が軟泥になって落ちてくるのだ。水圧のせいで潜水艇の明かりが消える。最後に真っ暗闇になったのは深淵に入ったせいなのか、データ送信が止まったたからなのか、はっきりわからなかった。

＊

母さんのこと、よくわかっていなかった。

立ち上がって、真っ暗な本棚に近づきながらインソンが言った。

知りすぎていると思っていたのに。

天井につながる影のせいでいっそう背が伸びたように思われる、ほっそりしたその後ろ姿を私は見守る。爪先立ちをして上の段に手を伸ばすと、短い靴下の上に細い足首が現れる。立っていって手伝うべきかなと思ったとき、インソンが箱を胸で受けて抱き止める。

＊

箱を地図の上におろしてふたを開ける前に、インソンは袖をもう一度ずつ折り返す。袖が触れてはいけないものが入っているのだろうか。

彼女が最初に取り出したのは、変色した新聞の切り抜きだ。散逸しないよう、誰かが灰色の木綿糸を横に回して縛り、リボン結びにしてある。同じ方法で縛られた、傷まないように合間合間に習字紙をはさんだ写真の束が地図の上に並べて置かれる。

新聞の切り抜きを束ねた糸の結び目をインソンがほどく。結び目の内側に白い点々が残っているのを見ると、本来は白い糸だったらしい。いちばん上の記事の余白に青いボールペンで書き込まれた「1960・7・28」という数字と「E日報」という文字は、インソンの字ではない。紙がぐっと凹むほど強い筆圧で、縦の画を斜めに書いた、きっちりした楷書だ。

だめだ。

ため息をつくようにインソンがつぶやく。たたんであった新聞の切り抜きを一枚、そーっと広げたにもかかわらず、劣化した角のところが破れてしまったためだ。インソンが私の方へ差し出してくれたそれを読むためには、膝をつき、顔を紙にほとんどくっつけなくてはいけない。ろうそくの照度が低い上、紙が暗く変色しているので、ろうそくの光が真上にあるときだけ写真に映ったものが見て取れる。

うつ伏せになって頭を近づける前に、私は自分に問いかける。これを見たいだろうか。病院のロビーに貼られていた写真と同様、まともに見ない方がいいのじゃないか。

＊

だが、両膝と左手を床について私は身を乗り出す。ろうそくを持った右手と目を一緒に動かして、モノクロの報道写真の中の、広場に集まった何百人もの人の姿を追う。ほとんどの人が、白と思われる明度の高い色の服を着ている。同じく、明るい色の旗を持った人々もいる。彼らが見ている方向にはプラカードがかかっており、そこに筆で書かれた文字を私は読む。慶北《キョンブク》地区犠牲者合同慰霊祭。記事の見出しにも入っている「慰霊祭」という漢字の下に、さっき見たのと同じ筆跡で読み仮名が振ってある。同じ筆圧で、本文の中にアンダーラインが引かれた箇所を私は読む。

慶北地域の保導連盟員[*1]約一万人

大邱《テグ》刑務所の収監者千五百名

慶尚《キョンサン》コバルト鉱山及び近隣の仮葬骨

虐殺地の遺骨収拾と発掘

縦書きの文字を追う自分の手と目が、文章を音読したり口の中で読む速度と同じくらい遅いことに私は気づく。かすかな声にも似た気配が活字の間から漏れ出すような気がするのは、そのせいらしい。ぐっと紙が凹むほど強くアンダーラインを引いた、大きな引用符の中に入った遺族会の声明文を私は読む。

四・一九[*2]革命の精神に基づき、被虐殺者及び被害者の実態調査を進めるものであり

＊1　共産主義からの転向者やその家族の再教育のためとして設立された「国民保導連盟」の加入者を指す。訳者あとがきの三一一頁も参照。

被害者遺家族の皆さんは旧時代の恐怖を克服し、本会の調査事業に積極的に協力されたい

＊

理解できない。五十八年前のE日報の記事を、誰が切り抜き、アンダーラインを引いたのか。

母さんのたんすの引き出しから出てきたんだよ。

顔を上げてインソンはそう言った。

母さんは学校で習った通りに字を書くの。どの画も四十五度に曲げてね。

＊

インソンが手を差し出したとき、私はもう勘違いしなかった。ろうそくをくれというのだ。ろうそくを受け取って立ち上がる彼女の顔に、疲労でも余裕でもあきらめでもない表情が漂っているのを私は見る。どことなく、何年か前に熱いお粥を器に取り分けながら話していたときと似ている。

簡単に食欲が落ちない人は長生きするんだって。うちの母さんは長生きするね。

＊

大きさと古び方は違うが似た材質の紙箱の間から、竹できっちり編まれた薄い箱をインソンが出し

てきた。席に戻ってきた彼女が箱を開ける前に、私はまたろうそくを受け取る。青みを帯びた黒の絹の布に包まれた平たいものをインソンが取り出している間、ろうそくで手元を照らす。

包みの中から出てきたのは変色した手紙だ。縦書きで記された受取人の名前は姜正心《カンジョンシム》。太極旗を持って万歳を叫ぶ男女の絵柄の切手に、大邱郵便局１９５０年５月４日という消し印が捺されている。インソンが二つ折りのわら判紙を封筒から出して広げる。青紫色の検閲のスタンプが左側の上の方に捺されたその紙を私は受け取る。ろうそくを近づけ、縦書きで右から書かれた最初の一行を読む。

僕 の 妹 正 心 へ

とても小さな文字で、間隔を広く開けて分かち書きした筆跡だ。この習慣は何らかの性格を物語っているのかもしれない。

僕は健康だから心配するなと、彼は書いていた。正淑《ジョンスク》と、母方のおばあさんやその他の親戚たちによろしく伝えてくれと書いている。刑期がまだ六年残っているが、十五年や十七年の懲役刑を受けた済州島人も大勢いるのだから、自分は運がいいと書いている。お前が手紙をくれて嬉しかったと、また返事をくれたら嬉しいと書いている。ごま粒のような文字で追伸を付して、前の手紙で気になったらしい箇所に触れている。お前の手紙を読んでいろいろ考えた　出所したらお前は二十一歳　正淑

＊2　一九六〇年、李承晩の不正選挙をきっかけに全国で学生・市民が大規模な抗議行動を起こし、政権が退陣を余儀なくされた事件。「四・一九学生革命」と呼ぶ。

は二十五歳　僕は二十八歳なんだものな　会いたいのは当然だが　涙を流すことなどないよ　牛に毛が何万本あるかわからないけど　それと同じくらい　何日も会ってたくさんたくさん昔話をすることもできるだろうから　正淑にそう言ってやってくれ

＊

焼けてしまったハンジネにはもう戻れないから、親戚の家が提供してくれた一間に母さんと伯母さんもお世話になっていたのね。

手を差し出して手紙を受け取りながら、インソンが言う。

狭い部屋に並んで寝た大人たちが眠りにつくと、伯母さんが母さんに耳打ちしたんだって。お兄ちゃんは生きているはずだって。駆け足が早いから捕まらなかっただろうって。中学を終える前から父さんと一緒に山にお弁当を持っていって馬追いの仕事もしたんだから、隠れる場所は誰よりもよく知ってるはずじゃない、って。空の弁当箱に、山でとれるいろんな実を詰めて、あんたと妹の正玉《ジョンオク》にくれたんだもの、飢え死にすることもないだろうって。

もとの折り線通りに手紙をたたみながら、インソンが話しつづける。

馬に乗りに行くときに兄さんたちが持っていくお弁当を見て、まだ小さかった正玉叔母さんが大泣きしたことがあるんだって。あれが食べたいとただをこねて、おばあさんに叱られて。その日の夜、帰ってきたおじさんが母さんにアルマイトの弁当箱を渡したの。何故《むさ》、私に皿洗いさするんな、って嫌な顔をして母さんがふたを開けると、木の葉がびっしりきれいに敷いてあって、何かの宝石みたいな色とりどりの実がその上に入ってたんだって。正玉とお前とで食べりよ。照れくさそうに笑いながら、おじさんがそう言ったんだって。

インソンがしばらく黙っている間、私は去年の秋に工房で見た密閉容器の中の桑の実のことを思い浮かべた。あれを煮出した酸っぱいお茶を飲むと、舌と前歯が黒っぽい紫に染まった。

自首すれば処罰しないという、米軍の偵察機がまいたビラが吹雪のように舞い散っていた日も、伯母さんが母さんにひそひそと言ったんだって。あのビラを読んで兄さんが自首するかもしれないって。小柄で、年齢より幼く見えるから、山から降りてきても銃で撃たれることはないだろうって。きょうだいの中でいちばん目端がきいて大胆なんだから、うまく子供みたいなふりをして、疑われもしないだろうと。

*

開架閲覧室の窓のブラインドのすき間から差し込んでいた六年前の冬の日差しが、そのとき私の目の前に浮かぶ。この島の、村ごとの口述証言をあえて読まずにスルーしたあの日、二冊の本を選んで廊下の端の折りたたみ机に座ったときに見た光だ。その午後、一九四八年の十一月中旬から三か月間、中山間が焼き払われ、民間人三万人が殺害された過程について読んでいた。武装隊一〇〇名あまりの隠れ場を発見できないまま焦土化作戦が一段落した一九四九年の春、二万人ほどの民間人が漢拏山に家族単位で隠れていた。海岸部に降りていけば、男女老少を問わず即決で審判が下されることとなり、それは飢えと寒さよりも危険だと判断したのだ。三月に任命された司令官は、漢拏山《ハルラ》を櫛けずるようにして共産主義者を掃討する計画を発表したが、その際、効率的な作戦遂行のためにまず、民間人は下山すべしというビラをまいた。子供たちと老人を背後に隠し、銃に撃たれないように白い手ぬぐいを木の枝にくくりつけ、それを持って降りてくる痩せさらばえた男女の行列が、資料写真として載っていた。

＊

処罰しないという約束とは違って何千人もの人が逮捕されたのだけど、とびきり運よく釈放された遠縁の人が、母さんたちが世話になっていた家に訪ねてきたそうよ。酒精工場の裏の、十何棟もあるサツマイモ倉庫にみんなが閉じ込められているって。おじさんと同じ棟に二か月いたと教えてくれて。その晩、母さんと伯母さんは嬉しくて眠れなかったのですって。とにかく、お兄ちゃんが死んではいないってことがわかったわけだから。

紙切れに書いてもらった曜日と時間に合わせて、姉妹二人は酒精工場に訪ねていったの。略図に書かれていた通り、倉庫の裏の丘の角で待っていると、八人の若者が列を作り、桶を持って上ってきたんだって。その中でいちばん後ろにいたのがおじさんだったの。長い間飢えていたせいか、体がいっそう小さくなったようで、髪の毛はぼさぼさに乱れていて、おじさん特有のいたずらっぽい表情が消えて、知らない人みたいに感じたそうよ。

両側から抱きついた妹たちを抱き返しもせずにぼんやり立っているおじさんに、引率を任されているらしい肩に白い帯を巻いた若い男の人が言ったんですって。見ないふりをしてやるから、水を汲んでくるまで話をしていていいって。その人たちが戻ってくるまで十分もなかったのだけど、そのとき母さんは、ずっと後悔するようなことを言っちゃったんだって。

兄さん《おっぱや》、何故《むさ》？　髪の毛、変だよ。

中学を卒業するとすぐに髪を伸ばしはじめたおじさんは、毎朝鏡に向かって櫛の先で髪を横分けにして、ポマードをつけていてね。今日は誰に会うのかって母さんが聞くと、母さんのおかっぱの分け目にちょっとポマードをつけてくれて、敬語でからかったんだって。貴女様は、人に会うときだけ髪の手入れをするんな？　って。おじさんは、町にできた臨時の小学校教員養成所に入って代用教員の資格を取るつもりだと、母さんにだけときどき話していたそうだけど——お前だけに言うがやぞ。試験に受かりば、母さん《おもん》父さん《あばん》にも話すさ——、母さんが宿題をやっていて漢字の書き順を聞くと、漢字辞典の引き方を教えてくれて、こう言ったんだって。お前も先々、その学校行ったらどうな？　町には、女先生も何人かおる。そん学校行くなら、中学も行かんと。

だけどその日のおじさんは、他の人と同じように、何にも関心がないみたいに見えたんですって。感情のこもっていない声で両親と末の妹が無事かどうか尋ね、ありのままを答えた伯母さんの目をじっと見ているばかりだったって。その目を通り越したら見えてくる何かが、伯母さんの顔の向こうにあるみたいに。伯母さんが持ってきたおにぎりを口に押し込んで食べていたけど、一行の姿が遠くに見えるとすぐに後ろも振り向かずに走っていって、自分の桶を受け取ったって。

翌週の同じ曜日が近づくと、ひいおばあさんは指輪を売ってお米や食材を買ったの。一人娘を亡くして以来、しばらくまともに食べもせず起きられなかったけど、布団をあげて立ち上がったのね。アルマイトの弁当箱一つにごはんをぎゅうぎゅうに詰め、他の二つには、きょうだい三人が一個ずつ食べられるようにと、ゆで卵、焼き魚一尾、じゃがいもと玉ねぎと豚肉の炒め物を入れてくれたんだって。

最初のときとは違って、おじさんは気が抜けたようには見えなかったそうよ。正淑、正心と名前を呼んでくれて、さっき水で撫でつけたような髪の毛を指さして、母さんにこう言ったんだって。もう、兄さん《おっぱ》の髪、変ではなかろ？

それを聞いて嬉しかったと、母さんは言っていた。その日は三人で岩に腰かけてお弁当を半分以上食べたんだって。みんな一緒に笑って、別れる前にはお互いに握手して。

そして翌週、待ちかねた姉妹が同じ場所へ行ってみると、誰もいなかったんですって。一時間近く待っていたら、近所の家のおばさんが塀の向こうから伯母さんに大声で教えてくれたというの。倉庫にいた人たちは昨晩、船に乗せられていったって。

人の話を鵜呑みにして行き違いになってはいけないから、暗くなるまで待ってみようと伯母さんが母さんに言ったんだって。母さんはときどき居眠りしたり、食べものの匂いをかぎつけたどこかの家の犬が来たので頭を撫でたり、首をくすぐったりしていたけど、伯母さんはそれには目もくれず、道の曲がり角ばかり見ていたんだって。

＊

私は目を閉じる。

遠くの西向き窓のブラインドのすき間から徐々に深く入ってきて、ついに私の顔のところまで達していた閲覧室の廊下の日差し。その光がますます生々しく迫ってきたからだ。さっき読んだ数字の下で暴れている血の奔流を一気に揮発させるような、まばゆい光だった。まぶしいので席を移る直前に読んだ脚注が、真夜中のできごとの証言だったのに光を放つかのように記憶されたのは、そのためだっただろう。

十二時間近く夜船に乗せられて木浦港に到着しましたが、また夜になるまで下船させてくれませんでした。一日じゅう何も飲み食いできず、疲れ果てた状態で船から降りたんです。小雨が降っていて、桟橋がひどく滑ったのを覚えています。千人以上もの人たちで船着場はいっぱいで、銃をかついだ何百人もの警官がその場で私たちを整列させました。女は女どうし、男は男どうし、十八歳以下はまた別に集められました。その仕分けにすごく時間がかかったのです。夏でしたが、夜雨に降られてばかりいたので、咳をする人、よろめく人、座り込んでしまう人たちがあちこちにいました。何台もの護送車に乗り込むのですが、列の後ろの方で若い女性が、だめ、だめと泣き叫んでいました。飢えのせいか何か病気だったのか、死んだ乳飲み子を波止場に置いていけと警察が命令したんです。それはできないと女性が抵抗していると、警官が二人、おくるみごと赤ん坊をひっさらって地面に置き、女性を前に引きずっていって護送車に乗せました。

不思議なことです。私はあの、言葉にもできないような拷問のことよりも……辛かった懲役暮らしのことよりも、あの女性の声をときどき思い出すんです。あのとき並んで歩いていた千人以上の人たちがみな振り返って、そのおくるみを見ていたことも。

*

目を開けて、私はインソンの顔に向き合う。


落ちていく。

水面で屈折した光が届かないところへと。

重力が水の浮力に打ち勝つ臨界のその下へ。

*

これは針箱にあったんだ。

黒っぽい赤の絹の布で手紙を包みながら、インソンが言う。

ふたの裏側にすっかり縫い込んで、隠してあったの。出してくれって母さんが言わなかったら、永遠に知らないままだったでしょうね。

その布に見覚えがあった理由に、私はやっと気づく。針箱のブリキのふたをくるんでいた綿入れの絹と同じものだ。保護色で隠したのだろうか、と私は思う。手紙を読むたびに縫い目をほどき、また縫い直したのだろうか。

おじさんの手紙が初めて届いたのが、一九五〇年の三月なの。

インソンが言う。

その手紙に母さんが返事を出して、それに対しておじさんが五月に送ってきた手紙がそれなんだ。最初の手紙は伯母さんが持っていったので、これだけが母さんのものになったのね。

ソウルに住んでいたというインソンの伯母さんのことを、私はぼんやりと知っている。母さんより背も高く声も大きく、目鼻立ちの整ったきれいな人だったとインソンが言ったことがある。夏休みには孫娘を連れて島に帰ってきて、長いときは一か月も一緒に過ごしたという。初孫よりも、幼い姪であるインソンの方を可愛がってくれて、冬にはマフラーや手袋を送ってくれたと、インソンが中学校に上がるころ、まだ若いのに病気で亡くなったということだった。

最初の手紙を受け取った直後に、伯母さんはお見合いで結婚したの。

インソンが眉根を寄せ、見慣れたしわが眉間に刻まれる。

そんな状況でなぜ結婚って、今考えると不思議だけど、当時、西北青年会の蛮行が想像を絶するひどさだったからだと、母さんが言っていた。強姦とか拉致殺人がよく起きていたので、適当な嫁ぎ先さえあれば女の子は結婚させるべきという雰囲気だったって。正淑に泣くなと伝えてくれっていうこの追伸は、姉さんが結婚の前夜にずっと兄さんを心配していたと母さんが手紙に書いたから、それへの返事なんだよね。

手紙の入った包みを膝の前におろして、インソンがその上に手のひらを乗せる。包みの中から何かが布をはぐって抜け出してでもくるというような、用心深い動作だ。

＊

次の月に戦争が起きて、もう、手紙は来なかった。

インソンが低い声で言う。

だけど母さんは心配してなかったの。大邱刑務所は洛東江《ナクトンガン》戦線の後方にあるから大丈夫だろうって、親戚の大人たちが安心させてくれたから。

彼女の手が包みから離れ、膝の上に置かれる。

ほとんどの済州島の男たちと同じように、伯母さんの夫も海軍に参加したの、とインソンが話を続ける。

三年ぶりに無事に帰ってくるまで、母さんも伯母さんも気が気ではなかったって。漢拏山の禁足令が解けたのもそのころで、長い居候暮らしを終えて親戚のところを出て家を建て直すとき、母さんも一緒に石を積んだり、木を切ったりしたんだって。だけど、頑張って建てたその家に、みんな一年も住まなかったんだよ。休戦後、島に戻らずソウルに定着して米軍物資で商売をしていた親戚が、一緒に仕事をしようって母方のおじいさんに持ちかけたの。それで、島を離れたいと思っていた伯母さん夫婦は一緒に行くことになり、母さんはこの家に残ってひいおばあさんと一緒に暮らすことを選んだんだ。

そうやって別れる前に、姉妹二人で大邱刑務所に訪ねていったのが、一九五四年の五月だった。インソンの静かな声が静寂のただ中で響く。

母さんが十九歳、伯母さんが二十三歳になった年にね。

＊

そこにおじさんはいなかった。

＊

四年前の七月に晋州《チンジュ》に移送されたという記録だけ残っていたの。直行で行ける汽車がなかったから、二人は釜山《プサン》に回ったんだって。駅前の旅館に一晩泊まって、夜が明けるとすぐに晋州に行って、そこからまた刑務所まで行くバスに乗って。

そこにもおじさんはいなかったの。移送記録も存在しなかった。晋州でもう一晩泊まった後、二人は麗水《ヨス》港に行ったそうよ。母さんを見送ったらすぐソウルに帰ると伯母さんが言い張って。済州島に行く船の待合室で一緒に待っている間、伯母さんが母さんに言ったんだって。あきらめようって。兄さんは死んだんだよ。晋州に移送されたという日を命日と考えようって。

＊

ぼろぼろの紙束が出てきた箱の中に、インソンが手を差し込む。見なくても手探りだけで中にあるものを区別できるらしく、ホチキス止めした紙束をすぐに出して私に渡してくれる。

時間をぱっと飛び越えてしまったような、蛍光コート剤が塗られたような滑らかなA４用紙の束だ。連番が振ってある手書きの名簿のコピーで、縦書きされた何百人もの名前の上に、一九四九年七月のある日の日付のスタンプが捺してある。一方、下の方の備考欄に書かれた日付は一九五〇年七月九日、二十七日、二十八日とそれぞれ違う。三ページめの上段に書かれたある人名の横に、鉛筆で縦線が引いてある。

姜　正　勲

名前の下の備考欄に「１９５０・７・９」という数字と「晋州移送」のスタンプが並んで捺されているのを私は見る。妙なのは、そのページの備考欄すべてに捺された晋州移送のスタンプの下に、手書きの文字が隠れていることだ。ぱっと見にはわからないが、三〇回以上もハンコの下からはみ出している文字の線を総合すれば読み取れる。軍警に引渡し。

これをどこで？

顔を上げて私が尋ねると、インソンが答えた。

私じゃないよ。

じゃあ誰が、と聞こうとして私は口をつぐむ。この種の書類のコピーを手に入れる過程は生やさしいものではない。しわだらけの軽い両の手が布団の中から出てきて私の両手をつかんだ瞬間のことが頭をよぎる。楽しく過ごしていってください。疑いと慎重さ、空ろな温かさが混じった二つの目が私を見つめていた。

*

その年、慶北地域で死んだ保導連盟加入者がざっと一万人なの。

インソンが言う。

知ってるよね、全国で少なくとも十万人が死んだといわれているでしょ。

うなずくと同時に私は口の中で問いかける。もっと殺したんじゃないだろうか。

一九四八年に政府が樹立するとき左翼と見なされて教育対象になった人々が加入したその組織のことを、私は知っている。家族の誰かが政治的な講演を聞きに行った程度のことさえ加入理由になった。政府から指示された割り当て人数を埋めるために村長や統長*が勝手に名前を記入した人や、米や肥料をやるからと言われて自発的に名前を載せた人も多かった。家族ぐるみで入ることもあり、女子供や

＊　日本の町内会長にあたる。

老人も含まれたが、一九五〇年六月に戦争が起きると、この名簿をもとに予備検束が実施され、銃殺された。全国で秘密裡に遺体を埋められた人の数は二〇万から三〇万人までと推定される、という。

＊

その夏に大邱で検挙された保導連盟加入者は大邱刑務所に収容されたの。

かさかさする習字紙に包まれた写真の束を手に取りながら、インソンが言う。

毎日何百人もトラックで運ばれてくるその人たちを収容するスペースがなくなったので、先に収監されていた人たちの中から選んで銃殺したんだ。そのとき死んだ左翼囚一五〇〇人の中に、済州島の人も一四〇人あまり含まれていたの。

インソンが糸をほどいて習字紙をはずすと、写真が姿を現した。前景に骸骨が散らばっている、粗悪な画質のモノクロ写真だ。

慶山《キョンサン》にあるコバルト鉱山だよ。一九四二年に廃鉱になって、当時は使われてなかったの。

ピントは外れているが、目と鼻の穴でそれとわかる頭骸骨が前景にあり、その後ろに、明るい色の半袖シャツとズボンを身につけた中年男性三人が懐中電灯を灯してしゃがんでいる。地面から無理に見上げて撮ったアングルなのを見ると、天井がとても低い場所らしい。

約三五〇〇人がここで銃殺されたの。大邱刑務所の収監者、大邱保導連盟の加入者、慶山警察署近辺の倉庫に収容されていた慶尚北道《キョンサンプット》地域の加入者も。

私が持っている名簿のコピーに向かって、インソンが手を伸ばす。

何日にもわたって軍用トラックが鉱山に入っていったんだって。明け方から夜まで銃声が聞こえていたという住民の証言がある。坑道が死体で一杯になった後、近くの谷に場所を移して銃殺して埋めたんだね。

「姜正勲《カンジョンフン》」という名前の横に引かれた鉛筆の線に人差し指を乗せながら、インソンが言う。

ここに捺されたスタンプの日付は七月九日だから、おじさんは谷ではなく鉱山で銃殺されたんだろうね。二十八日のスタンプが捺された人たちは谷で死んだ確率が高くて、二十七日に連れていかれた人たちの遺体は、二か所のどっちにあるのか調べようがない。

*

インソンの指の陰に隠れて見えなかった鉛筆の線を私は見る。青いボールペンの筆圧ほどではないが、かなり力をこめて引いたアンダーラインだ。指先でたどると、紙に残ったペンの圧が感じられる。この線を引いた人も知っていただろうか、と私は考える。引き渡しの日付と銃殺場所の関係を、さっきインソンが言ったように推定しただろうか。

*

一九六〇年の夏なんだ、ここで亡くなった人たちの遺族が初めて集まったのは。戦争当時に首脳部だった人たちが四・一九で退陣した直後のことだよね。

角がぼろぼろに欠けた新聞の切り抜きを用心深くめくっていたインソンの手が、半分に折った切り抜きを取り出す。彼女が両手でそれを広げると、下段の広告欄を除く社会面全体が一目で見える。慰霊祭の記事が載っていたのと同じ新聞だ。日付は慰霊祭より一か月ほど前だ。

十年めに初めて坑道に入った遺族たちの記事だよ。そのとき撮った写真がこれなんだけど、どこも掲載してくれないから、後々に期待して遺族たちがそれぞれで持っていたの。

インソンの言う通り、記事に坑道の写真は入っていない。その代わり、鉱山の入り口全景が見出しの横に掲載され、写真の左側に遺族会代表のインタビューが載っている。

坑道は十年間水が流れ、腐った骨が散乱するという状態でした。完全な形をとどめている遺体は一体もないと思ってくださっていいでしょう。我々にはそれを集めるための設備も人員もなく、やむにやまれずただ降りていき、写真を一枚だけ撮って戻ってきました。遺族会が独自に推計した数字は三〇〇〇人以上で、私が見た第一横坑にはおよそ五、六〇〇体の遺骨がありました。縦坑の入り口がコンクリートで塞がれていますが、それを壊して下の方の横坑を見れば当時の状況がわかるでしょう。

実際には慶尚北道の地方語のイントネーションを帯びていたはずの冷静な文章の下から、何かが漏れ出てくると私は感じる。ろうそくの光を伝って粘り強く流れ出てくるもの、あずき粥のように凝固したもの、血なまぐさいものがある。

どうやって手に入れたんだろう、こういう記事を?

顔を上げて私は尋ねる。

慶尚北道で出た新聞が済州島に配達されたわけはないよね。

直接行って買ったんだよ、とインソンが淡々と答え、そして私は気づく。今思い出すべき人は、布団の中からしわの寄った手を差し出して私を見つめていた老人ではないということを。モノクロ写真の中でカメラを凝視している、小柄な体全体から生気を放っていた女性だということを。

大邱駅前で開かれた慰霊祭に参加したらしいの。その日もらってきたビラがあった。

駅前慰霊祭に関する記事がまだ広げてある。私はろうそくを動かして、もう一度写真を見る。群衆の三分の一ぐらいが女性たちだ。丈の長い喪服の腰を縛って裾上げしたり、膝丈の白いワンピースを着たりした何百人もの女性たちが、プラカードに向かって立っている。

*

こんな服だったのだろうか。顔がぼやけた女性たちの横顔を見ながら私は考える。こういう、丸い襟ぐりの半袖のワンピースをその人も着ていたのかしら。立ち上がって箱から額を取り出し、確認してみたいと思った瞬間、インソンの手が空中を横切ってくる。彼女が書類用封筒を差し出し、そこに群青色のペンで書かれた受取人の名前を私は読む。

姜正心貴下。

差出人欄に、大邱の住所とともに捺された青紫色の正方形のスタンプを、ろうそくの光で照らして私は黙読する。慶北地区被虐殺者遺族会。

私はひんやりとした封筒の中に手を入れる。八つ切りのわら半紙を一〇枚くらい重ね、半分に折って綴じた小冊子を取り出す。厚紙で別立てにしたりはしていない、そのままの表紙をめくると、最初のページに手紙が載っている。

遺族の血の滲むような願いに敬意を表します。十年来思いつづけてきた方々に出会い、安らかに憩っていただける日がやがて来ることでしょう。

「被害者遺族は旧時代の恐怖心を克服して……」という文章と同一人物が書いたのではないかと推測される、長い、激昂した文章だ。最後まで読まずにページをめくると、粗悪な画質の集合写真が現れる。

一九六〇年の冬にコバルト鉱山で撮った写真なの。このとき母さんは参加しなかったみたい。でも、遺族会員として会費を払っていたから、郵便で受け取ったんだね。

写真のまん中に立っているめがねをかけた男性を人差し指で示しながら、インソンが言う。

この人が遺族会長だよ。翌年の五月の軍事クーデター直後に逮捕されて、死刑を宣告されたの。隣にいる遺族会総務は十五年の求刑だった。

次のページをめくると、遺族に配ったという坑道の写真がさらに粗悪な画質で複写され、キャプションとともに掲載されている。前に見たことがなかったらほとんど形もわからないような、白と黒だけ残して中間のトーンやディテールが全部飛んでしまった写真だ。そのページの間に、全国紙の夕刊の社会面の短信の切り抜きがはさんである。

全体に手垢がつき、縦横に折ったり開いたりした跡が白く十字に擦り切れた切り抜きだ。「死刑宣告」という単語の中でいちばん難しい漢字の下に読み仮名が振ってあり、その青いボールペンの文字と、横の余白に強く押しつけて書かれた大邱の局番の電話番号を、私は読む。

この番号は……

これと同じだよ。

手を伸ばして小冊子をさらにめくり、インソンの手が最後の紙の下段を指差す。会費と寄付金を送る農協の口座番号と、振込名義人の名前、そして大邱の局番の電話番号が印刷されている。

＊

私が左手で包んで持っている紙コップからかすかに、しかし明らかに熱気が漏れ出している。ろうそくを取り巻く白いコート紙が屈曲した鏡のように光を反射し、上から見ると明かりのついた丸い部屋のようだ。その明るい部屋をのぞき込みながら、私は思う。

一九六一年の夏にこの家に電話はなかったはずだ。電話をかけるためには、中心街まで出なくてはならなかっただろう。

昨夜、私が雪をかき分けて入ってきた道を逆に歩いていく女性の足取りが、紙コップの内側の光る曲面に重なる。私が涸れ川で滑った分かれ道で向きを変え、バス停のある大通りに出るまで、生い繁る夏の木々の中を歩いていく。

二つ折りにした新聞記事がポケットに入っていただろうか、と私は思う。かばんに入れたか、ぎゅっと握ったこぶしの中にあっただろうか。中心メンバーが逮捕されてしまった後の遺族会の事務局になぜ、電話をかけようとしたのか。本当にかけたのか。かけたとしたら誰が電話に出たのだろう。

＊

ひいおばあさんが亡くなったのは一九六〇年の二月だった、とインソンが言う。

そのとき母さんは二十五歳だったの。当時としては結婚適齢期を大幅に過ぎていたので、みんな心配していたけど、母さんは結婚を望んでいなかった。お嫁に行くまでは気にしないでここにいていいと親戚の人は言ってくれたけど、それまでに貯めたお金でこの家を買って、ずっと一人で農業をやってたの。そして夏から、遺体を探しはじめたんだ。

しばらくインソンが言葉を切る。

この記事を読むまでの約一年かけてね。

＊

静寂の中で私たちはお互いに見つめ合う。

もっと落ちていく。

轟音のような水圧に押さえつけられる領域、いかなる生命も発光しない暗闇を通過している。

その後母さんが集めた資料はないの、三十四年間。

インソンの言葉を私は口の中でくり返す。三十四年間。

……軍部が退いて民間人が大統領になるまで。

6　海の下

　十字の折り線が白く擦れたその切り抜きに思わず手を載せたのは、その電話番号を書きとめた人の指紋に触れたいという衝動からだった。そのために伸ばした私の手が劣化した紙束に触れたとき、インソンは止めなかった。一九六一年の軍事裁判に関する、飛び飛びの、変色した切り抜きをめくっていくと、なるほど、三十四年という時間を一挙に飛び越えたかのような記事が現れた。新聞は縦組みから横組みに変わり、漢字は見出しに一個二個残っているだけだ。

　ここからは私も覚えてる、とインソンが言う。

　いつだったか、夏に家に寄ってみたら、全国紙と慶尚北道の地方紙が来てたの。全国紙は二日、地方紙は三日かかって郵便で届いたんだよ。どうしたんだろうと思ったけど、母さんには聞かなかった。知り合いが購読を勧めたり、無料で送ってくれたのかなと思って。

　一九九五年の記事の見出しの上に私はろうそくをかざす。慶山の市民団体がコバルト鉱山の前で初の慰霊祭を行ったという記事だ。次の切り抜きは一九九八年の記事だ。慶尚北道の全域から集まった遺族らが鉱山の前で合同慰霊祭を開いたのだ。続く一九九九年の切り抜きのほとんどは社説だ。今からでも鉱山内の遺体を発掘すべし、遺族は高齢であるため急ぐべしといった内容だ。どの切り抜きも上の余白に黒い油性ペンや鉛筆で年度と日付が記されている。一九六〇年の青いボールペンの字と同じ筆跡だが、筆圧が多少弱まり、文字が二倍近く大きくなっている。

続いて二〇〇〇年の最初の切り抜きは一面の記事で、鉱山の入り口に集まった老人たちを撮ったカラー写真が入っている。四十年ぶりにコバルト鉱山遺族会が再結成されたという記事だ。その時点から切り抜きの数が急激に増える。二〇〇一年に入ると、地上波の放送局や慶山の市民団体、遺族会代表が調査団を結成して第二横坑へ進入するという予告記事が見える。進入当時の写真と、それに先立ってテレビで放映されたドキュメンタリー番組のスチール写真が続く。

かさかさと音を立てる新聞を一枚ずつめくるたび、ろうそくの光の中に骨の形が浮かび上がる。側面から撮影された頭骸骨たち、二個のがらんと空いた眼窩と窪んだ鼻を正面に向けた顔たち、大腿骨と脛の骨たちを私は見る。土の中からはみ出した肩の骨や脊椎、骨盤の骨がゆるやかにつながって人の形をなしている遺骨もある。

ところどころに鉛筆でアンダーラインが引かれた記者のルポ記事の上に私はろうそくを傾ける。地面と接した縦坑の入り口で調査団がダイナマイトを爆発させたと記者は書いている。五十年間入り口を密閉してきたコンクリートが破壊されると、坑道に降りていく空間すらなく、すさまじい数の遺骨がなだれ出てきた。この入り口が処刑場だったのだ。人々はそこに立たされ、銃で撃たれて坑道に落ちたものと推定されると、記者は書いている。下の方にある第二横坑が遺体で埋まった後、その上に落ちてきた死体が第一横坑までぎっしり詰まり、散乱したものと思われる、地表と接した縦坑入り口まで遺体で埋め尽くされたとき、軍人たちは去ったものと推定されると書いていた。

＊

私は切り抜きの束を置く。

もうこれ以上骨を見たくない。これらを集めた人の指紋と私の指紋が重なることを私は望んでいない。

＊

調査は一回きりで終わったの。

両手を床について体を起こしながら、インソンが言う。

正式な遺骨収拾に入ったのは、それから六年後だよ。

真っ暗な本棚の下の段を手探りしていた彼女の手が止まる。

三年間で四〇〇体を収拾して二〇〇九年に中断したから、今も三〇〇〇体以上が坑道に残ってる。

一〇〇〇ページほどありそうな大判の本を取り出しながら、インソンが言う。

その三年は、ここだけじゃなく、全国の虐殺跡から遺骨が発掘された時期でもあるよね。

インソンが床に寝かせて私の方へゆっくり押してくれたその本の表紙を私は一瞥する。全国規模の遺骨発掘を暫定的に締めくくった際に発行された資料集だ。
……滑走路の下の骨の写真を私が見たのも、そのときなんだ。

＊

それを広げたくない。いかなる好奇心も感じない。そのページをめくることを誰も私に強制できない。服従する義務が私にはない。

けれども震える手が伸びていって表紙を開く。とても大きなプラスチックのかごに、部位別に分けた骨が山盛りになった写真をめくっていく。何千本もの脛の骨。何百個もの頭蓋骨。何万個もの肋骨の山。何千個もの木の印鑑、革のベルトのバックル、「中」という字が刻まれた制服のボタン、長さと太さが異なる銀のかんざし、ガラス玉の中に翼が入っているようなビー玉の写真が四〇〇ページあまりに散っている。

＊

結局、母さんは失敗したの。
遠くから聞こえてくるようなインソンの声が低くなる。
骨は見つからなかった、ただの一かけらも。

ここからさらに、どこまで深く降りていくんだろう、と私は考える。この静けさは、私が夢の中で見た海底のものだろうか。

膝まで満ちていたあの海の下。
押し流された野原の墓の下。

*

二枚のセーターと二枚のコートでも遮れない寒さを感じる。外から来るのではなく、胸の奥から始まっているような寒気だ。体が震え、私の手と一緒に揺れる炎の陰影で部屋のものすべてがざわめく瞬間、私は理解する。このことを映画にするのかと聞いたとき、インソンが即座に否定した理由を。

血みどろの服と肉が一緒に腐っていく匂いや、何十年間もかかって朽ち果てた骨たちの燐光が消えてしまうからだ。悪夢は指の間からすり抜け、限界を超越した暴力はそこから除去されている。四年前に私が書いた本から抜け落ちていた、大通りに立つ非武装の市民らに軍人が放った火炎放射器のように。火傷で水疱がふくれ上がった顔や、体に白いペンキをかけられて救急室に運ばれてきた人々と同じように。

＊

私は体を起こす。

私が持っているろうそくを通過して、インソンの淡い影が本棚の横の白壁の上に映っている。壁に近づくと彼女の影が消える。ろうそくを持っていない方の手で色褪せた壁紙をたどっていき、インソンの顔があったところに載せてみる。そのひんやりとした壁の固さが、この不思議な夜の秘密について何か教えてくれるとでもいうように。私の背後にいる沈黙するインソンではなく、消えてしまったその影だけに聞けることがあるみたいに。

＊

この世でいちばん弱い人が、私の母さんだと思ってたの。

インソンのかすれた声が静寂をくぐって聞こえてくる。

幻。

生きた抜け殻みたいな人だと思ってた。

さっき開いた通りに口を開けている本のところを過ぎて、私は真っ暗な窓の方へ近づく。ろうそくを握りしめたまま、窓を背にしたインソンに向き合う。

その三年間、大邱の失踪収監者済州遺族会が定期的に鉱山を訪れていたことを、私は知らなかった。その中の一人が母さんだったこともね。

そのとき母さんは七十二歳から七十四歳、膝の関節炎が悪化していたころなのに。

私が一歩踏み出すたびに、ろうそくの陰影が部屋のすべてを揺さぶる。インソンの前に戻って座った後も揺れが収まらないのは、私の息がまだ寒さに震えているからだ。

＊

おととしの春だった、その遺族会の会長の連絡先を探し当てて、済州市内で会ったのは。戦争が起きた月に生まれてすぐに遺児になったけど、お父さんの遺骨探しはまだあきらめていないという、元教員の人だった。

亡くなったのを知らず、お悔やみができなくて申し訳なかったとその人は謝っていた。遺族会でいちばん情熱的なメンバーがうちの母さんだったって、済州島の誰一人としてそんなことを思いつきもしなかった一九六〇年にもう、慶山に行ってきた人なんですからって、言っていた。晋州への移送者名簿のコピーを大邱刑務所に要求することも、母さんが発案したんですって。ワゴン車を一台借りてみんなで一緒に抗議しに行って、それでやっと名簿が出てきたと、会員が探している家族の名前を母さんが一つ一つ見つけ出して、遺骨が埋まっている場所を推定してくれたと言っていた。中心街で集まりを持った際にはいつも、家が遠いからと母さんが真っ先に立ち上がり、そのたびにみんなと両手で握手して別れたって。

その人が覚えている母さんの最後の思い出は、結局、遺骨の収拾は中断されるという知らせを聞いてみんなで坑道に入った日のことだった。慶山遺族会の事務局長が懐中電灯を灯して一行を案内してくれたそうよ。天井が低くて、足元を水流が二本流れていて、みんなヘルメットをかぶり、膝まである長靴をはいたってその人が言っていた。土の中から露出した骨やぼろぼろに腐った服の切れ端がまだそのままになっている場所を腰をかがめて通って、みんな高齢だから、転ばないようにお互いにつかまって歩いたと。そのとき母さんが杖をついてない方の手でその人の袖をつかんで、そっと笑ったそうよ。

済まんざ、しばらく世話かけるよ。

その人が母さんを支えて坑道を出たんだけど、挨拶をして別れる直前に、慶山遺族会の事務局長が言ったんだって。

当時の生存者が三人だという噂があるが、私の考えでは一人と見るのが正しいと思います。一人の人が、近隣の民家三軒の戸をたたいたということではないでしょうか？

生存者という言葉が事務局長の口から出た瞬間、みんな沈黙したそうよ。

半月が出ていましたが、雲一つなく明るい夜だったそうです。血まみれの服を着た子供っぽい青年が、着替えの服をくれないかと、この家で服をもらったことは誰にも言わないからお願いですと、頼んだのだそうです。人助けをすると後が怖い時代でしたから、二軒は断ったのですが、一軒の家が着替えをやったのです。青年はそれを受け取るとすぐに庭で着替えて駆け出して消えたそうです。

それを聞いて心臓が締めつけられたと、その人は言っていた。一言も聞き逃すまいと耳をそばだてていたのだけど、はっとして横を見ると、母さんがうずくまって吐いていたのですって。胃液しか出なくなるまで、ずっと。

*

その青年がおじさんだった確率はゼロではないよね。

インソンがささやくように言う。

今も坑道に残る三〇〇〇体の遺骨のどれもがそうなのと同じくらいに。

同意を求めるように、彼女がうなずいてみせる。

もちろん、こう考えることはできるよ、その人がおじさんだったら、その後何をしてでも島に帰ってきただろうって……だけど、絶対にそうだって言えるだろうか？　そんな地獄を生き延びた後でも、私たちが想像するような選択をする人間として、存在しつづけられるのか？

そのときから母さんの中で分裂が始まったのかもしれないの。

その夜の兄さんは、同時に、二つの状態にありえたんだと思いはじめた後。

坑道に詰め込まれた何千もの遺体の中の一つ。

と同時に、明かりのついた家々の中をたたく青年。そこで服をもらったことは誰にも言わないと約束する人。これはすぐに燃やしてください。血まみれの囚人服を庭に残して、暗闇の中を走って消えた人。

＊

私は納得しなかった。

その人はなぜ生き残れたのか、疑問に思っただけだ。

＊

銃殺の直前に気を失って坑道に落ちたために、銃弾を避けることができたのだろうか。軍人たちが去った後に遺体の山の中で目を覚ましたのだろうか。月明かりが差し込む第一縦坑入り口に向かって這っていったのだろうか。

＊

どうして帰ってこられたの、と私がインソンに尋ねたのは、坑道を這っていくその人の目と彼女の目が重なったためだった。白磁のような顔をした男に似た目、水気を含んだような光を放つ目で、インソンが聞き返す。

誰のこと?

自分の質問が相手を傷つけるかもしれないというためらいに打ち勝って、私は言う。

……あなたのお父さん。

彼女は傷つかなかった。

私が思ったより強い。

ためらわず、もう声をひそめもせずに答える。

それで母さんは父さんに会いに行ったの。なぜ生きて帰ってこられたのか、聞こうとして。

＊

夏だったんだって。二人が初めて会ったのはね。

大邱刑務所に収監されていた人が十五年の刑期を終えて帰ってきたという噂を、その一年前から母さんは聞いていて。山裾の方の村の親戚の家に身を寄せていた父さんを遠くから見たこともあったけど、会いに行く決心をするまでには時間が必要だったと言っていた。

静かな排斥の中で父さんは耐えていた。

拷問のせいで手が震える症状があったけど、世話になっている農家のみかん栽培を手伝えないほどではなかったの。刑務所にいた最後の何年間かにタイルの技術も習得していたから、無料で村の仕事を引き受けて、ゆっくりと信頼を積み上げていったのね。でも、あの軍事政権の時代に、月に二度も警察が面接調査をしに来るような前科者と気軽につき合う人はいなかった。

その夏の夕方、道で待っていた母さんが「サムチュン、サムチュン」と呼んだときに父さんが振り向いたのは、そんなふうに優しく自分を呼ぶ人がいるはずがないと思ったからなんだって。姜正勲という名前を聞いて初めて父さんの目が動いたって、母さんは言っていた。自分の実家にときどき遊びに来ていたハンジネの兄妹だって、わかったのね。

だけど父さんは、母さんと話すことには乗り気じゃなかったの。秋もふけて母さんがもう一度訪ねていったときも、丁重に断ったそうよ。年が明けて春になってまた行ってみると、ようやく言ったんだって。人目が怖いから街で会おうって。

巡ってきた日曜日の午後、タバコの煙が立ち込める喫茶店で向かい合ったとき、母さんは三十歳、父さんは三十六歳だった。

その日母さんが最初に知ることになったのは、父さんが一九五〇年の春にもう釜山に移送されていたということだった。大邱高等裁判所は慶尚道《キョンサンド》だけでなく全羅道と済州道の控訴審まで担当していたから、控訴審判決を受けて大邱刑務所に収監される人々が増えすぎて、スペースが足りなくなったんだね。その春に長期服役者を中心に大規模な移動が行われたのはそんな、単純に実務的な理由からだったと父さんは言ったそうよ。自分は済州島人の中で運悪く刑が重い方だったが、そのためにかえって生き延びることができたって。

でも、釜山も安全ではなかったんだって。七月になると、釜山保導連盟の加入者たちが続々と入ってきたから。刑務所の中庭に仮設の収容施設を建てるときは服役者が動員されたと。父さんが休憩時間に庭先のテントを回ってみると、お腹をすかせてぐったりした半裸の子供たちや、髪を結ったり束ねたりした女性たち、激しい暑さの中でも伝統的な冠帽を脱がない老人たちが、すき間もなくくっつき合って汗を拭いていたと。

九月からその人たちがトラックに乗せられて出ていって、収容棟に恐ろしい噂が流れたんだって。服役者のうち、政治犯とされた人たちを選び出して殺すんだと。噂通り、済州島人二五〇人のうち九〇人余りが呼び出されたと父さんは言ったそうよ。残りの済州島人たちがいたたまれない思いで番を待っているとき、突然呼び出しが止まったんですって。それが仁川《インチョン》に連合軍が上陸して戦況が逆転したためだったことは、後で知ったと。

＊

コップを引っくり返すかもしれないその手はポケットに隠されていただろうか、と私は思う。いや、隠さずにテーブルの上にきちんと並べられていただろうか。

＊

母さんが本当に聞きたかった話を父さんがしてくれたのは、その後だった。

おじさんが大邱刑務所に収監された一九四九年夏から、父さんが釜山に移送された五〇年春までの約八か月間。重なっていたその期間に二人は会ったことがあるのか。会っていたとしたら、父さんは何を覚えているのか。

その夏、新たに済州島の人が三〇〇人入ってきたときは嬉しかったと父さんは言ったそうよ。何より、家族の消息が聞けたから。Pの国民学校に連れて行かれた細川里の人たちが砂浜で銃殺されたことを父さんが知ったのは、そのときだった。それを教えてくれた人が、おじさんの話をしていたんだって。母方の実家が細川里にあるという青年と一緒に船に乗ってきたが、その人は隣の棟に割り当てられたと。名前を聞いただけで誰だかすぐにわかったと父さんは言ったんだって。学校で一緒だったことはないけど、小さいころに妹たちを連れて遊びに来ていた記憶が残っていたと。女の子の多い家の息子どうしだからか気が合って、庭でホウセンカを石で搗《つ》いて妹たちの指に巻いてやり、自分の爪も染めて遊んだと。


でも、それでおしまいだったの。

目の前の人に聞かせてあげられる話はそれ以上なかったの、父さんには。


何度か私は母さんに聞いたの。父さんがこの家に移ってきて一緒に暮らすようになったのは、最初の出会いから五年が流れた後だったのだけど、それまでの時間を二人がどう過ごしたのかって。どれくらい頻繁に会ったのか。いつ、親しくなったのか。母さんは一度も正確に答えてくれなかった。その代わり、突拍子もない話ばっかりするんだよ。例えば父さんが母さんに聞かせてくれたという、酒精工場で受けたいろんな拷問の話。階級章のついていない軍服を着て北の方の言葉を話す男が、父さんをどんなふうに扱ったか。服を脱がせて椅子に逆さまに吊るすたびに何を言ったか。

お前らアカどもの子種を根絶やしにしてやるからな。皆殺しにして、撲滅してやる。一滴でも赤い水に染まった奴らはな。

手拭いでおおわれた父さんの顔に、その人が際限なく水を注いだんだって。濡れた胸を野戦用電話の電線で縛って、電気を通したんですって。山に立てこもっている者と内通している友達の名前を言えとその人がささやくたびに、父さんは答えたんですって。知りさらぬ。罪は無からす。私に罪は無からす。

その話が終わるたびに母さんは、やみくもに自分を責めるの。あんとき、何故《むさ》、兄《おっぱ》さんの髪、変だと言うたろう？　何故《むさ》、そんなことばかり言うたろう？

思い出すのは、そうやって自問するときには母さんが私の手を離したことなの。あんまり強く握るから痛いほどだった握力が、あぶくになったみたいに消えたんだよ。誰かがヒューズを切ったみたいに。聞いている私が誰なのか忘れたみたいに。一瞬でも人の体が触れることを望んでないみたいに。

第Ⅲ部

炎

感じる？

声帯を響かせない、唇のわずかな動きだけでインソンが尋ねた。

何を、と私は聞き返した。

今ね。温かくなってきていない？　ほんの少し。

そうかな、と私は自分に尋ねた。今、寒気で体が震えていないだろうか。蒸留された気体のような何かが滲み出て、ちらちらしているのかな。真っ暗な麦畑で目覚めたばかりの子供。もう、兄《おっぱ》さんの髪、変ではなかろ？　裾を絞ったジャンパーの中で抱っこされていた、ふさふさの髪の毛が生えだしたばかりの赤ちゃん。

返事をする代わりに、私は手を伸ばして骨の写真の上に置いた。

目と舌のない人たちの上に。

臓器も筋肉も腐って落ちた人たち。

もはや人間ではない者たち。
いや、まだ人間である者たちの上に。
もう着いたのだろうか、と息の止まるような静寂の中で私は思った。
さらに深く口を開けた海淵の縁、
何ものも発光しない海底にいるのだろうか。

＊

インソンが私に手を差し出した。ろうそくをちょうだいというのだ。

ろうそくを持って先を進み、引き戸を開けているインソンの頭の上の天井に、翼のような影がはためいた。私も床に手をついて立ち上がった。開いている奥の間を通るとき、かすかに輝く水銀のようなものがたんすの前に溜まっているのが見え、墨に漬けたように真っ黒な何かがその上にうずくまっているような気がして立ち止まった。だが、明かりなしでは何も見分けがつかない。

爪先立ちをして板の間を横切っていく途中で、インソンは私の方へ振り向いた。

見せてあげる。

人差し指を唇に載せたまま、彼女はささやいた。

何を？

私たちの木を植える場所。

まるで私に代わって同意してみせるみたいに、彼女はうなずいた。

ここから遠くないんだ。

今?

すぐに行って来られるよ。

すごく暗いのに、と私は言った。

ろうそくがいくらも残ってないのに。

まだ大丈夫、とインソンが言った。

燃え尽きる前に戻ればいい。

返事をためらいながら私は立っていた。そこに行きたくなかった。だが、この静寂の中にこれ以上とどまっていたくもなかった。

刺繡枠にぴんと張られた布のように緊張した沈黙と、そこに突き刺す針のような自分の息づかいを聞きながら、私はインソンに近づいた。彼女が私にろうそくを渡してくれた。ろうそくを受け取った私が照らしている間、彼女はしゃがんで作業靴をはいた。立ち上がった彼女に私はろうそくを渡した。彼女は私がスニーカーをはいている間、息の合った姉妹のように明かりをかざしてくれていた。

＊

玄関を出る直前、私は靴箱の棚を手探りしてマッチ箱を取り出した。振ってみると、マッチ棒三、四本がぶつかる音がする。コートのポケットにそれを入れて庭に出た。暗闇の中で見えるのは、インソンが持っているろうそくが照らす半径だけだ。落ちてくる雪片たちも、その光の円を通過するときだけ輝いて消えた。

ね、キョンハ。

インソンが私を呼んだ。

私が歩いたところだけ踏んできて。

暗闇の中でろうそくが少し近づいた。インソンが私の方に腕を伸ばしたのだ。

足跡が見える？

見える、と答えながら私はインソンが作った雪のくぼみに足を突っ込んだ。


足跡が見える程度の光を見逃さないように、そして同時にインソンの体にぶつからないようにして歩くには、二歩の間隔を維持しなければならなかった。同じ振りつけに合わせて体を動かす人々のように、私たちは前進していった。同じリズムで雪を踏む音が、冷たい静寂の中に響く。

アマとアミが埋められた木のところを通るとき、長く伸びた白い袖のような枝々が光の半径内に入ってはっきり見えた。木には目もくれずにインソンは進みつづけた。自分が埋めた鳥はもうここにはいないとわかっているような、淡々とした足取りだった。

庭のはずれの石垣のところまで来ると、インソンはようやく立ち止まった。彼女に追いついた私がろうそくを受け取ると、インソンは石垣に両手をつき、足を順に上げて向こう側へ乗り越えた。彼女にろうそくを渡した後、私も石垣をまたぎ越した。私の足が石垣を越えるとすぐに、インソンはまた先に立って歩いていく。

＊

インソンの足跡だけ踏んで歩いても、スニーカーとズボンの裾が濡れるのは避けられなかった。両腕を伸ばしてバランスをとり、二歩の間隔を保つよう集中しながら、私は進んでいった。まつ毛に雪片がつくたびに手の甲でこすって拭いた。このぞくぞくする冷たさをインソンも感じているのかどうか、知りたかった。彼女の頬にもこの雪が溶けて染み込んでいるのか、彼女が霊魂であるなら、私をどこまで連れていこうとしているのか。

雪と暗闇のために樹木の種類がわからない森の中へ入っていった。道が曲がっているせいか、インソンの足取りがゆるやかな弧を描いた。ろうそくが上下に揺れて空中に赤い線を引く。解読できない手旗信号のように。無限にゆっくり飛ぶ矢のように。

インソンの歩く速度が徐々に落ちてきた。彼女の速度に合わせて私もさらにゆっくり歩いていった。風は全く吹いていない。頬をかすめる雪片の感覚が、信じがたいほど柔らかかった。休まず搏動《はくどう》する脈のような紙コップの中の炎だけが、二歩先で音もなく揺れていた。

まだかかる？

もうすぐだよ。

後ろを振り向かずにインソンが答えた。

雪におおわれた木々の上の方を私は見上げた。梢が見えない。目の高さに伸びている枝々をろうそくの明かりがかすめるたびに、塩粒のような雪片がきらきらした。

インソン。

足並みを揃えて踏み出すリズムを壊して私が立ち止まると、雪の中で今にも次の一歩を踏み出そうとしていたインソンの後ろ姿が歩幅の分だけ遠ざかった。

ちょっと待って、インソン。

私の方を振り向いたインソンの顔が、明かりでちらちらと光った。紙コップを包むように持った両手が、ろうそくの光に染まって赤く見える。

ろうそく、どれくらい残ってる？

まだ大丈夫。

紙コップの底の穴から出ているろうそくの長さが、指一節分ぐらいしかないのを私は見た。今から戻るとしても、家に着くまでに燃え尽きてしまうだろう。

この森さえ抜ければ涸《か》れ川だよ、となだめるようにインソンが言った。

そんなはずはないと私は思った。私の記憶とは向きが違う。だが、私が方向感覚を失っているのかもしれない。涸れ川が森をぐるっと取り巻いている地形なのかもしれない。

帰ろう、と私は言った。

またこんど来ようよ、雪が溶けたらさ。

頑なに頭を横に振って、インソンが言った。

……こんどがないかもしれないでしょ。

ろうそくがどれくらい燃えてしまったか、もう考えていなかった。

＊

インソンの家からどれほど遠くまで来たのかも、想像するのをやめた。

この歩みを止めたくない、永遠に帰れなくてもいいと感じたとき、インソンが振り向いて言った。

着いたよ。

彼女が持ったろうそくの明かりの中に、木は一本もなかった。完全な闇が光の半径を取り巻いていた。森を抜けたのだ。

インソンが向きを変えて進む方へ、私も後を追っていった。涸れ川の岸に沿って上っているようだった。やぶや灌木と思われる、雪をかぶってうずくまる小さな袋のようなかたまりが、光の円の右手に現れたり消えたりした。

なぜすぐに川を渡らないのだろう。岸の急でないところ、滑って雪の中に落ちたりしないゆるい斜面を探しているのだろうか。インソンの歩く速度はもう、遅くはなかった。一度リズムが崩れてしまうと間隔が開いて、もう私の足元には光が届かない。インソンの足が踏まなかったところは全部、深々と冷たい雪におおわれている。そこをかき分けて進んでいくうち、インソンの後ろ姿はいつの間にか闇に沈み、小さな魂のような光が遠くに浮かんでいるかに見えた。

明かりは空中で止まり、一か所でゆらゆら揺れていた。ついに川を渡ろうとしているのだろうか。雪の中へぐっと踏み込んだ足を引き抜き、再び力いっぱい踏み出すうちに明かりは動きはじめた。遠ざかっていくのではない。水に浮かべたろうそくのように、それはゆっくりと私に向かって流れ込んできた。

＊

ほら、見て。

インソンが差し出した手のひらに、小さな固い実のようなものが載っていた。

卵みたいじゃない？

丸くてつるつるしたその表面に、赤い点が一つ、血痕のように残っていた。

これが血のしずくみたいに少しずつ大きくなるんだよ。それから、鳥が出てくるときみたいに割れるの。

つまり、実ではないんだな。珠のようにしっかり固まった生成り色の花弁の上に、砂糖のような粉雪がついていた。ろうそくの光を浴びて、その粒子が輝いた。

若木だから雪を払ってやったんだけど、もうつぼみが折れちゃってた。

がっかりしたように口をきゅっと結んだインソンの横顔が子供のようだと、私は思った。同時に、雪をかぶった髪の毛はすっかり白髪のように見えた。半ば前かがみになったインソンがもう一方の手のひらで下から紙コップを支えているのを私は見た。コップの中へろうそくの柄の部分がすっかりもぐってしまうほど、ろうそくが短くなったのだ。

あなたの言った通りだね、とつぼみを握りしめながら、聞こえるか聞こえないかの声でインソンがつぶやいた。もうろうそくが終わりだ。

そろそろ帰らないとね、とインソンが続けてつぶやいたとき、私は自分に尋ねた。帰りたいの。帰るところがあるの。絹の布が滑り落ちるようにインソンが雪の中に座り込んだのは、そのときだった。

帰ろう、もうちょっとしたら。

私を見上げながら彼女が言った。

帰ったら、私がお粥を作ってあげるからね。

＊

何て密度の低い雪なのだろう、私が座るとどこまでも深く沈んでいく。隔壁のような雪が私たちを隔てた。インソンが胸の前に持っているろうそくと顔が見えるだけで、体の下の方は雪の壁に遮られて見えなかった。

相変わらず風はない。雪片の一つ一つが限りなくゆっくりと落ちており、レースのカーテンの大きな模様のように、空中で互いにつながっているように見えた。

ときどき、この岸まで母さんと来ていたの。

インソンの視線が向かった先を私は見渡した。墨の海のような暗闇しかない。どこまでが涸れ川で、どこからが向こう岸なのか、見分けがつかなかった。

初めて来たのは嵐が通過した翌日だったの、母さんが水を見に行こうと言ったので。たぶん十歳だったと思う。父さんが亡くなって間もないころね。

インソンの顔が私の方へ向いた。肩の下まで積もった雪が反射銀板のようにろうそくの光を反射し、彼女の青白い頬の内側から光が漏れてくるようだった。

木が一本倒れて、ものすごく大きい根っこがむき出しになってたのを覚えてる。木そのものはそれほど大きくないのに、根っこが、地上に出てる部分の三倍はありそうだった。すっかり見とれていると、私が立ち止まっていることを知らずに母さんがずっと先へ歩いていったの。晴れてはいたけどまだ風が強くてね。濡れた土から上ってくる匂い、枝ごと落ちている花の匂い、一晩じゅう水の流れにさらされて一方向に倒れた草の匂いが混じり合って、鼻がしびれそうだった。雨水で水たまりができていて、それが日差しを反射して目が痛かったよ。大きな粗織りの木綿の布の真ん中をはさみで切り裂いていくみたいに、母さんは体で風を切りながら歩いていった。ブラウスとだぶだぶのズボンが目一杯ふくらんで、そのとき私の目には、母さんの体が巨人みたいに大きく見えたの。

あらゆる音の残響が空中の雪片たちの中へ吸い込まれていた。彼女の呼吸音が聞こえない。私の吐く息も雪の粒子の中へ飲み込まれていった。

このあたりで立ち止まって、母さんはあっちの方を見ていたの。岸のすぐ下まで上ってきた水が滝のような音を立てて流れていてね。ああやってじっとしているのが水見物なのかな、と思いながら母さんに追いついた記憶がある。母さんがしゃがんだから私も隣に座ったの。私がいることに気づいて母さんは振り向き、黙って笑いながら私の頬を手のひらで撫でたんだ。続けて、後ろ頭も、肩も、背中も撫でてくれた。重たい、切ない愛が肌を伝って染み込んできたのを覚えてる。骨髄に染み、心臓が縮むような……そのときわかったの。愛がどれほど恐ろしい苦痛かということが。

島に戻ってきた後、ときどきあの日のことを考えた。

急激に状態が悪化した母さんが毎晩子供みたいに這ってきて、敷居を越えてくるようになってからはもっとしょっちゅうね。

＊

眠っていた私の口に指を噛ませて顔を撫でながら、母さんは子供みたいに泣いてたの。そのべたべたの指を無理に引っこ抜くなんてできなかったから、私は耐えたの。大男みたいに力が強くなった母さんが、息もできないほど私を抱きしめるときは、どうにもできなくて、互いに抱きしめ合ったまま。私たちの他に誰もいない家の暗闇の中で、あの、骨が砕けそうな抱擁が続くにつれて、母さんと私の体がだんだん区別できなくなっていったの。薄い皮膚、その下の一握りの筋肉、生あたたかい体温や混乱が、私のものと混じり合って一かたまりになったの。

母さんは私のことを、死にかけている妹と思っていただけじゃないんだ。お姉さんだと思ってるときの方が多くて、あるときは知らない人だと思っていたよ。自分を助けに来てくれた知らない大人のことね。怖いぐらいの握力で私の手首をつかんで母さんがこう言ったの。生かして下され。日が暮れると母さんはもっと深い混乱に陥って、家の外に出たがったの。外がどんなに寒くても、どんなに薄着でもおかまいなかった。止めれば止めるほど汗だくになってもがく母さんと一体になって取っ組み合いするたび、私が相手をしているのは一人の人間じゃないっていう気がしたよ。ほとんど筋肉が落ちてしまった一人の老人が、何であんなに強かったんだろう？　格闘の末にようやく布団に寝かせて、その隣に寝て目を閉じると、正気になった母さんが、私が眠ろうとした瞬間に揺り起こすの。すぐそこで口を開けているカオスのせいで。眠り込む瞬間にまた、すべてのつながりが手から離れていってしまいそうで。お願いだから三十分だけでも続けて寝かせてよって哀願したけど、母さんは聞いてくれなかった。助けて。寝らでよ。私を助けて、インソン。

一晩じゅう煮立ててじりじり焦げていくお粥みたいに、私たちは一緒に跳ねて、流れ落ちていったの。助けて。私を助けて。そうささやいているうちに寝入った顔に手を伸ばして、溺れた人みたいに濡れた頬が手に触れると、母さんに背中を向けて横になって、思ったよ。いったいどうやって。どうやって私にあなたが救えるというの。

本当は死にたかった。しばらくは本当に、もう死んでしまおうという思いしかなかったの。介護士さんが一日に四時間来てくれるようになってからやっと、町に下りていって買い物をしたり、トラックの中で二時間だけでも続けて眠れて、頑張れるようになった。だけどすぐに二人だけの時間がやってきて、取っ組み合った末におむつを替えて、軽い方だとはいえ手首が痛くなるほど重い母さんの膝を持ち上げてパウダーをはたき、私の手をつかんで眠る母さんの枕の横に顔を埋めて思ったよ。時が永遠に流れない。誰も助けに来ない。

母さんの精神が極度に澄みわたる瞬間が、閃光みたいにやってくるのね。鋭利に研いだ刃物のような記憶が母さんに襲いかかるときが。そんなとき母さんは、話して話して、まだ話しつづけたのよ。

メスで体の真ん中を切開された人みたいに。血まみれの記憶が果てしなく溢れ出てくるみたいに。その閃光が通り過ぎるとすぐに、もっとひどい混乱がやってきた。私を引きずって食卓の下に這い込んで隠れたりしていたけど、そのとき母さんの頭の中の地形図では、奥の部屋は子供のころに居候していた親戚の家で、私の部屋は実家で、台所へ這っていく途中は森だったみたい。食卓の下で私を抱きしめていた母さんが私の名前を正確に呼んだので驚いたこともあったな。そのときは生まれてもいなかった私を守ろうとして、母さんはあごを震わせていて。

頭の中の何千個ものヒューズがいっせいに火花を散らし、電流が流れ、一つずつ切れるようなプロセスを私は見守ってたんだ。ある瞬間から、母さんは私を妹とも、お姉さんとも思ってなかったよ。自分を助けに来てくれた大人だと信じてもいなかったし、もう、助けてとも言わなかった。だんだん私に話しかけなくなり、たまに話すときも、単語が島みたいに散らばっていた。うんとか、いやとか、そんな返事さえしなくなったときからは、何かを欲しがったり頼んだりすることもなくなったよ。だけど私がむいてあげたみかんを受け取ると、ずっと刻み込まれた習慣通りに半分に分けて、大きい方を私にくれて、黙って笑うのよ。そんなとき胸が張り裂けそうになったのを覚えてる。子供を産んで育てたらこんな感覚を覚えるようになるのかと思ったこともね。

そのころから母さんは眠るようになったの。あんなに私を眠らせずに苦しめたのはいつのことだったかと思うほど、一日の三分の二、後になると四分の三以上寝ていてね。ホスピス病棟で過ごした最後の一か月は、ほとんど一日じゅう眠ってたよ。満ち潮が長すぎる不思議な海みたいに。砂洲が完全に水に沈んだ後、もう二度と潮が引かなくなった海みたいに。

変だよね。母さんがいなくなったら、とうとう私の人生に戻れると思っていたのに、戻るための橋が切れてしまって、もうなかったの。私の部屋まで這ってくる母さんはもういないのに、眠れなかった。死んで逃げ出す必要はもうないのに、まだ死にたかった。

そんなある夜明けに、ここに来たの。

あなたとの約束を急に思い出して。木を植えられるよって言ったその土地をちゃんと見ておこうと思って。

濃い霧がかかった日だった。十年前に比べていっそう丈の伸びた竹林の梢しか見えなかったけど、薄明かりが消えて風が吹きはじめると、薄暗い全体の様子が見えたの。そこから父さんの家の跡を探すのは難しくなかったよ。垣根の代わりに椿の木が植わっていて、庭の真ん中に低い石垣のある家の跡は一か所だけだったから。草におおわれた礎石の後ろに畑が広がり、笹が生えていたけど、まだ残っていた霧に包まれて、まるで無限に広がっているように見えた。

それが始まりだったの。

あくる日から、細川里《セチョンニ》の資料を探しはじめた。証言を残したあの人が住んでた海辺の家に行った後、島で水葬された何千人もの死体が海流に乗って対馬まで流れついたと推定する論文を読んだのよ。母さんのたんすの引き出しからおじさんに関する資料を発見したのは、次は対馬に行くべきか、七十年前に海岸に打ち上げられたか途中で沈んだ遺体をどうやって探せばいいのか、思いあぐねていたときだった。

重い船の舵を切るようにして、そのとき方向転換したの。母さんが集めた資料の空白に、私が新しく見つけたものを縫い込みながら、一日一日を過ごしたの。一九六〇年当時に母さんがこの家と大邱《テグ》と慶山《キョンサン》を行き来していたときに乗った船便やバス、汽車の経路を推測したり、かかった時間を計算したりしながら、自分はだんだん狂いはじめていると感じたよ。

昼間は工房で木を切り、夜は母屋に戻って口述証言の資料を読んだんだ。資料によって食い違っている死亡者のデータを照合して、確定して。五十年もの封印が解けてアクセス可能になった米軍の記録と当時のマスコミ報道の間から、一九四八年と四九年に裁判も受けずに収監された済州島《チェジュド》の受刑者の名簿と保導連盟虐殺の関連から、事件を再現しようとしたの。資料が集まって、その輪郭がはっきりしてきたある時点から、自分が変形していくのを感じたよ。人間が人間に何をしようが、もう驚きそうにない状態……心臓の奥で何かがもう毀損《きそん》されていて、げっそりとえぐり取られたそこから滲んで出てくる血はもう赤くもないし、ほとばしることもなくて、ぼろぼろになったその切断面で、ただ諦念によってだけ止められる痛みが点滅する……

これが母さんの通ってきた場所だと、わかったの。悪夢から目覚めて顔を洗って鏡を見ると、あの顔にしつこく刻み込まれていたものが私の顔からも滲み出ていたから。信じられなかったのは、毎日太陽の光が戻ってくるということだった。夢の残像の中で森へ歩いていくと、残酷なほど美しい光が木の葉の間から分け入ってきて、何千、何万もの光の点々を作っていたの。骨たちの形が、その丸の上でゆらゆらしていたよ。滑走路の下の穴の中で膝を曲げていた背の低い人の幻影を、その人だけではなくて、そのそばに横たわったすべての人が肉をまとい、顔を持っている、そういう幻影をあの光の中で見たの。モノクロではなく、真っ赤な血の染みついた服を着て、あの穴の中に、さっきまで生きていた柔らかい肩、腕、脚を持って。

私の人生が本来どういうものだったのか、もうわからなくなっていた。長いこと必死にもがいた末にやっと思い出せた。そのたびに自分に聞いたの。どこへ流されているのかって。いったい私は誰なのかって。

その冬にこの島で三万人の人たちが殺害され、翌年の夏に陸地《ユクチ》で二〇万人が殺害されたのは、偶然の連続ではないよね。この島で生きる三〇万人を皆殺しにしてでも共産化を食い止めろという米軍司令部の命令があり、それを実現する意志と怨恨を装填した北出身の極右青年団員たちが、二週間の訓練を終えた後、警官の制服や軍服を着て島に入ってきて、海岸が封鎖され、言論が統制され、新生児の頭を銃で狙うような狂気のわざが許容され、むしろ褒賞の対象となり、そうやって死んだ十歳未満の子供たちは一五〇〇人。こういう前例の血が乾く前に戦争が起きて、この島でやったのと同じやり方ですべての都市や町から選び出した二〇万人がトラックで運ばれ、収容され、銃殺され、こっそり葬られ、誰も遺体の収拾を許されなかった。戦争は終わったのではなく、休戦になっただけだから。休戦ラインの向こうにまだ敵がいたから。烙印を捺された遺族たちも、口を開いた瞬間に敵の一味と見なされてしまう人たちも全員、沈黙したから。谷間や鉱山や滑走路の下で、ビー玉や、穴の開いたちっちゃな頭蓋骨たちが発掘されるまで、そうやって何十年もの時が流れ、骨と骨が混じり合ったまま、まだ埋もれているのね。

その子供たち。

絶滅のために殺した子供たち。

ある日、その子たちについて考えた後に家を出た夜にね。台風が来るはずもない十月だったのに、突風が森を吹き抜けていたの。月を飲み込んだり吐き出したりしながら雲はひたすら走っていて、降り注ぐほどの星がきらめき、どの木も抜けてしまいそうに身悶えしていたよ。枝たちは炎みたいに立ち上がってはためき、風がジャンパーを風船みたいにふくらませて、私の体をほとんど持ち上げそうになってたの。一歩ずつ、必死で地面を踏みしめて、その風を切り裂きながら歩いていて、ある瞬間に思ったの。あの人たちが来たなって。

怖くなかった。いいえ、息もできないくらい幸せだった。苦痛なのか恍惚なのかわからない不思議な激情の中で、その冷たい風を、風をまとった人たちをかき分けながら歩いていったんだ。何千本もの透明な針が全身に刺さったみたいに、それを通って輸血のように生命が流れ込んでくるのを感じたの。私は狂ったように見えたか、実際に狂ってたのでしょうね。心臓が割れるほどの激烈な、奇妙な喜びの中で思った。これでやっと、あなたとやることにしたあの仕事を始められるって。

＊

雪の中で私は待った。

インソンが次の言葉を口にするのを。

いや、口にしないことを。

＊

背後に広がる森が静寂に沈んでいた。何キロも向こうから、はるか向こうで枝が折れる音が聞こえてきた。

両手でろうそくを持ったまま、雪に頭を寝かせてインソンがそっとつぶやいた。

綿の中に入ってるみたいだね。

ろうそくが雪の壁に囲まれ、あたりがさらに暗くなった。私の目の前に落ちてくる雪片がほとんど灰色に見える。光っているのはインソンが横になったところに降ってくる雪片だけだった。コートの中に重ね着したダッフルコートのフードを取り出してかぶり、私も雪の中に横になった。インソンの声がする方へ頭を向けると、厚い雪の隔壁から染み出してくる光が、静かに私の顔を照らした。

＊

不思議だね、キョンハ。

あなたのことを毎日考えていたら、本当にあなたが来たよ。

ものすごく考えていたから、ほとんどあなたが見えそうな気がすることもあったんだけど。

真っ暗な金魚鉢をのぞき込んでいるときみたいにね。

ガラスに顔をくっつけて一生けんめい見ていると、何かが内側でゆらゆらするみたいに。

＊

何が今、私たちを見ているのだろう、と私は思った。私たちの会話を聞いている誰かがいるのだろうか。

いや、沈黙する木たちだけだ。
この岸で私たちを密閉しようとしている雪があるだけだ。

*

今はこんなふうに理解しているの。ここに初めて来たとき、母さんが聞かせてくれた話をね。

島を離れていた十五年間、父さんはあの向こう岸を見守っていたんだよって、その日母さんが言ったんだ。

ある夜は明るい月が出て、その光を浴びて椿の葉っぱがつやつやと光っているところを。ある夜明けには村の道の真ん中をノロジカやヤマネコが次々に通り、大雨が降れば新しくできた水路がこの川に注ぎ込むところを。そして、半焼した竹林や椿の木がまた鬱蒼と茂っていくのを、こんなふうに父さんは見守っていたんだよって、言っていた。夜中じゅう明かりがついたままの独房でそれを見てから目を閉じると、さっきまで木のあった場所それぞれに、豆粒ほどの炎たちが浮かんでいたって。

もちろん、信じられない話だと思ったよ。

十歳の子供でも疑った話を、母さんがどこまで真剣に受け取っていたかはわからない。父さんからいつ聞いたことなのか、ここで二人一緒に向こう岸を眺めたことがあったのかどうかもね。

ブラウスとだぶだぶのズボンを翼のようにふくらませた女の後ろ姿が私の目の前に浮かんだのは、そのときだった。ボールペンの軸を力いっぱい握って、全力をこめて、どの画も曲げて文字を書く人。あきらめよう。移送された日を命日にしよう。島へ戻る船に一人で乗り込みながら、さっき聞いたばかりのその言葉を噛みしめる人。そうしてついに、十万個もの骨のかけらの前にたどりついた人。頭を垂れて、曲がった腰をもっと曲げて暗闇の中へ入っていく人。

＊

もう変だとは思わない、とインソンは言った。

父さんが十五年間、刑務所にもいて、あの向こう岸の村にもいたということを。

机の下で膝を曲げていたときの私が、同時に、滑走路の下の穴の中にもいたということも。

あなたが見た夢について考えれば考えるほど、真っ暗な金魚鉢の中で動く魚のひれみたいにゆらゆらした影のことも。

＊

本当に誰かがここに一緒にいるのだろうか、と私は思った。二か所に同時に存在していて、見きわめようとした瞬間、一ところに固定される光のように。

それはあなたなの、と次の瞬間思った。あなたは今、揺れ動く糸の端につながっているの。暗い金魚鉢の中をのぞき込みながら蘇ろうとするあなたのベッドで。

＊

いや、その反対なのかもしれない。もう死んだか、死にかけている私が、あきらめずにこの場所を見つめているのかもしれない。あの涸れ川の下流の闇の中で。アマを埋めて帰ってきて横たわった、あなたのあの、冷たい部屋で。

だけど、死がこんなに生き生きしていることがありうるだろうか。

頬に触れる雪がこんなに冷たく染み通ってくるなんて。

＊

……ここで眠っちゃだめ。

インソンがささやいた。

ちょっとだけ目をつぶるね、本当にちょっとだけ。

雪の隔壁の上に載せた彼女の手のひらの上に、紙コップが載っていた。私は腕を伸ばしてそれを受け取った。ろうそくは指一節の半分ほども残っていなかったが、紙コップ全体が温かかった。それが炎の熱のためなのか、インソンの体温のためなのか、区別がつかなかった。

紙コップを目の前に持って、インソンがいる方に向かって横向きに寝た。ろうそくの芯から絶え間なく湧き出る炎の輝きが染み出して、落ちてくる雪片すべての中心に火種が灯ったように見えた。炎の縁に触れた雪片は、感電したように震えながら溶けて消えた。続けて落ちてきた大きな雪片がろうそくの青白い芯に触れた瞬間、炎が消えた。ろうに浸っていた芯が煙を吐き出した。ちらちらしていた火の粉も消えた。

大丈夫。私に火がある。

インソンのいる方の暗闇に向かって私は言った。上半身を起こし、ポケットの中のマッチ箱を出した。ざらざらする摩擦面を指先で探った。その面でマッチ棒を擦ると、火の粉とともに炎が起きた。硫黄の燃える匂いが広がった。ろうに浸った芯を起こして炎を移したが、すぐに消えてしまう。親指の爪のところまで燃えてしまったマッチ棒を振って消すと、再び暗闇がすべてを飲み込んだ。インソンの息が聞こえない。雪の壁の向こうからは、いかなる気配も感じられなかった。

まだ消えないで。

火が燃え移ったらあなたの手を握ろうと私は思った。雪の山を崩して這っていき、あなたの顔に積もった雪を拭こう。私の指を噛み切って血をあげよう。

けれどもあなたの手が触れなかったら、あなたは今、あなたのベッドで目を覚ましたところなのだろう。

またもや傷に針が刺されるあそこで。血と電流が一緒に流れるあの場所で。

息を吸い込んで、私はマッチを擦った。火はつかなかった。もう一度擦るとマッチ棒が折れた。折れた軸を手探りで握りしめてまた擦ると、炎が起きた。心臓のように。脈打つ花のつぼみのように。世界でいちばん小さな鳥が羽ばたきするように。

あとがき

二〇一四年の六月にこの本の最初の二ページを書いた。二〇一八年の年の瀬になってようやく続きを書きはじめたので、この小説と私の生活がつながっていた時間を七年というべきか、三年というべきか、よくわからない。

この小説を書くにあたり、貴重な助力をしてくださったヤン・ウンソクさん、イム・ヘソンさん、イム・フンスンさん、キム・ミンギョンさん、イ・ジョンファさん、キム・ジンソンさん、ペ・ヨソプさん、チョン・デフンさん、チョ・ジョンヒさんに感謝する。長い間変わることなく待ってくださった編集担当のイ・サンスルさん、最後まで力を貸してくださったやはり編集担当のキム・ネリさん、心から励ましてくださったすべての方々に感謝する。

何年か前、どなたかに「次に何を書くのですか」と聞かれたとき、愛についての小説であればよいのですが、と答えたことを思い出す。今の私の気持ちも同じだ。この本が、究極の愛についての小説であることを願う。

心からの感謝とともに。

二〇二一年　初秋に

ハン・ガン

訳者あとがき

本書は、ハン・ガンの『別れを告げない』(文学トンネ刊、二〇二一年)の全訳である。翻訳には初版を用いた。

ハン・ガンは、二〇一六年に『菜食主義者』(きむ ふな訳、クオン)によってアジア人初の国際ブッカー賞を受賞して世界の注目を集め、今、最も注目される韓国人作家と言って間違いないだろう。続いて『少年が来る』(井手俊作訳、クオン)が一七年にイタリアのマラパルテ文学賞を、また本書『別れを告げない』も二〇二三年にフランスのメディシス賞外国小説賞を、二四年に同じくフランスのエミール・ギメ アジア文学賞を受賞している。

『少年が来る』で光州民主化運動(韓国での正式名称。いわゆる「光州事件」)を描いたのに続き、本書は一九四八年に起きた、朝鮮半島の現代史上最大のトラウマというべき済州島四・三事件(以下、「四・三事件」)。なお、韓国では「済州四・三事件」と呼ぶ)をモチーフとしている。しかし作家本人は刊行後のインタビューで、「今、何を書いていますかと質問されるたびに、『済州島四・三事件を扱った小説』とか、『死から生へと越えていく小説』、『究極の愛の小説』などと答えてきたが、その中で一つを選べと言われたら、『究極の愛の小説』と言いたい」と語っており、現代史がテーマの小説としてだけ受け取ってはいけないだろう。

自伝的な要素の強い作品である。主人公のキョンハはハン・ガン本人を思わせる作家であり、光州民主化運動をテーマに小説を書いたという設定になっている。文中では「あの都市」「K」などと表記されているが、そこが光州であることは明白で、例えば二〇頁に出てくる悪夢の「あの年のあの春、虐殺の命令を下した者がそこにいる」という部分は、全斗煥《チョンドゥファン》元大統領（事件当時は就任前）と、一九八〇年五月の光州で市民デモ隊に下された発砲命令とを指す。この「虐殺の命令を下したのは誰か」という問いは、一貫して光州民主化運動の最重要ポイントでありつづけたが、全斗煥はその責任を認めることなく二〇二一年に死亡した。

物語は、キョンハが光州の小説を書いているときに見た象徴的な夢から始まる。この夢は、ハン・ガン自身が『少年が来る』の執筆中や刊行後に実際に見たもので、「何かを語りかけてくるような夢だ」と感じていたという。それとは別にハン・ガンは、九〇年代後半に済州島に部屋を借りて何か月か住んでいたことがあり、そのとき家主のおばあさんに「このあたりは四・三事件でたくさんの人が射殺された場所」と教えてもらった記憶が夢と結びつき、『別れを告げない』が生まれたということである。

光州民主化運動を描いた『少年が来る』にも、作家自身を思わせる主人公が資料を読み込む段階で悪夢を見るという描写があり、この二つの小説の間には多くの共通点があるが、『別れを告げない』は、残酷な歴史を記憶することの意味に向けてさらに一歩踏みこんだ感がある。ここで大きな役割を果たしているのが、四・三事件のサバイバーである姜正心《カンジョンシム》と、その娘のインソンだ。

二人は、「この小説は究極の愛の小説」というハン・ガンの言葉を体現している。そこでまず、二人の心情に少しでも接近してもらえるよう、かなり長くなるが、四・三事件の流れを押さえておきたい。

済州島の歴史と四・三までの経緯

済州島は朝鮮半島の南方八〇キロメートルの海上にあり、韓国随一のリゾート地として有名である。近年は癒しの島として愛され、移住する人も多い。ドラマの舞台としてもお馴染みだろう。古来より本土（しばしば「陸地《ユクチ》」と呼ばれる）とは異質の南方的・海洋的な基層文化を持ち、十二世紀まで「耽羅《タムナ》」という独立した王国が存在し、豊かな自然を背景に周辺諸国と交流しながら東アジアで独自の地位を占めていた。その後高麗王朝に併合され、十三世紀には元の支配を受け、続く朝鮮王朝の支配下では流刑地にもなった。常に辺境として過酷な統治に苦しんだが、同時に自主独立の気概を備え、粘り強い抵抗の伝統を持っていた。日本による植民地統治下でもそれは変わらず、義兵闘争、抗日闘争が展開された。一九三二年に起きた「海女抗日運動」は、その象徴といってよいだろう。

第二次世界大戦末期に沖縄が占領されると、日本軍は済州島を米軍との最終決戦の地と定め、将兵八万人が結集できる巨大軍事要塞化を進めた。しかしソ連の参戦と原爆投下によって日本の降伏が早まったため、間一髪で玉砕の島となることを免れ、一九四五年八月十五日の解放を迎える。当時、済州島からは非常に多くの人々が日本に働きに行ったり徴兵・徴用されたりしていたが、解放と共に約六万人もの人々が続々と帰還した。

その年、インソンの母・姜正心は満九歳ぐらい、父は十六歳ぐらいだっただろう（小説内の年齢は韓国式に数え年で表記されているが、ここではわかりやすいように満年齢で記した）。二人は、島の南側に位置する表善面《ピョソンミョン》のごく近い村に住んでいたとされている。

解放直後の済州島は、その時期の朝鮮半島全体の縮図のようなものだといわれる。歓喜に沸き、自らの手で独立国家を建設しようとする夢が、米・ソによる分割統治によって破れ、南北分断へと追いやられた過程が凝縮しているのである。解放直後の済州島では大凶作やコレラの流行など困難もあったが、自主独立国家への夢はそれを上回るものがあっただろう。大衆の支持を得た人民委員会が中心となり、穏健路線で地域の行政や治安を担っていたが、この時期の改革で特筆すべきは教育事業である。もともと進取の気性に満ち、教育熱心だった済州島では、この時期に小中学校が盛んに新設され、小学校以上の卒業生の割合は他の地域に比べて著しく高かった。特に中学校は、島に一校しかなかったのが一九四七年までに一一校に増加という目覚ましさで、インソンの両親もこのような、学ぶことを大切にする空気の中で成長したことが作中から読み取れる。

しかし、自治への希望とは裏腹に、朝鮮半島の政治状況は大荒れに次ぐ大荒れであった。米・ソの軍隊が進駐してきて、三十八度線を境に南北を分割占領し、朝鮮半島をめぐる大国間の駆け引きは二転三転する。「信託統治案」（朝鮮半島に一つの臨時政府を樹立し、米英中ソがそれを最高五年まで後見するというもの）の是非をめぐって激烈な対立と論争が起こり、各地で大規模な暴動も起きたが、統一独立国家の夢は徐々に遠のき、国連監視下で南だけの単独選挙を実施することが決まった。

「済州島四・三事件」という名称は、この南だけの単独選挙に反対して一九四八年四月三日に起きた武装蜂起に依っている。しかし、事件は決してこの日に限定されるものではない。韓国で二〇〇〇年に制定された「済州四・三事件真相究明及び犠牲者の名誉回復に関する特別法」（以下、「四・三特別法」）では、事件の期間を「一九四七年三月一日を起点として一九五四年九月二十一日まで」と規定している。足かけ七年という長期間である。また、済州島の新聞『済民日報』の四・三取材班は、四月三日の蜂起を「複合的に累積した前史のひとつの起爆点にすぎない」という。

その前史の中で特に重要なのが、一九四七年三月一日に起きた「三・一発砲事件」である。三月一日は一九一九年に三・一独立運動が起きた記念日であり、済州市でも大規模な集会が開かれたが、その際、統一独立を求めるデモ隊に対して警察が発砲、十五歳の少年を含む民間人六人が死亡した。

この事件以前から済州島の米軍政庁は島民の大衆行動に対して神経を尖らせており、本土から警察の応援部隊が大量に増派されていた。発砲したのも外部の警官だったという。怒った人々は官民合同ゼネストによって対抗し、そこに関わっていたのが、朝鮮共産党の流れを汲む南朝鮮労働党（南労党）であった。米軍政庁は済州島全体に「レッド・アイランド」という烙印を押し、強硬姿勢で臨んだ。

大量検束によって監獄が溢れ、拷問による死亡者も出て緊張が高まる中、さらに登場したのが、本書でもたびたび触れられている「西北《ソブク》青年会」（＝「西青《ソチョン》」）だった。

西青とは、一九四六年にソウルで結成された反共右翼団体である。もともと三十八度線以北に住み、北の体制を嫌って南下してきた若者から構成され、最盛期には会員数七万人を上回ったとされる（「西北青年会」の「西北」は、朝鮮時代から朝鮮北部地域をこのように呼んだことに由来する）。李承晩《イスンマン》や右翼勢力、また米軍政庁は彼らを反共テロ活動に存分に利用した。西青が登場して暴力のレベルが段違いに上がったという証言は多く、済州島でも凄惨な暴力行為をほしいままにした。

インソンが一九七頁で「北の言葉を使う警官」と言っているように、彼らが即成の訓練で警察や軍隊に取り立てられることも非常に多かった。ちなみに、同じ頁に「日帝時代に特高刑事だった裏切り者」という言葉があることも見逃せない。当時の朝鮮半島は、植民地時代に日本に積極的に協力した「親日派」の処遇という難問を抱えていたからである。

ともあれ、このようにして島外から大挙流入した警官や西青の暴力があまりにひどく、それに抵抗せざるをえなかったという側面は、四・三事件を見るときに見落としてはならない。徹底抗戦を望む人々は島の中央に位置する漢拏山《ハルラ》への立てこもりを始め、以後、済州島の若者は山に入って「武装隊」として戦うか、軍や警察の「討伐隊」の一味になるか、ソウルや日本などに逃れるか選択を迫られた。あまりに不安な社会情勢に絶望して、日本から帰島したものの再び日本へ渡る人も少なくなかった。

四月三日の蜂起が起きる

このころ南北分断はもはや避けえないものとなり、南だけの単独選挙の日取りは一九四八年五月十日と定められた。これに対抗してあくまで南北分断を拒否し、「統一独立と完全な民族解放」をスローガンに掲げ、南労党の若手党員らを中心とする武装隊が四八年四月三日の早朝、武装蜂起を決行した。そこには「あなた方の骨身に染み込んだ怨恨を解き放つために」という島民への呼びかけも書かれていた。

実際の蜂起の規模は、その後の悲劇の大きさを考えると意外なほど小さかったといってよい。島内の警察支署一二か所、右翼団体の事務所などに一斉攻撃がしかけられ、右翼人士やその家族など一四人が犠牲となったが、蜂起に参加した人数は三五〇人ほどで、武装手段は旧式の銃や竹槍、斧、鎌などだった。しかし、他の地域でも単独選挙反対の動きが盛り上がっていたとはいえ武装闘争に訴えたのは済州島だけだったのだから、米軍政庁の怒りはいやが上にも高まった。

そして五月十日の単独選挙当日には、強硬化した武装隊が一般住民の投票を実力行使で封じ、三つの選挙区のうち二つで投票率が過半数を下回り選挙結果は無効という、米軍政庁としては屈辱的な結果となった。南の全土で、投票率が過半数を下回ったのは済州島だけだった。

一方、全土での投票率は高く、当選した李承晩を第一代の大統領として一九四八年八月十五日、大韓民国政府が樹立した。行政権は米軍政庁から韓国政府に移ったが、韓国軍の指揮権は依然、駐韓米軍司令官が握ったままであった。そして、レッド・アイランドへの報復が凄惨化していく。

一九四八年に姜正心は十二歳、インソンの父は十九歳に成長しているが、解放からここまでの道のりは平坦なものでなかったはずだ。正心の兄（インソンの伯父）である姜正勲《カンジョンフン》も、インソンの父も、若い男性というだけで危険があるからと、昼は洞窟に隠れて暮らしている。これは当時ごく普通にあったことで、「武装隊」と「討伐隊」のどちらにも取られたくなければ他に手段がなかった。当時村々では、「昼は武装隊、夜は討伐隊が占拠する」といった状況が頻発し、どちらに食糧や衣類を提供（実際には略奪に等しかったが）してもその後の報復が恐ろしいという、逃げ場のない日常の中に島民は生きていた。

「疎開令」と「焦土化作戦」

ジェノサイドが集中したのは、一一四頁などで説明される「疎開令」と「焦土化作戦」の時期である。一九四八年十月十七日、全島の海岸線から五キロメートル以上離れた地点及び山岳地帯を許可なく通行することを禁止し、それにそむく者は理由を問わず暴徒と見なして銃殺刑に処すという布告（「疎開令」）が発表された。

済州島の村は、「中山間村《チュンサンガン》」と「海岸村《ヘアン》」に大別される。通常、海岸から五キロ以上離れた村、または島を取り巻く「海岸一周道路」よりも山側に位置する村を「中山間村」、それ以外を「海岸村」と呼ぶ。海岸部と漢拏山の中間にある中山間は耕作に適し、営々と暮らしが営まれてきた地域である。「海岸線から五キロメートル以上離れた地点」とは、言い換えれば、中山間の村のすべてのことだ。つまりこの布告は、中山間に位置する全村を等しく敵性地域と見なすものであり、そこを通行したら殺すというのは、そもそもそこで生存していてはならないということだ。村々を焼き尽くし、人々を殺し尽くしてもかまわないという「焦土化作戦」がここに始まる。

この布告が出された直後、済州島の海岸が封鎖され、島は完全に孤立した。同じころ、済州島の対岸に当たる全羅南道《チョルラナムド》麗水《ヨス》では、済州島鎮圧のための出動を拒否した兵士らが反乱を企てて「麗水・順天反乱事件」が起き、間もなく鎮圧されたが、李承晩は危機感をつのらせ、その後済州島には一〇〇〇人を越える西青が投入されている。

そして一九四八年十一月には法的根拠もないままに戒厳令が宣布され、「焦土化作戦」が本格化した。放火によって家屋二万戸、約四万棟が焼失、中山間村の九五パーセント以上が灰燼に帰し、住民が大量に虐殺され、約九万人が被災者となった。済州島は文字通り死の島と化した。西青は性暴力を含む凄まじい残虐行為を行い、住民どうしに殺害や密告を強要し、地域のコミュニティをずたずたにした。

この作戦の根拠となった布告が「疎開令」と呼ばれている点にも注意しなくてはならない。二〇八頁に「ソカイ」というカタカナが出ているが、原文は「ソカイ」という日本語を「소카이」とハングルで音訳した表記になっており、証言者がこの言葉を第二次大戦末期に覚えたことが想像される。四・三事件における疎開は流血を伴う軍事作戦であり、村人と武装隊との接触を封じるという理由で家を焼き払い、人々を強制的に海岸村へ移動させて相互監視体制に持ち込むことを意味した。二〇七頁の「築城」が相互監視の一例で、討伐隊の命令で村を取り囲む城壁が建設され、男たちはもう残っていなかったので女性や高齢者が歩哨《ほしょう》にあたることが多かったが、この歩哨任務は一九五三年まで続いたという。

十二歳だった正心も、焦土化作戦の際に両親と妹を失った。本人と姉の正淑《ジョンスク》はたまたま安全な地域におり、兄の正勲は洞窟に潜んでいて命は助かったが、両親はP（文中には出てこないが、作家によれば表善《ピョソン》を指すそうである）の小学校に集められて麦畑で殺され、妹の正玉《ジョンオク》はそこから瀕死の状態で家まで戻ってきたものの命は助からなかった。

兄の正勲はその後もずっと洞窟に隠れ、年が明けて一九四九年三月以降、二三九頁にあるように、米軍がまいた自首を勧めるビラを見て投降したと思われる。捕まって大邱《テグ》の刑務所に送られ、そこから家族と手紙のやりとりもしていたが、朝鮮戦争が始まると消息が途絶える。妹たちは兄を探して大邱と晋州《チンジュ》の刑務所を回るが、手がかりは得られない。

インソンの父も家族全員を失い、洞窟に隠れていたが一週間で捕まり、大邱刑務所に送られ、そこで正勲とすれ違う。その後朝鮮戦争の時期も間一髪で危機を乗り越え、奇跡的に生き延びて済州島に戻ってきたという設定になっている。

四・三事件のジェノサイドは、焦土化作戦が行われた一九四八年十一月から四九年の三月に集中している。家を失い、行き場をなくして山に逃げ込み、寒さと飢えで亡くなった人も多い。四九年に入ると武装隊に対して陸海空軍合同の討伐作戦が展開され、六月に武装隊司令官だった李徳九《イドック》が戦闘で死亡し、武装蜂起としての四・三事件は事実上終結した。

四・三特別法が事件の締めくくりと定義している「一九五四年九月」は、漢拏山の禁足令が解除された時点を指す。なお、漢拏山での立てこもり自体はその後、朝鮮戦争を経ても続き、武装隊の最後の一人といわれる者が逮捕されたのはさらに後の、五七年四月のことだった。

家族を失い家を焼かれた被災者のうち約半数は、一九六二年までに復帰して村を再建したが、一〇九もの村がそのまま廃村となった。インソンの父の村もその一つなのだろう。

朝鮮戦争と「予備検束」

そして、それだけでは終わらなかった。

一九五〇年に朝鮮戦争が始まると、李承晩大統領は、北朝鮮が侵攻してきた際に呼応する可能性のある人々を「予備検束」し、各地で裁判にもかけずに処刑してしまった。処刑された人々のほとんどは社会主義・共産主義思想などとは縁のない人々だった。そもそも予備検束とは四一年、治安維持法改定の際に導入された「予防拘禁」を引き継ぐものである（この制度は当時、朝鮮で日本より約一か月早く適用された）。こうした日本統治時代の遺物が、米軍統治下において一度廃止されたにもかかわらず、またもや法的根拠なく適用されていた。

予備検束の対象はまず「国民保導連盟」という団体に加入していた人々だった。国民保導連盟は一九四九年に作られた団体で、左翼活動経験者やその疑いのある者を転向させることを目的とし、全土で約三〇万人が加入していたといわれるが、その内実がきわめて根拠の薄いものであったことは、二四九頁に記されている通りだ。

韓国で二〇〇五年に発足した「真実・和解のための過去事整理委員会」（第一期）で常任委員を務めた社会学者の金東椿《キムドンチュン》氏も、保導連盟加入者のうち何人が殺されたのかは「神のみぞ知る」ことだと述べてから、「マスコミに対しては、一〇万人内外が虐殺されたのではないかと話すことが多かった」と著書に記している。この数値には諸説あり、数万人から一二〇万人までと非常に幅広い。本書の二四九頁でキョンハが、一〇万人という数値について「もっと殺したんじゃないだろうか」とつぶやいているのには、このような事情がある。

済州島でも、保導連盟加入者や四・三事件関係者約一二〇〇人が予備検束され、法的根拠なく虐殺された。インソンが新聞記事で知った、済州空港滑走路下から発掘された人々はその一部である。

そして予備検束の嵐は、姜正勲の運命を変えた。大邱刑務所にいるときに朝鮮戦争が始まり、予備検束者で刑務所がいっぱいになってしまったからという理由で玉突きのように慶山《キョンサン》のコバルト鉱山へ送られる。そこで大量虐殺が起きたが、そのとき正勲が死んだのかどうかは最後までわからない。大邱刑務所から晋州刑務所に移送という記録が残されていたが、それも偽造であることが二五三頁に示唆されている。これらの事実はリアルタイムでは誰も知らなかったことであり、後に、姜正心を含む遺族たちの粘り強い努力で明らかにされていくのである。

また、二〇七頁では済州島出身者と海兵隊との関係が語られている。草創期の韓国海兵隊は、済州島から志願入隊した約三〇〇〇人もの若者が中心となっていたが、そこには予備検束の体験者も含まれ、「アカ」「暴徒」の汚名を挽回するために志願した例も多数あった。一方でこの証言者の夫のように、荒廃した故郷にとどまるより戦争の方がましだと思った人もいただろう。彼らは朝鮮戦争の際に仁川上陸作戦や白馬高地の激戦などの主力となって猛烈な戦いぶりを見せたが、戦死者も非常に多かった。なお、これらの証言は実在する証言の引用ではなく、多くの資料をもとにハン・ガンが創作したものである。

さらに、二九〇頁の「水葬」とは、四・三事件と朝鮮戦争の時期、予備検束者を含む多くの人々が船上で殺されて済州島の沖合に遺体が捨てられ、それがたびたび対馬まで流れ着いていたことを指す。対馬現地の人々が遺体を収容して供養してきたが、二〇〇七年には供養塔が建てられ、日韓の市民による合同慰霊祭が行われている。

強いられた沈黙

四・三事件は「大韓民国の建国を妨害しようとした共産暴動」とされ、多数の無実の民間人が国家公権力によって虐殺された事実はその後ずっと隠蔽されたままだった。かつて最も熾烈に分断を拒否した人々が済州島にいたことも事実なのだが、それは南北双方から無視されたまま時が過ぎた。

朝鮮戦争中に済州島には一〇万人以上の避難民が押し寄せ、貧困と飢餓の中、生き延びることが先決となった。反共政策が続く中、遺族たちは慰霊も許されず、悲しみは深く内攻した。韓国の歴史学者韓洪九《ハンホング》はこのような沈黙の強制を「死を殺す行為」と名づけ、済州島出身の作家金石範《キムソクポム》は、島民自身が記憶を忘却に追いやってきたことを「記憶の自殺」と呼ぶ。

「レッド・コンプレックス」という言葉がある。一言でいえば共産主義への恐怖だが、済州島の人々は、「アカだと思われるのではないか」「罠にかけられてアカにされるのではないか」という恐怖に囚われて萎縮し、保守化し、済州島は長い間、与党の票田といわれつづけた。

一度の例外が、一九六〇年の四・一九革命直後の時期だった。このとき一時的に吹いた民主化の風の中で、済州島でも真相究明の動きが見られた。この時期には多くの地域で朝鮮戦争期の民間人虐殺の責任を問う遺族会が結成され、姜正心も兄の消息を探るべく慶尚北道《キョンサンブット》の遺族会に参加する。遺族たちの怒りは激越であり、法に背いて多くの人を殺害した者を処断するための特別法制定を求めたが、翌六一年に朴正熙による軍事クーデターが起こると全国の遺族会の幹部らが拘束され、二五四頁にあるように死刑宣告を受けた人もあった（後に減刑）。

正心は、遺族会の活動が中断されてもあきらめずに兄の行方を追い、その過程で、刑期を終えてひっそりと暮らしていたインソンの父と出会う。それはおそらく一九六五年であり、五年後に結婚、インソンが生まれるが、夫は拷問の後遺症とトラウマに苦しみ、インソンがまだ幼いうちに病死した。溌剌とした若い女性だった正心は、夫を亡くし、娘から「この世でいちばん弱々しい人」と見られるほどに変化していった。進取の気性に富んでいた済州島の人々がいかにひしがれていったかは、このことからも推測できるのではないだろうか。正心の姉一家のように済州島を去り、故郷の思い出を封じ込めて本土で生きる人も少なくなかった。

正心の粘り強い活動が再開されるのは、一九九三年に金泳三《キムヨンサム》大統領による三十二年ぶりの文民政府が実現した後である。真実に接近した結果、正心に平安が訪れたわけでは決してなかったが、正心の遺したものはインソンに引き継がれてゆく。

真相究明への道と在日コリアンの役割

一九八七年の民主化後、四・三事件の真相究明はじりじりと進み、二〇〇〇年に「四・三特別法」が制定、〇三年に出された『済州四・三事件真相調査報告書』では、島民人口の九分の一にあたる二万五〇〇〇人から三万人が犠牲となり、そのうち八〇パーセントは軍と警察による殺害とされた。〇三年に盧《ノ》武《ム》鉉《ヒョン》大統領

（当時）が公式に謝罪し、〇八年には大規模な「四・三平和記念館」と記念公園が作られ、毎年四月三日には犠牲者追悼集会が開かれている。

四・三事件の際には多くの人が難を逃れて日本に渡り、在日コリアンのコミュニティ形成に大きく寄与した。この時期、民間人が合法的に朝鮮半島と日本を往来する方法はなく、渡航はほぼすべて「密航」である。しかし、一九五二年に連合国軍による日本の占領が終わるまで、旧植民地人は等しく日本国籍を保有していたのであり、これらの人々が意図的に不法滞在者にされていく過程があったということは強調しておきたい。

朝鮮民主主義人民共和国もこの事件を南労党の路線の誤りとして退けたため、南北双方の民族団体でこの事件に触れることはきわめて制限されてきた。また体験者たちも真相を口にすることはなかった。その中で一部の在日知識人らが、事件の真相を伝える努力を続けてきた。

金石範が一九五七年に発表した短篇小説「鴉の死」は、そのきわめて早い例である（単行本化は一九六七年）。その後も『火山島』連作で四・三事件をライフワークとして書きつづけてきたことは知られている通りである。また、済州島出身の作家である玄基榮《ヒョンギヨン》が軍事政権下の一九七八年に著した小説『順伊《スーニ》おばさん』（金石範訳、新幹社）を翻訳し、日本で八四年に出版したことは、当時、韓国でこの本が発禁になり、玄基榮も逮捕・勾留を経験していた事実を考えれば非常に重要な一件だった。玄基榮自身は、韓国で密かに地下出版された『鴉の死』を隠し持っていたそうである。

四・三事件については、詳しくは以下の書籍などをぜひ参考にしてほしい。

・『済州島四・三事件——「島《タムナ》のくに」の死と再生の物語』（文京洙、岩波現代文庫）
・『済州島を知るための55章』（梁聖宗・金良淑・伊地知紀子編著、明石書店）
・『増補　なぜ書きつづけてきたか　なぜ沈黙してきたか——済州島四・三事件の記憶と文学』（金石範・

金時鐘著、文京洙編、平凡社ライブラリー）

・『語り継ぐ済州島四・三事件』（許榮善、村上尚子訳、新幹社）

また、ヤン・ヨンヒ監督によるドキュメンタリー映画『スープとイデオロギー』は、四・三事件サバイバーである監督自身の母の人生を描き、事件がその後在日コリアンに及ぼした影響の甚大さを教えてくれる。

＊

ここまで長々と四・三事件について書いてきたのはすべて、『別れを告げない』というタイトルの意味を共有したいからでもある。ハン・ガンが、このタイトルは「哀悼を終わらせない」という意味だとはっきり述べているからだ。

このタイトルは、直訳すれば『作別しない』となる。「作別」という熟語には「別れる」と「別れを告げる」の両方の意味があり、それを「しない」とは、ハン・ガンによれば「別れの挨拶をしない」と「別れを実行しない」の両方を指すそうだ。それは「決して哀悼を終わらせないという決意」であり、「愛も哀悼も最後まで抱きしめていく決意」という意味なのだという。

「決して哀悼を終わらせない」という言葉の強さは、韓国における四・三事件の歴史的位置づけという難しい問題を勘案することで初めて理解できるだろう。

最初にも触れた通り、この小説は歴史の傷を描いたという点で『少年が来る』と対をなすものである。しかし、五・一八（光州民主化運動が起きた日）と四・三は、大韓民国の歴史の中で単純に同一線上には並ばない。

光州民主化運動は、民主化を求めて立ち上がった市民らの「義挙」である。この出来事も軍事独裁政権下では四・三事件と同様「暴動」と見なされていたが、民主化後は名誉回復が進み、光州は「聖地」となった。一方で、四・三事件は南だけの単独選挙への反対に端を発するもので、単独選挙に反対するということは、大韓民国の存立基盤そのものに抵触する。そのため、四・三事件の歴史的位置づけはいったん棚上げとした上で、「受難と和解」という視点に立って真相究明や名誉回復が進んできたのである。

大統領の公式謝罪以降も保守層からの反発は絶えたことがなく、四・三事件の記憶と哀悼は、生々しく現在的なテーマでありつづけている。済州四・三平和記念館には、何も刻まれていない碑石「白碑」が床に寝かせて展示され、「分断時代を乗り越えた日、四・三の真の名を刻むことができるだろう」と説明されている。いまだ歴史的に位置づけることができないこの事件の性格を象徴したものといえるだろう。

光州民主化運動に関してさえ、背後に北朝鮮があったという見方が流布され、バックラッシュによって犠牲者が侮辱され、そのことがハン・ガンに『少年が来る』を書かせたという経緯がある。それを踏まえて「哀悼を終わらせないという決意」という言葉を読み直すと、ハン・ガンの覚悟が染みてくるようだ。この小説でインソンが、やや教科書的ともいえるほどに事件の解説に努めているのは、ハン・ガン自身が、今の韓国社会で四・三事件への理解がいまだ十分ではないと考えていることを意味するのかもしれない。ここで詳述する紙幅はないが、インソンが言及するディテールはどれ一つおろそかには選ばれていないと、四・三事件のさまざまな資料を読みながら強く感じた。

そのことは二六二頁でキョンハが「白いペンキをかけられて救急室に運ばれてきた人々」に言及していることともつながる。これは、光州民主化運動の際、身元をわからなくするため重傷者や死者にペンキがかけられたという事実が『少年が来る』には書かれていないことを指す。書くそばから、撮るそばからこぼれ落ちてしまう事実の重さを、インソンもキョンハも熟知している。しかしそれでも書かなくてはならないという覚悟のようなものが『別れを告げない』には行き渡っている。解放がストレートに独立につながらず、残酷な死の真相が何十年も放置されてきた、韓国現代史におけるこの不連続性に、ハン・ガンが小説を書きつづける意味があるのだと思う。

＊

本書はもともと、「雪三部作」と称する連作小説の完結篇として書き出された（その一部について三三頁に言及がある）。しかし書いてみるとそれだけで独立した作品になってしまったので、三部作の最後の部分は別に書くつもりだそうである。確かに、『別れを告げない』の雪のイメージは際立っており、『すべての、白いものたちの』（斎藤真理子訳、河出文庫）の「いったい何なのだろう、この冷たく、私にまっこうから向かってくるものは？　それでいながら弱々しく消え去ってゆく、そして圧倒的に美しいこれは？」という一節がさらに密度を増して降りしきっている印象がある。そして、おそらく雪と同じくらい鮮烈にこの小説を彩っているのが、鳥である。

ハン・ガンの作品にはたびたび、ここぞというところに鳥が登場して大きな役割を果たしてきた。『少年が来る』では人の魂が「幼い鳥」にたとえられ、詩集『引き出しに夕方をしまっておいた』（きむ ふな＋斎藤真理子訳、クオン）や『すべての、白いものたちの』にもたびたび、何ごとかを告げるように飛んでくる鳥、そこに立っているだけで何かを告げる鳥が現れる。また、死んだ鳥が重要な伏線を担うことも多い。

さらに、傷ついた鳥や死んだ鳥が人と人との結びつきを成就させるという設定がくり返し現れ、強い印象を残す。それは未邦訳の短篇にも見られるが、特に『ギリシャ語の時間』（斎藤真理子訳、晶文社）で、言葉を発することができなくなった女性と視力を失いつつある男性が決定的に接近するきっかけは、建物に飛び込んできて出られなくなった一羽の鳥だった。

鳥の弱さゆえに、それを助けようとして人は手を取り合う。この構図が最大限に活きているのが『別れを告げない』だといえるだろう。二羽のインコ、アマとアミは、これまでにハン・ガンが思いを託してきた鳥たちの代表であり、地球の長い歴史を抱き込んで羽ばたいている。

物語の後半、生と死のどちらともつかない場所でキョンハとインソン、アマとアミは一緒にいる。人も鳥も幻想の中で対話し、思いをかわすが、これについてハン・ガンは「愛するとは自分の生だけでなく、愛する人の生を同時に生きることだと思います。特に愛する人のために祈るとき、自分はここにいるが同時にそこにもいるという状態になるでしょう。切なる心でそれを希求するとき、その状態はおのずと超自然性を帯びてきますよね」と語っていた。「あなたのことといっぱい考えた」から、「本当に一緒にいるような気がする日もあったよ」と語るインソン、意識不明の娘がお粥を食べに帰ってきたのを見た正心、刑務所にいながら済州島の故郷を見つめつづけたインソンの父がここでつながる。鳥の命を救うことができず、家族の消息を探す努力が「失敗」し、誰かの認知がかすみ、記憶が記憶でいられなくなっても、哀悼を終わりにしない。「人間が人間に何をしようが、もう驚きそうにない状態」を通過しても、哀悼を終わりにしない。

哀悼は単に忘却に抗うためでなく、今を生きて未来を作るためにある。訳者は現代韓国の小説からそのような強い意志をたびたび感じてきたが、『別れを告げない』はその真骨頂ではないかと思う。インソンとキョンハは、悪夢を通してさえ生きる勇気を交換し合ってきた間柄であり、哀悼を通してこそ、最も生きようとしている同志なのだと思う。キョンハは家族と仕事を失い、自殺のすぐそばまで行って戻ってきた経緯がある。インソンは十代にして、生きていくためには母と島を捨てるしかないとまで思い詰めたことがあり、母と和解したずっと後も、ＰＴＳＤを抱えた母の介護の辛さに死を考える。これら今日的でリアルな生きがたさを抱えた二人の女性の結びつきが、激甚な歴史の痛みを通過して、生死をまたぐ愛の状態にまで昇華される。

インソンは三分に一度、指に針を刺すという過酷な医療措置を受けており（これはハン・ガン自身が友人を見舞ったときに病院で実際に見たものだそうである）、それはキョンハの激しい頭痛と呼応しながら『別れを告げない』の枠組みを作り上げている。ハン・ガンの作品においては、鳥と並んで樹木の存在も非常に大きいが、本書では木が、梢を切られた状態で登場することも興味深かった。『回復する人間』（斎藤真理子訳、白水社）で描かれたように、痛みを通じてこそ回復に至れるというハン・ガンの信念を改めて確認する思いだったのだが、実際、この作品を書くことで作家は自分が回復したと感じたそうである。そして、書き終えた後、悪夢を見ることはなくなったとも語っていた。

と同時に、同じインタビューで作家が「人類が長い歴史の中でずっとくり返してきたジェノサイド」に言及し、「このような人間の本性について問いかけることをやめずにいたい」と吐露していたことも忘れがたい。このあとがきを記している今もガザへの攻撃は止まないが、「書きながら、死から生へ、闇から光へと自分自身が向かっていることを発見した。光がなければ光を作り出してでも進んでいくのが、書くという行為だと思う」というハン・ガンの言葉を書きとめておきたい。

最後に、翻訳について述べておく。済州島の言葉（済州語）は標準韓国語とは大きく異なり、例えば「なぜ」を意味する言葉が標準語では「ウェ？」であるのに対し、済州語では「ムサ？」である。発音面を見ても語彙面で見ても非常に独特で、通常、本土の人が済州語のネイティブスピーカーの会話を聞いたらほとんど理解できないといわれる。

本書でも、二〇三頁から始まる証言を中心に済州語の語りが重要な役割を果たしているが、ハン・ガンはこれらの会話文を書く際に、済州語をそのまま用いたら本土の読者に理解できないと考え、済州島出身者の知人と相談し、可読性を損なわず「中間地点に収まるように」配慮したそうだ。

語尾が短く独特のリズムを持ち、朝鮮語の古層が残っているともいわれる済州語の響きを生かして訳すにはどうすればよいか。どこかの地方語にそのまま置き換えることはしたくなかったが、標準語との距離を提示しつつ、叡智ある響きを表現したい。そのために力を借りるとしたら、済州島との共通点も多く、自分もかつて四年暮らした沖縄の言葉以外には思いつかなかった。そこで、編集者の新城和博さんにお願いして、済州語の箇所をすべて沖縄語に置き換えていただいた。このようにして、一度標準日本語を『壊す』作業をしないことには翻訳ができそうになかったからだが、このプロセスを通して二つの「島言葉」に通底する何かに触れた感があり、たいへん感銘を受けた。

だが、それを実際に形にすることは難しかった。済州語・朝鮮語・沖縄語のルビを併用し、日本の特定の地域に属さない語りの文体を作り上げようと長期間努力したが、結果的に読みやすい文章を作ることができず、編集部の意見に従い現在の形に調整した。これらの部分では、著者が済州語を用いた箇所を中心に、原音を生かす形でルビを振っている。この作業の際に終始念頭にあったのは、宮古の詩人与那覇幹夫の詩集『赤土の恋』(現代詩工房)だった。他にも多くの作家・詩人、特に沖縄の方々の仕事に啓発を受けたが、ついに形にすることができず非力を実感している。

担当してくださった白水社の杉本貴美代さんと堀田真さん、翻訳チェックをしてくださった伊東順子さんと岸川秀実さん、無理なお願いを聞き入れてくださった新城和博さんに御礼申し上げる。

二〇二四年二月十四日

斎藤真理子

訳者略歴

翻訳家。パク・ミンギュ『カステラ』(共訳)で第一回日本翻訳大賞、チョ・ナムジュ他『ヒョンナムオッパへ』で〈韓国文学翻訳院〉翻訳大賞受賞。訳書は他に、ハン・ガン『回復する人間』『すべての、白いものたちの』『ギリシャ語の時間』『引き出しに夕方をしまっておいた』(共訳)、パク・ソルメ『もう死んでいる十二人の女たちと』『未来散歩練習』、ペ・スア『遠きにありて、ウルは遅れるだろう』、パク・ミンギュ『ピンポン』、チョ・セヒ『こびとが打ち上げた小さなボール』、ファン・ジョンウン『誰でもない』『年年歳歳』『ディディの傘』、チョン・イヒョン『優しい暴力の時代』、チョン・ミョングァン『鯨』、チョン・セラン『フィフティ・ピープル』『保健室のアン・ウニョン先生』『声をあげます』『シソンから、』、チョ・ナムジュ『82年生まれ、キム・ジヨン』『サハマンション』、李箱『翼　李箱作品集』など。著書に、『韓国文学の中心にあるもの』『本の栞にぶら下がる』『曇る眼鏡を拭きながら』(共著)、『隣の国の人々と出会う——韓国語と日本語のあいだ』がある。

〈エクス・リブリス〉

別れを告げない

二〇二四年　四 月一〇日　第 一 刷発行
二〇二四年一二月　五 日　第一〇刷発行

著　者　ハン・ガン
訳　者 ©　斎《さい》藤《とう》真《ま》理《り》子《こ》
発行者　岩　堀　雅　己
印刷所　株式会社　三　陽　社
発行所　株式会社　白　水　社

東京都千代田区神田小川町三の二四
電話　営業部〇三(三二九一)七八一一
　　　編集部〇三(三二九一)七八二一
振替　〇〇一九〇-五-三三二二八
郵便番号　一〇一-〇〇五二
www.hakusuisha.co.jp
乱丁・落丁本は、送料小社負担にて
お取り替えいたします。

誠製本株式会社

ISBN978-4-560-09091-6

Printed in Japan